Marsilio X

Duchesne

Studio illegale

Marsilio

Editor Errico Buonanno

Prima edizione: febbraio 2009
Terza edizione: marzo 2009

ISBN 978-88-317-9675

www.marsilioeditori.it

Realizzazione editoriale: Silvia Voltolina

STUDIO ILLEGALE

a L.
posto che
eccetera eccetera

In your streetlamp soliloquy
You audition for the role of yourself
And pray you'll get the part
Don't call us

Momus, *Streetlamp Soliloquy*

Scendo giù a prendermi un caffè
scusami un attimo

Paolo Conte, *Gli impermeabili*

Prologo

«Andrea.»
«Dimmi.»
«C'è una ragazza che ti guarda.»
«Okay.»
«Una ragazza. Ti guarda.»
«Sì, ho capito.»
«Vai.»
«Dove?»
«Come dove? Vai. Ti guarda.»
«Giovannino. Ho capito.»
«Ti guarda. Ora. Vai.»
«Giovannino. Falla finita.»
«Ma ti guarda. Vai.»

Senza voltarmi, faccio partire un pugno alla volta di Giovannino. Il ragazzo schiva, ancheggia a ritmo e si allontana, scattandomi una foto col telefonino.

Rimango solo.

Mi guardo intorno.

Comincia a far caldo, il salotto si sta rapidamente affollando, il buffet, altrettanto rapidamente, si sta svuotando, la musica cresce di volume, le prime cravatte vengono legate intorno alla fronte, voci non identificate invocano *altro alcol*, un bicchiere cade per terra, qualcuno grida *allegria*, qualcun altro *cazzo proprio sulle scarpe nuove*, le ragazze si dondolano sui fianchi, ci si incrocia, ci si saluta, ci si presenta, *conosci Franco?*, *ci siamo presentati prima, giornalista vero?*, *no, dermatologo*. Mi frugo nella tasca e tiro fuori una tachipirina.

«Mi versa per piacere dell'acqua?» chiedo a un tizio in livrea.

«Ho del Martini, va bene uguale?»

La festa che Luigi – un collega di quelli che contano – ha organizzato per inaugurare il suo nuovo appartamento in affitto nel centro di Milano («Pago un po' di più, certo, ma vuoi mettere?») sta entrando nel vivo. Contro la mia iniziale riluttanza, ho accettato di partecipare alla serata sotto l'implacabile insistenza di Giovannino, che ha speso l'unica delle motivazioni possibili.

«Andrea, le donne.»

«Le donne cosa?»

«Ci sono le donne.»

Mi muovo incerto attraverso lo sterminato appartamento, casse Bang & Olufsen a ogni angolo, vassoi colmi di frutta disidratata, lampade in vetro colato, piante grasse, riviste di auto, svuotatasche in argento carichi di cioccolatini fondenti, fotografie di vedute newyorkesi in bianco e nero («Sono originali, un fotografo polacco scappato ai tempi del nazismo, morto di aids, le ho pagate una cifra, ma quando le guardo, vuoi mettere?»).

Tra le decine di sconosciuti che mi passano accanto, riconosco le facce tirate dei colleghi di tutti i giorni. Indossano abiti casual, sfoderano sorrisi che non gli ho mai visto addosso e l'occhio di chi dice: eccomi qua, solo per voi, finalmente il mio vero io, simpatico e intrigante, brillante e un po' monello, *et voilà*. Sventolano biglietti da visita, si dimenano sulla voce di Ricky Martin, sudano.

Con il mal di testa che picchia sulle tempie, mi sposto dal

centro del salotto e mi avvicino a quello che rimane del buffet, dove sono immediatamente accerchiato da un manipolo di avvocati della provincia di Verona. Mentre l'alcol scende e l'euforia sale, i discorsi si accavallano.

«Certo che da noi l'aperitivo è triste. Qui a Milano hanno anche il pollo tandoori.»

«Che poi uno dice la Chiesa, ma Galileo alla fine mica l'hanno bruciato. E lo dico da laico.»

«Il plurale di cactus è *cactuses*?» «Credo *cacta*. È latino.»

«Tu pensa che va in giro a dire che è di Urbino e invece è di Terni.»

«Te lo dico io, dietro l'undici settembre c'è una commistione di poteri.» «Forti o occulti?» «Assolutamente entrambi.»

«Domani mi alzo presto. Vado a correre. Mi voglio mettere in forma. Tu non hai idea di quante fighe corrono la mattina.»

«Tieni conto che gli americani sono fatti un po' così. Io li conosco perché da ragazzo sono stato due settimane nel Maine.»

«Bella quella polo, quanto l'hai pagata? Non voglio sapere il prezzo preciso, dammi solo un'indicazione di massima.»

«Io ho il diabete, ma sono comunque grato ai miei genitori per come mi hanno allevato.»

«Non so se l'avete notato, ma il capitalismo è morto.»

Prendo una pizzetta col peperone, mi divincolo e torno alla ricerca di Giovannino. Lo vedo dirigersi, due passi avanti, uno indietro, verso un capannello di ragazze. Raggiungo il gruppetto nell'attimo esatto in cui sta porgendo la mano alla ragazza alla sua destra.

«Giovanni Barilla.»

«Silvia... uhm... Grandini.»

Lo prendo da parte.

«Giovannino, che cazzo stai dicendo?»

«Cosa?» domanda, regalando sorrisi alla sala.

«Giovanni *Barilla*. Chi è? Tu ti chiami Scaricabarozzi. Giovannino Scaricabarozzi.»

«Ma sì, Andre, che ti frega? Li hai visti? Questi sono tutti stronzi, cazzoni arrivisti. Guardati intorno. Gente piena di soldi e di cognomi. Ora mi diverto anch'io e, porca troia, scelgo i cognomi che dico io.»

Mi lascia in mano un asparago avvolto nel prosciutto di Parma e sgattaiola via. Rinuncio a rispondere e mi metto alla ricerca di una birra. Con una bottiglia di Heineken in una mano e l'asparago nell'altra («Il catering l'ho fatto fare a questa società francese specializzata che è incredibile. Li ho pagati uno sproposito, ma vuoi mettere?»), provo ad allontanarmi dalla folla.

Esco sul balcone, in cerca di tranquillità.

A pochi passi da me, distante dalla luce che proviene dalla stanza, una ragazza dai capelli lunghi, fasciata in un tubino blu, è appoggiata alla balaustra. Fuma una sigaretta, guardando assorta verso la strada, in direzione di un camioncino della nettezza urbana.

«Un avvocato. Ma che palle. Tutti avvocati. No, dai, scherzo. Io mi chiamo Giada, sono qui con amici avvocati. Te li devo assolutamente presentare. Ma tu di dove sei? Milano? Io di Verona. Ci stavo proprio pensando, mi piace un sacco Milano. Ci vai mai in piazza Montenapoleone?»

«Via Montenapoleone.»

«Mamma mia, che precisino. Proprio un avvocato.»

Giada è una ragazza senza pensieri. Meglio, senza pensiero. Vive con il sorriso in mano e il cervello perduto in fondo alla borsetta Louis Vuitton. Non mi abbandona un secondo. Trascorriamo la serata conversando, prima sul balcone, poi seduti sui divanetti in pelle rossa che farciscono il salotto («Li ho fatti fare apposta perché si intonano alla parete, li ho pagati tanti di quei soldi, ma sai che ti dico?» «Penso di saperlo, ma dimmi tu.» «Vuoi mettere?»). Giovannino mi passa a fianco un paio di volte. Mi tocca col gomito e sussurra: «Vecchio porco.» Poi torna al passatempo della serata. Lo sento pronunciare, nell'ordine: *Giovanni Pirelli*, *Giovanni Mondadori* e *Giovanni Prada*.

È notte fonda.

Le strade del centro, affollate di giorno oltre ogni misura, sono ora deserte in modo irreale. Sopra un muro, un tizio sovrappeso in pullover rosso mi dice *se non sei ricco è perché nessuno te l'ha ancora insegnato*. Mi stringo nello spolverino e accelero il passo.

«Aspetta, aspettami» grida Giada, abbandonando una vetrina e appiccicandosi al mio braccio. «Ma dove stavi scappando? Ma sei proprio incorreggibile tu.»

Ho lasciato la festa.

Giada ha scelto di seguirmi.

«No, davvero» ho provato a dissuaderla. «Tu rimani, non preoccuparti, io sono solo un po' stanco, devo alzarmi presto domani, ho pure un po' di mal di testa, tu fermati, continua la tua serata, sei venuta da Verona apposta, non farmi sentire in colpa, c'è pure il pollo tandoori, a Verona non c'è il pollo tandoori, lo so per certo.»

Non ha voluto saperne e si è messa sulla mia scia. Siamo usciti insieme dall'appartamento mentre da lontano giungeva la voce stentorea di Giovannino impegnato a presentarsi una volta ancora: *Giovanni Microsoft*.

Ora camminiamo lentamente lungo corso Garibaldi, senza una direzione. Brera, il quartiere degli artisti, si apre davanti a noi. Provo a deviare e a portarmi sulla più vicina strada trafficata nel tentativo di recuperare un taxi. Ma Giada non sembra della mia stessa opinione.

«E queste viette?» domanda scappando avanti.

«Nulla. Viette.»

«Dai, voglio vederle, facciamo un giro. Io questi posti non li ho mai visti.»

«È tardi. Io domani devo alzarmi presto. Ho una marea di cose da fare. E tu pure, visto che devi tornare a Verona.»

«Eddai. Chi se ne importa di domani? Andiamo, su. È una serata magica.»

Magica di che? penso, mentre cerco di liberarmi da un cingalese che mi blocca ogni via di fuga nel tentativo di appoggiarmi una rosa marcia sul braccio.

Mi arrendo.

Imbocchiamo i vicoli ciottolati e Giada, già di suo pericolante sui tacchi, si stringe al mio braccio ancora più forte e mi indica una targa in marmo: *In questa casa Piero Manzoni visse operò e morì*. Le mostro il cartello: *Affittasi monolocale 1.400 euro mensili spese escluse*. Mi indica una vecchia balconata ricoperta di fiori. Le mostro i marocchini che ripongono la mercanzia contraffatta. Mette il broncio. Alzo le braccia.

«Sono simpatici vero» dice improvvisamente.

«Chi?»

«I miei amici.»

«Ah, sì. Molto. Cioè, insomma.»

«Che palle però. Ma sei arrabbiato?»

«No, perché?»

«Sembra sempre che pensi. Basta, mamma mia. Sei proprio palloso.»

«Ti avevo detto io di rimanere alla festa.»

«È vero che sei stato in Russia per lavoro?»

«Chi te l'ha detto?»

«Elvis.»

«Elvis?»

«Il tuo amico.»

«Si chiama Giovannino. È un pirla.»

«Ci sei stato o no?»

«Sì.»

«Ma allora sei importante.»

«Non sono importante.»

«Quando torno a Milano mi devi portare a mangiare da Nobu. Mi porti?»

La guardo. Vorrei colpirla con un pugno direttamente sulla testa e farla precipitare in un tombino. La bacio.

Giada mi stringe le guance con la mano destra e muove vorticosamente la lingua intorno alla mia. La lascio fare e vago con la mente. Abbandonato a pensieri estranei, apro gli occhi e guardo la chiesa in stile romanico che si affaccia sulla piazza. *È davvero una bella chiesa* penso, *guarda che stile romanico.* Una signora che legge le carte mi invita ad avvicinarmi. Distolgo lo sguardo e noto, da lontano, un vecchio che inciampa e si aggrappa alla moglie. Lei lo insulta. Lui la manda all'inferno. Mi viene da ridere. Giada stacca le sue labbra dalle mie, apre gli occhi e mi scopre con il sorriso sulla faccia.

«Anch'io sono felice» dice. «E ora andiamo a schiacciare le palle al toro.»

Guardo fuori dalla finestra del mio ufficio, mentre aspetto che il computer si avvii. Sorrido di nuovo. Mi sento come un ragazzino in attesa del suono della campanella, stessa paura, stessa ansia infantile. Telefonate, e-mail, riunioni, discussioni, pratiche, urgenze, affanni. Una nuova giornata di lavoro sta per cominciare. Sulla scrivania vibra il telefonino. Lo prendo e leggo il messaggio.

Giada.

Ma lo sai che mi manchi?

Scuoto la testa.

Sono sicuro che non la rivedrò mai più, ma ora, mentre mi rigiro tra le mani un tagliacarte pescato dal cassetto e vado con lo sguardo verso i faldoni delle pratiche chiuse, ho l'impressione che, in fondo, manchi anche a me. Inserisco la password nel pc e, prima di essere inghiottito dalla giornata professionale, penso un'ultima volta a lei e alla sua leggerezza.

Certe serate, forse, sono davvero magiche.

«Andrea, ma che cazzo fai? Ridi da solo?»

«No, niente. Un riflesso spastico.»

«Minchia, cominciamo bene.»

Tutto il resto dell'anno, invece, è solo così.

Si comincia.

1.

Mi chiamo Andrea Campi.
Ho trent'anni.
Sono un professionista serio.
Ultimamente non sto molto bene.

Come diavolo si chiama? Possibile che non mi venga in mente? Eppure lo so. Bionda, ancora viva. No, forse no. Forse è morta. Sicuramente è morta. Forse no, forse è viva però. Ma come si chiama, porca miseria?

Da ore questa domanda mi ronza nella testa.

Il nome di un'attrice bionda.

Morta.

Ma forse viva.

Mi sono perso in una fantasia: uno stormo di piccioni si leva da piazza Duomo e si riversa sul palazzo di cinque piani in cui sono rinchiuso. Piccioni inferociti, cattivi. Investono l'edificio con furia inaudita. Spaccano le vetrate. Invadono le stanze. Colpiscono ogni ostacolo sulla loro strada, senza distinzioni, uomini, piante, oggetti, tutto. Un attacco violento, spietato, insensato, che riempirà per giorni le pagine dei giornali. Io, unico sopravvissuto, sono intervistato nell'edizione delle 20.00 del Tg1. Servizio di apertura. Gente alle spalle che saluta la telecamera.

«Ci dica dottor Campi» mi sollecita una giornalista dall'alto di una rassicurante scollatura. «Ci parli dell'avvenimento, di questa bruttissima esperienza. Racconti, dottore, com'è riuscito a mettersi in salvo?»

«Avvocato» dico. «Sono avvocato. A ogni modo, guardi, dice bene, un'esperienza bruttissima, sconvolgente, una massa di pennuti furibondi, sordi a ogni ragione, l'edificio improvvisamente sotto attacco. Cocci di vetro, sedie rovesciate. Mi sono tuffato sotto il tavolo e...»

«Esattamente come il film, no? *Gli uccelli*» mi interrompe la superficiale ragazza e tanto basta per demolire la mia fantasia e insinuarmi questo pensiero fisso del nome dell'attrice bionda – viva, morta, chi lo sa? – della pellicola di... Come si chiama quel regista? Vivo, morto, non ricordo.

Non ricordo.

Guardo l'orologio.

Anche questa sera, le undici passate.

Dalla strada arrivano la parabola di un suono di sirena, una frenata, poi ancora quiete. Abbandonato sopra una poltroncina in cuoio, mi stiro e afferro una bottiglietta d'acqua. Mi riempio il bicchiere e lancio un'occhiata intorno. Riconosco due colleghi. Un giovane avvocato accasciato sopra un divanetto impegnato a perquisirsi il naso con una certa maestria e, poco più in là, in piedi, un altro legale, immerso nella lettura di un contratto che gli trema tra le mani. Mi faccio forza. Scrollo la testa per scacciare il torpore e cerco di recuperare una scaglia di professionalità e mostrarmi affaccendato, come loro. Mi infilo anch'io un dito nel naso.

Stiamo lavorando a un'acquisizione societaria: il nostro cliente, una banca d'affari *francese*, sta trattando l'acquisto di un ramo d'azienda *italiano* da parte di una società tessile *tedesca*, a sua volta assistita da uno studio legale *inglese*. *Internazionalità* è la parola d'ordine, ma cosa leghi l'alta finanza alle mutande, a me questo non è ancora completamente chiaro.

«Lei è pagato per assisterci legalmente, non per capire» mi è stato fatto presente da un uomo il cui tono rivendicava l'appartenenza a una classe sociale di molto superiore alla mia. «*Comprend?*»

«*Mais oui*» ho risposto con un sorriso.

Brutta merda ho pensato, con lo stesso sorriso.

La riunione è cominciata questa mattina. Alle nove in punto, nella sala riunioni Violetta della sede di Milano dello studio legale Flacker Grunthurst and Kropper, eravamo tutti in posizione. La società tedesca ha schierato un paio di berlinesi, biondi, squadrati, con tutta l'aria di chi non vede l'ora di staccare per godersi una trasferta interamente spesata. La banca d'affari francese ha spedito un collaboratore interno, un uomo di mezza età, corpulento, visibilmente compiaciuto del suo gessato. E poi i rispettivi legali. Per i tedeschi, un avvocato inglese, Timothy, sui quarantacinque anni, alto, calvo, seguito da un giovane collaboratore con i capelli cortissimi sulle orecchie e un ciuffo sulla fronte che ogni tanto si palpa come se ne dovesse accertare l'esistenza. Per i francesi, noi: Tiziano, un giovane praticante entrato in studio da un paio di settimane, ventiquattro anni, neolaureato, centodieci e lode, collo della camicia molto alto, e io, ormai senza più caratteristiche.

Tutti seduti intorno al largo tavolo ovoidale in mogano lucido della sala riunioni Violetta, con un bicchiere di acqua davanti, la documentazione, un blocco, una penna e un laptop, abbiamo dato il via alla seduta.

«Caffè per tutti?»

«Caffè per tutti.»

Ora, dopo quindici giri d'orologio, lo scenario è mutato. L'aria è pesante. I rappresentanti delle società sono al ristorante da ore e non torneranno. Restiamo noi avvocati, in silenzio, poco più che inanimati. Abbiamo passato le ultime ore rileggendo il contratto una volta ancora, senza ormai comprenderne una parola, distraendoci quel tanto che basta per bere un goccio di Coca-Cola Light (*calda*), verificare se ha smesso di piovere (*no*), controllare se qualcuno ci ha mandato un sms (*nessuno*). Il cerchio alla testa è un'aureola di dolore. Le ossa supplicano di essere sgranchite. Mi passo una mano tra i capelli. Ne conto una decina rimasti tra le dita.

Tiziano, il mio praticante, si è allontanato per chiamare la sua ragazza. Mentre usciva dalla stanza, ho notato sulla sua faccia un'ombra di profonda tristezza. È l'unico che indossa ancora la giacca. Io mi sono levato anche la cravatta e mangio un'altra fetta di pizza al radicchio fredda, raccolta tra gli avanzi della cena. Nella testa si accavallano le domande di una vita: *Chi sono? Come sono arrivato a tutto questo? Chi è l'idiota che ha ordinato la pizza al radicchio?*

A picco nelle mie riflessioni, non mi sono nemmeno accorto che Timothy, l'avvocato inglese, ha smesso di consultare il contratto e mi fissa severo. Sollevo a fatica le palpebre e faccio un cenno interrogativo alzando il mento.

«*Ainidtuspicuidmaiclaients*» risponde.

Sono preso in contropiede. Balbetto: «Sorry?», e Timothy ripete la frase con lo stesso tono e la stessa velocità.

«Dice che deve parlarne con i suoi clienti» mi bisbiglia all'orecchio Tiziano, rientrato non so bene quando dalla sua telefonata.

«Eh? Ah! Sì. Sì, l'ho capito, che ti credi?» dico, rizzandomi sulla schiena. «Stavo solo ponderando.»

Ma non resta nulla da ponderare.

Ho chiesto lo stralcio di una clausola dal contratto e la mia spossatezza è stata scambiata per risolutezza. Il legale di controparte si è fermato a valutare e, mentre il suo collaboratore sollevava preoccupato il ciuffo ormai definitivamente incurvato, si è espresso: deve parlarne con i suoi clienti. La riunione è chiusa. Non c'è possibilità di recuperare i due tedeschi, dispersi in chissà quale locale della Milano by night, a stringere chissà quali seni, a chissà quale tariffa oraria.

Mi mostro seccato, accarezzandomi pensoso le guance, ma sto già visualizzando l'attimo in cui sprofonderò in un'oasi di lenzuola e cuscini. Mi alzo di scatto guardando Tiziano con sufficienza. Decido di esibire, una volta per tutte, le mie competenze linguistiche e con enfasi dico: «Okay», rivolto all'avvocato inglese.

Poi mi volto di nuovo verso il praticante.

«Tippi Hedren» aggiungo. «L'attrice bionda si chiama Tippi Hedren.»

Tiziano si guarda intorno e, per un momento, sembra controllare l'uscita più vicina.

Varco la soglia di casa.

Mi levo le scarpe senza slacciarle. Lancio la giacca e i pantaloni sul letto e rimango in mutande. Mi sento affamato. Apro il frigorifero. Calcolo le possibili combinazioni alimentari che mi sono offerte: tonno e birra. Apro una scatoletta, rovescio il contenuto sopra un piatto che non ho lavato, stappo la birra e mi siedo a tavola. A farmi compagnia, di fronte a me, il mio fidato muro. Cosa mi racconti, Muro? Com'è andata la tua giornata? Non dici nulla, eh? Mi piaci, Muro. Sei silenzioso e pacifico.

2.

«Allora, Endriu, com'è andata ieri?»

Senza bussare, Giuseppe entra nella mia stanza con un caffè in mano. Mi fissa con un sorriso beato. «Eh, ma che brutte occhiaie.»

Giuseppe è uno dei soci più autorevoli dello studio.

Giuseppe è un avvocato molto apprezzato nell'ambiente, anche se nessuno si è mai preso la briga di specificare in quale ambiente.

Giuseppe, soprattutto, è il mio capo («Ma io, Endriu, più di tutto vorrei essere un modello per te» mi ha detto uno dei primi giorni di lavoro, stappandosi l'orecchio con il dito mignolo).

«Diciamo che è andata bene» rispondo con un sospiro.

«Gli hai spaccato il culo? Dimmi che gli hai spaccato il culo», Giuseppe stringe una penna con forza.

«Be', è stata una contrattazione un po' complicata. Abbiamo fatto tardi. L'avvocato di controparte voleva a tutti i costi...»

«No, no, Endriu, non darmi dettagli inutili. Sintesi. Dimmi solo che gli hai spaccato il culo.»

«Gli ho spaccato il culo.»

«Grande Endriu», schiocca le dita senza riuscirci. «Grande. Il mio prezioso collaboratore. *Grande.*»

Giuseppe è un uomo potente. C'è chi parla di lui come del mio maestro, del mio precettore, del mio *dominus*, ma là dove gli altri indicano l'esempio, io vedo solo mani callose, un abito vecchio più del dovuto, oltre a un numero smodato di peli nel naso. Di lui si dice: «Porta i clienti», e a me piace immaginare quest'uomo salire sulla sua Mercedes Slk nera, voltarsi verso i sedili posteriori e chiedere con affabilità: «Dove vi porto oggi, clienti?» «Al mare a fare le sabbiature, Giuseppe.» «E allora via, allacciatevi la cintura.» E invece si tratta solo di una formula, per sottolineare che il fatturato dello studio può contare sulle società che a lui si rivolgono – grandi società – che rappresentano introiti – grandi introiti. È lui che parla con gli ad, è lui che conosce il tale, è lui che ha rapporti con il talaltro, è lui che va a cena con il cugino di Della Valle, è lui che va in barca con il commercialista di Tronchetti, è lui che mi dice, mettendo i piedi sulla scrivania: «Che ci vuoi fare, bisogna trovarsi al posto giusto, avere la giusta visione delle cose, il giusto piglio. Fiuto, Endriu, fiuto.» E tira su col naso.

Ne subivo l'ascendente, i primi tempi. Sicuro di sé, deciso, ambizioso, *successful*, Giuseppe possedeva il fascino di una cartolina che suggeriva oasi di serenità e benessere, iva inclusa. Ma non mi ci è voluto molto ad aprire gli occhi: sotto quella scorza di leone scoprii ben presto l'essenza di un lama, un uomo che sputa lezioni che mi cadono addosso come la grandine sui campi di grano in giugno. Così, ogni tanto, trae un sospiro e dice cose come *un obiettivo non si raggiunge, un obiettivo si conquista*. Oppure *negoziare non è contrattare, è aggredire*. O ancora *ascolta finché devi, parla finché puoi*. Io sorrido, dico: «eh», poi comincio a elencare mentalmente i nomi dei sette nani, così, per distrarmi da tutto. Talvolta si lascia andare e dal campo professionale si allarga all'etica. *L'umiltà è solo la presunzione che l'ha preso in culo* mi ha spiegato la settimana scorsa. Ho pensato di essere al servizio di Bruce Willis e ho desiderato piangere.

Giuseppe, dopo essersi accertato che abbia fatto il mio dovere spaccando culi, esce dalla stanza, lasciando aperta la porta. Dall'ampio openspace su cui si affaccia il mio ufficio, giungono spruzzi delle chiacchiere delle segretarie, sedute alle loro scrivanie disposte a croce, separate da un divisorio sistemato perpendicolarmente a ciascun tavolo, che conferisce alla figura un'inquietante forma di svastica.

«Troppo figo in quel film, con tutto il sangue addosso.»

«L'avete sentita la nuova canzone di coso, come si chiama, quello tutto ricciolino?»

«L'ho comprata ieri da Zara. Era l'ultima. Non ci volevo credere.»

«Ci esci ancora con quello della Security?»

«L'idea è di mandare il piccolo in colonia e di andare un po' al mare che ce ne abbiamo bisogno.»

«Scusate, il bacio nei messaggini si fa con la x o con l'asterisco?»

Mi alzo, chiudo la porta e mi rimetto a sedere.

Nicola, il mio compagno di stanza, mi osserva.

«Be', come è andata veramente ieri?», si stira. «Endriu.»

«Non fare lo stronzo», gli punto un dito.

«Scherzavo» replica con un ghigno.

«Comunque, male», mi siedo con un tonfo e comincio ad arrotolarmi le maniche della camicia. «Dovevamo chiudere il contratto e invece niente. Un paio di punti ancora in sospeso. Nulla di complicato, però, sai, contavo di finire tutto ieri. Oggi neanche ci volevo venire qui. Spero solo che...»

Nicola si alza, si dirige verso il soprabito appoggiato all'attaccapanni, prende un fazzoletto di carta, ci soffia dentro, osserva a lungo tra i lembi e si risiede.

«Ma... mi stai ascoltando?»

«Eh? Ah, scusa, dovevo soffiarmi il naso. Dicevi che è tutto a posto insomma.»

Faccio un cenno d'assenso, mi alzo, lascio la stanza e mi dirigo alla macchinetta del caffè dove, simili a mosconi, trovo un paio di colleghi a piantonare le cialde di arabica e scambiarsi opinioni sulla crisi dei mercati e le tette della centralinista notturna. In entrambi i casi, manifestano una notevole preparazione sulle più recenti evoluzioni. I mercati vengono definiti instabili, sulle tette si registra maggiore fiducia.

Prendo il bicchierino, mescolo lo zucchero, mi metto a lato e mi immergo nei miei pensieri, mentre i dialoghi scorrono su di me come sinfonie antiche.

Ti offro un caffè

«Ti vedo stanco.»

«Eh sì, lavoro parecchio. Un periodo stressante.»

«Il bimbo?»

«Oh, cresce, dovresti vederlo. Biondo, vivace.»

«E Anna come sta che non si fa vedere da un po'?»

«Bene. Mi ha appena chiesto il divorzio.»

«Perfetto. Cioè, nel senso, mi spiace, ma ho un amico matrimonialista che può seguirti la pratica. Te lo presento. Lungo o corto?»

«Lungo. Ho un sonno che non ti dico.»

3.

Finisco di bere il caffè, mentre il capannello alla macchinetta si è allargato. Un tripudio di saluti, chiacchiere e *come andiamo?*, *hai letto il* Sole *stamattina?*, *e intanto mi sono macchiato la cravatta*. L'argomento sulla bocca di tutti è un'e-mail sulla categoria degli avvocati circolata questa mattina, una di quelle e-mail ironiche e amare, che dipingono a tinte fosche questo nostro mondo professionale.

«Ah ah ah, ragazzi, siamo esattamente così. Sputati.»

«Proprio delle merde, ah ah ah!»

«E il pezzo sulle mogli?»

«Quello è fortissimo!»

«Come la moglie di Maurizio, quello dell'*employment*.»

«No, ragazzi, questa io non la so. Che ha fatto sua moglie?»

«Rimasta incinta, non dice nulla. Prende e abortisce. Lui la scopre, non si sa come, qualcuno dice una telefonata anonima. Si incazza, parla del suo diritto alla scelta, cinquanta per cento, proprio così ha detto, *avevo il cinquanta per cento*, e lei gli risponde *il cinquanta per cento te lo puoi infilare* avete capito dove *che tanto non era nemmeno tuo*.»

«Ah ah ah!»

«Ah ah ah, tale e quale.»

«Siete proprio due stronzi, però, a ridere di questo, ah ah ah!»

«Ah ah ah, senti chi parla.»

«Tu, Andrea, non ridi? Non l'hai letta?» mi chiede Ernesto, un giovane avvocato di Salerno, collega della stanza accanto alla mia, mentre si asciuga una lacrima.

«No, no, bella» dico sovrappensiero. «Ma me l'avevano già mandata. Bella però.»

Mi verso un bicchiere d'acqua e mi allontano.

A guardarli così, mentre si scambiano pacche sulle spalle ridendo delle nostre miserie, mi chiedo se non ci sia in loro, in me, in noi, qualcosa di sbagliato, qualcosa di disturbato, qualcosa di davvero poco *normale*. Ma poi penso *cosa significa essere normali?* Conosco davvero qualcuno che si possa definire *normale*? E in cosa consisterebbe questa *normalità*? Tutti abbiamo le nostre piccole follie, le nostre stravaganze. Loro come tutti. Loro come me. Sollevato, svuoto il bicchiere in un sorso e rientro nella mia stanza in tempo per scoprire Nicola con due matite infilate nel naso.

«Eh, ma allora ho ragione. Qui dentro la normalità è un accessorio. Si può sapere che cazzo stai facendo?»

Nicola con un gesto brutale strappa via le matite dalle narici. Poi, con disinvoltura, si mette a leggere un documento pescato a caso sulla scrivania e comincia ad annuire tra sé.

Nicola divide l'ufficio con me. Sono contento. Miglior compagno di stanza non mi poteva capitare. Umile, taciturno, forse un po' spigoloso, in ogni caso leale. Mi è piaciuto subito, fin da quando – tre anni fa, mentre prendevo posto per la prima volta alla scrivania di fronte a lui – mi disse: «Ciao sono Nicola quel faldone lì sopra è mio poi te lo sposto.» Quel giorno non disse più nulla. E neanche il giorno dopo.

Il terzo giorno fui io a parlare.

«Senti», agitai una mano per distoglierlo dal bagliore del desktop. «Lo metto a posto io il faldone, okay?»

Mi guardò con quella che sembrava soddisfazione.

«Okay» rispose, come se avessi superato un esame.

Siamo, l'uno per l'altro, un'appendice, un condizionatore che emette un sibilo leggero, un quadro che, anche se pende storto, fa colore. Eppure, a essere sinceri, qualcosa in lui non mi ha mai lasciato del tutto tranquillo: fa parte di quella categoria di persone di cui, di fronte a un commissario che ne comunica l'arresto per un qualsiasi delitto purché efferato, non si può che sospirare e ammettere: «È terribile, commissario, terribile davvero, ma devo confessarle che ha sempre avuto qualcosa che non mi convinceva del tutto.»

«Andrea, posso chiederti, per cortesia, di passarmi un attimo il vocabolario?» mi domanda con estrema gentilezza, mentre un sottile rivolo di sangue gli scende dal naso, costeggiando il labbro.

«Prego» rispondo, porgendogli il vocabolario e immaginandolo alla luce di una lampada puntata sulla faccia a spiegare dove si trovava tra le nove e le dieci della sera prima e se c'è qualcuno che può testimoniarlo.

Il suono di un'e-mail in entrata mi distoglie da Nicola.

Riconosco subito l'indirizzo del mittente e leggo avidamente il testo. Timothy, l'avvocato inglese, dice che sì, le modifiche che ho richiesto sono state accettate, si può proseguire. Chiede la disponibilità per un incontro, magari già questo pomeriggio, in modo da finalizzare il contratto e procedere alla firma da parte dei clienti. Non mi sembra vero. Un'operazione durata mesi, un'operazione per cui ho speso notti insonni, per cui ho perso cene e appuntamenti, per cui ho studiato nuove forme di imprecazione, quell'operazione si sta ora per chiudere. Certo, restano alcuni accorgimenti, alcune precisazioni, ma presto metteremo la parola fine a tutto questo.

Rispondo immediatamente, dando la mia disponibilità

per l'incontro, e mentre digito il testo dell'e-mail mi sembra quasi di essere felice. Premo *invio* e nei pantaloni prende vita un'erezione.

«Andrea», la voce di Nicola, con un'insolita inflessione nasale, mi riporta alla realtà.

«Dimmi, Nicola» rispondo senza alzare lo sguardo.

«Ce l'hai un fazzolettino? Devo essermi rotto un capillare. Credo sia lo stress.»

Alzo la testa. Lo osservo. Tiene la testa all'indietro e si tappa il naso con la mano sinistra. Dal naso fluisce un getto copioso di sangue.

«Lo stress o la carenza di ferro» suggerisco.

«Carenza di ferro, esatto. Bravo Andrea. Ecco cos'è. Carenza di ferro.»

Gli lancio un pacchetto di Kleenex, colpendolo al petto. I fazzoletti cadono a terra. Nicola si allunga facendo attenzione a non piegare la testa, armeggia tra i piedi, finché non riesce a estrarre un paio di fazzoletti che appoggia sotto il naso.

«Grazie» mormora.

Lo guardo perdersi nei suoi gesti impacciati.

Questo ragazzone toscano, sgraziato nei movimenti, con i calzini sempre di un colore sbagliato, è la persona con cui passo la maggior parte dei miei giorni. Più di una moglie, più di un amico, più di una madre. Sempre faccia a faccia. Divisi solo da due desktop. Conosco ogni suo gesto, ogni sua espressione, il modo errato di pronunciare la parola *pursuant*, il suo schioccare il collo piegando la testa prima a sinistra poi a destra, la vena gonfia che gli attraversa la fronte. Ogni mattina, ognuno venendo dalla propria vita, ci si incontra. Ogni sera, ognuno tornando alla propria vita, ci si saluta. Così da anni ormai. Eppure resta un perfetto sconosciuto. *Etciù*, *salute*, *grazie* è il tenore medio dei nostri dialoghi. Non usciamo mai insieme. Non condividiamo nulla oltre lo spazio lavorativo. Non so niente di lui, della sua famiglia, dei suoi amici, della sua vita sentimentale, delle sue passioni, dei suoi sogni, niente di niente. È qui davanti a me. Lo guardo dissanguarsi e bestemmiare e dal nulla gli domando: «Ma tu ce l'hai una ragazza?»

«Eh...?» mi risponde come uscendo da uno stato di trance.

«Una ragazza? Ce l'hai? Qualcuna che frequenti?»

«Se ti va di fare l'imbecille, questo non è proprio il momento. Sai mica piuttosto come si fa a farlo smettere?»

«Del ghiaccio. Ci vorrebbe del ghiaccio» suggerisco. «Dovrebbe essercene nel freezer, di fianco alla macchinetta del caffè.»

«*Ghiaggio*, hai ragione.»

«Senti, te lo vado a prendere io. Tu continua a tamponare.»

Mentre esco dalla stanza, lo sento che mi chiama debolmente. Mi fermo sulla soglia e mi volto.

«Comunque no, non ce l'ho.»

«Cosa?», aggrotto la fronte. «Cosa non hai?»

«La ragazza. Non ce l'ho.»

Caro compagno di stanza.

Stiamo diventando amici.

4.

Mi domandano: «Che lavoro fai?»

Rispondo: «L'avvocato d'affari.»

Poi, osservo attentamente le reazioni.

Una parte degli intervistatori si storce in una smorfia di disapprovazione: giudicano la risposta altezzosa, fuori luogo, vaticana. La maggioranza, tuttavia, dilata leggermente le pupille e si sporge verso di me e sembra voler esaminare questo esemplare d'uomo tanto normale alla vista e invece – l'avreste detto? – è un *avvocato d'affari.* Mi stringono forte la mano, si allontanano procedendo a ritroso, continuano a guardarmi. Alcuni muovono il dito in tondo (*presto*) e portano all'orecchio la mano a cornetta (*ti chiamo*). Hanno l'aria di chi poi riferirà agli amici dell'incredibile incontro di cui è stato protagonista – *Non ci potete credere, un avvocato d'affari.* Divento un po' più alto, un po' più intelligente, un po' più ricco, sostanzialmente un amico intimo.

Le cose, per quanto mi riguarda, non stanno esattamente così. Io non voglio né disgustare né compiacere. Dopo anni di esperimenti, ho semplicemente capito che *avvocato d'affari* è la sola formula che mi permette di uscire indenne da qualunque domanda sulla mia professione: ho provato a rispondere semplicemente *avvocato* e la conversazione si è sempre infilata su binari che, con stupefacente puntualità, mi hanno condotto a sfracellarmi.

«Mio zio ha un garage che non usa da dieci anni e teme che...»

«No guarda, devi scusarmi, non sono esperto in diritto condominiale.»

«Ah. Comunque, mia sorella ha ricevuto da mia nonna lo stabile di Rogoredo, mentre io...»

«No, scusa, ti devo interrompere di nuovo, ma non sono molto ferrato in diritto ereditario.»

«Uhm. La mia ex moglie...»

«Nemmeno matrimoniale.»

«Ho fatto un incidente...»

«Niente infortunistica.»

«Ho un credito.»

«Nessuna ingiunzione.»

«Multa?»

«Sono mortificato.»

«...»

«...»

«Be', scusa se te lo dico, ma non sai davvero fare un cazzo.»

Si allontanano scuotendo il capo.

Tendo a rimanerci male.

Avvocato d'affari mi risparmia scambi di questo tipo, è una formula vuota ma altisonante che mi consente di uscire a testa alta da qualsiasi richiesta professionale, mettendo gli interlocutori con le spalle al muro, costretti a un rapido esame di coscienza che esclude quesiti in grado di competere con un rango come il mio: gli *affari*. Così finisce che si sentono dei vermi, vorrebbero ritirare la domanda, scappare lontano, e ci si ritrova a parlare del tempo.

Perché io, sfortunatamente, non so davvero fare un cazzo.

Non mi pesa ammetterlo. E non si tratta di falsa umiltà o autocommiserazione. Solo un'onesta presa di coscienza.

Il mio lavoro è molto semplice nella sua incredibile complessità.

Tutto comincia con una società che bussa alla porta dello studio legale, solitamente nella persona di un uomo piuttosto arrogante, oltre che d'aspetto poco gradevole. L'uomo dice: «Devo comprare/vendere/fare perché ho intenzione di guadagnare parecchio denaro ed è necessario che tu, *avvocato* – sibilato tra i denti, in equilibrio sul filo che unisce l'indifferenza al disgusto –, mi assista, perché io non ho non solo le competenze, ma neppure il tempo né la voglia di star dietro a tutto, considerato che devo andare in barca con Marina, un'universitaria che ho appena conosciuto e che a te non ti cagherebbe neanche di striscio anche se hai vent'anni meno di me.»

«Okay» rispondo io, sgargiante, mentre negli occhi mi brilla il tondo sedere di Marina.

Saluto, dopo avere sinceramente riso a quattro o cinque battute moderatamente deprimenti, torno nella mia stanza, accedo al server centrale condiviso da ogni professionista, digito un paio di parole chiave e dalla massa spuntano le fondamenta della mia specializzazione: i precedenti, documenti predisposti in un tempo lontano da qualcuno oggi probabilmente ricordato nelle omelie di novembre e ritoccati negli anni da chiunque se ne sia servito con l'aggiunta di una parolina qui, di una clausoletta là, di un titoletto in fondo e pronti per un nuovo uso. Come un pittore che conserva migliaia di tele dipinte su modelli d'ogni tipo e per ciascun cliente desideroso di fissare la propria immagine non fa che scegliere la più somigliante e rifinirla, modificando un tratto del sopracciglio, un pelo del naso, una sporgenza sulla fronte, una ruga intorno agli occhi, fino a che il cliente non sia soddisfatto, così faccio io, che ricevo in dotazione documenti legali di ogni tipo – in italiano, in inglese, buyer-oriented o seller-oriented, sottoposti alla legge italiana, inglese, tedesca, lunghi decine e decine di pagine o brevi e semplici, contratti di acquisto, contratti di vendita, cessioni, pegni, ipoteche, verbali di assemblea, procure, fideiussioni, finanziamenti, ogni tipo di operazione per ogni tipo di cliente –, scelgo il più adatto e comincio a lavorare applicando il moderno ragionamento giuridico:

- *trova* Società X;
- *sostituisci con* Società Y;
- *sostituisci tutto.*

E un buon cinquanta per cento del lavoro è fatto.

Il resto è operare su clausole riscritte e ritoccate centinaia di volte, alla ricerca del contratto perfetto o, più ragionevolmente, di una giustificazione a parcelle milionarie.

E allora perché passo le mie notti in ufficio, lavorando fino allo sfinimento?

Perché il pelo liscio nella narice destra aggiunto su consiglio del cliente non piace alla controparte, che preferisce un pelo riccio. Tre riunioni e due notti di lavoro portano al risultato: nessun intervento sul naso ma due peli nelle orecchie.

La notte prendo sonno facendo finta di essere importante.

«*Hello*» rispondo squillante, riconoscendo immediatamente sul display il numero interno britannico: Paul, un collega della sede di Londra con cui sto collaborando per un memo sulla costituzione di una s.r.l. in Italia.

«...»

«*Speaking*», mi sistemo l'auricolare e continuo a pigiare con forza sulla tastiera mentre converso (non scrivo nulla di particolare, cose come: *fjcwpohv* oppure *conapmcèa*, per far sentire all'altro capo del telefono che il lavoro non conosce pausa) e con l'occhio dico alla segretaria che può andare e che ne riparliamo dopo.

«...»

«*Fine, thanks Paul. And you?*», mi distendo contro lo

schienale, facendo ciondolare una penna in modo vagamente internazionale.

«...»

«*Ah ah ah!*»

«...»

«*Yes.*»

«...»

«*Great.*»

«...»

«*Yeah.*»

«...»

«*Uhm.*»

«...»

«*But...*»

«...»

«*Okay, okay.*»

«...»

«*That's perfect.*»

«...»

«*Okay.*»

«...»

«*Bye Paul, bye...*»

Ripongo l'auricolare, incrociando lo sguardo di Nicola.

«Che voleva?»

«Capito un cazzo.»

Mi distendo contro lo schienale, afferro i lembi del colletto della camicia e li tiro leggermente.

Il telefono squilla di nuovo: il centralino.

«Sì?»

«Avvocato Cambi, sono arrivati i clienti per la riunione delle quattordici.»

«Ogni volta, Rossella. Ma come devo dirglielo? *Campi*, non *Cambi*. La ringrazio. Scendo subito. Intanto le chiedo la cortesia di farli accomodare nella sala di ieri.»

«La sala di ieri è occupata.»
«Nessun problema. Li sistemi pure in un'altra sala.»
«Va bene la sala Tulipano?»
«Ottima la sala Tulipano.»
«È occupata anche quella.»
«Scusi Rossella, mi sta prendendo in giro?»
«Avvocato, io sto lavorando. Mi dica lei dove devo metterli.»
«Ma che ne so io delle sale libere, mi scusi? Violetta, Margherita, Tulipano. Li metta dove crede. Abbiamo una sala Rosmarino? Li metta lì.»
«Avvocato Cambi, se crede di essere simpatico...»
«Okay, okay, li metta nella Margherita.»
«Li metto nella Tulipano.»
«Ma la Tulipano non mi ha detto che è occupata?»
«Si sta liberando.»
«Dio sia lodato.»
Mi alzo, aggiusto la cravatta, infilo la giacca, pettino i capelli passandoci una mano, conto quelli che rimangono tra le dita – cinque, si registra un'insperata diminuzione del cinquanta per cento –, afferro il fascicolo dell'operazione e mi dirigo al primo piano, quello delle sale riunioni. Faccio le scale cercando di immaginare le prossime ore: lettura del contratto, definizione degli ultimi dettagli, piccole modifiche, questo va qui, questo lo spostiamo là, attenzione è cambiato il numero del paragrafo, c'è da sistemare la giustifica, si stampa tutto, si firma, complimenti, complimenti a voi, ottimo lavoro, grazie, grazie a voi, ora vado, scappo anch'io, a presto, mi chiama un taxi?, già fatto, grazie, di nuovo. Magari per le otto sono a casa, anzi, non magari, sicuramente sono a casa, sotto la doccia, e poi mi guardo un film, no, no, altro che film, stasera esco, una birra, anche due, mi rilasso, mi distraggo, dimentico tutto, stasera divento uno zombie. Me lo merito.

Ti offro un caffè

«Ucciderei per quell'abito.»

«Bello, eh? Dopo lo apro e te lo faccio vedere bene. Ritirato ora dal sarto. Domenica vado al matrimonio del mio ex, capirai, devo essere perfetta.»

«Lei, la sposa, è la parrucchiera, no? Quella da cui andavi qualche anno fa?»

«Ci vado ancora. Passato lo shock iniziale del tradimento, ho pensato fosse stupido cambiare. Trovamene una brava di questi tempi. Figurati che mi fa pure lo sconto.»

«Mi sembra il minimo dopo che ti ha portato via il marito.»

«È quello che le ho detto anch'io. Pensa che lei all'inizio faceva pure storie.»

«Io vado da Toni & Guy.»

«Conosco. Bravi, ma ti fanno il rosso troppo rosso.»

5.

«Qui c'è un problema con la clausola tredici.»

«La tredici» dico alzandomi di scatto, senza nemmeno sapere di cosa sto parlando. «Vero. L'ho notato anch'io.»

«No, no, volevo dire la diciotto, scusate. C'è un'incongruenza con la diciotto, ripeto la diciotto», l'avvocato inglese si corregge e rivolgendosi a me aggiunge: «Ma tu, invece? Che problema hai notato nella tredici?»

Non rispondo. Mi lascio ricadere sulla sedia. Guardo l'orologio. Quasi mezzanotte. Com'è possibile? Dovevano essere solo alcuni aggiustamenti, un paio di modifiche, nulla di rilevante, e ora le questioni si moltiplicano e i problemi fioccano e tutto dev'essere rivisto, riletto, sistemato.

Giuseppe è seduto accanto a me. Di tanto in tanto mi lancia un'occhiata furiosa. Convinto che tutto fosse ormai definito, ha pensato di fare un salto in sala riunioni per stringere un po' di mani che contano e prendersi il merito di tutto, parlando di me come dell'apprendista a cui ha lasciato le briglie sciolte, per farlo imparare, per farlo divertire, ma – attenzione – alle spalle ci sono io, *Sobreroni Giuseppe*, l'esperto, il professionista, ho seguito tutto io, dietro le quinte, sullo sfondo, tiravo fili, muovevo leve, supervisionavo, perché questi giovani, diciamolo, vanno un po' aiutati a uscire fuori, a farsi le ossa, ma sempre sorvegliandoli, c'è un dovere verso il cliente, un dovere, prima che professionale, *morale*. Ora è silenzioso. Passa il tempo giocando con la manopola del blackberry e ogni tanto dice: «Sì, ma cazzo però.»

I clienti si sono allontanati per cena, visibilmente scocciati. Hanno chiarito la situazione: dobbiamo finalizzare i documenti stanotte, di qui non si esce senza aver chiuso l'affare e quando tutto sarà pronto – solo allora – li chiameremo, ci raggiungeranno, firmeranno.

«Badate bene» hanno ripetuto, «*solo allora*.»

«Solo allora sia» ha risposto Giuseppe prima di deglutire.

Guardo il vassoio dei rinfreschi. Di tutti gli stuzzichini ordinati per quella che avrebbe dovuto essere la celebrazione del closing, rimangono ora solo una piccola piramide di bastoncini di tofu e qualche salatino, che hanno riscosso un disprezzo unanime. Il resto è stato spazzolato al posto di una cena che nessuno ha avuto il cuore di ordinare. Mi avvicino, trascinando i passi, mentre Timothy, l'avvocato inglese di controparte, insiste nella lettura del contratto, alla ricerca di incongruenze, di contraddizioni. Ho gli occhi stanchi, i lineamenti tirati, la pancia gonfia. Un principio di gobba mi appesantisce la schiena. Prendo un bignè di bietole e spinaci. Lo soppeso, lo guardo, me lo rigiro nella mano. Poi comincio lentamente a schiacciarlo. Respiro adagio. La sensazione di poltiglia che penetra tra dito e dito mi fa sentire leggero.

«Ma che diav...» farfuglio, scoprendomi addosso lo sguardo sbigottito di Tiziano. «Ma tu guarda se uno per risparmiare deve prenotare un catering così. Ti si spappolano tra le mani appena li tocchi. Davvero incredibile.»

Torno a sedermi. Controllo le e-mail sul blackberry. Lo appoggio sul tavolo. Butto una rapida occhiata al telefonino. Mi accorgo di un messaggio non letto.

Cena stasera? Noi ci vediamo alle 8.30. Fammi sapere.

Un effetto fumo mi annebbia i pensieri. Cado in una sorta di trance e comincio a visualizzare. Li vedo, li vedo distintamente: in questo momento stanno sfogliando la carta dei dessert, mentre il cameriere elenca le specialità del giorno. Li posso anche sentire.

«*Io prendo una mousse.*»

«*Due.*»

«*Tre.*»

«*Quante mousse?*»

«*No, io un tiramisù.*»

«*Ce l'avete pera e cioccolato?*»

Io prenderei il profiterole. Mi piace il profiterole, morbido, pieno di crema, rassicurante. E anche un Amaretto di Saronno. È buono l'Amaretto, con un cantuccio magari, facciamo due, tanto sabato vado a correre. Torno a concentrarmi sul lavoro. Penso a quando ero bambino e mia madre mi rimboccava le coperte. Provo odio.

«*Okay then*» afferma improvvisamente Timothy, «rileggiamolo un'ultima volta.»

«Sì, ma che sia l'ultima per davvero» rispondo. «A prescindere dal fatto che vada bene o meno.»

«Cosa intendi dire?» mi domanda, severo.

«Scherzavo.»

Mentre Timothy si immerge di nuovo nella lettura del documento, Giuseppe, spingendosi faticosamente sulle rotelle della sedia, si avvicina a me.

«Io non scherzo affatto» mi sussurra. «Questo crucco ha rotto i coglioni. Ora si chiude il contratto così com'è. Non c'è cazzo né mazzo.»

«Non è crucco.»

«No?»

«È inglese.»

«Appunto. Extracomunitario.»

Nonostante i lamenti di Giuseppe, sembra che siamo arrivati davvero alla fine. Davanti a noi, proiettate dal mio computer direttamente sopra uno schermo calato dal soffitto, scorrono le quarantun pagine del contratto, frutto del lavoro degli ultimi mesi. Un'impressionante accozzaglia di clausole, impegni, dichiarazioni, covenant ci passa sotto gli occhi e rivedo la mia vita: questa clausola l'ho scritta il giorno in cui ho perso il concerto di Sergio Caputo, ma pare abbia suonato molto bene; questo articolo l'abbiamo negoziato la sera in cui c'è stata la cena coi compagni di liceo, l'ho saltata, ma mi hanno detto che è stata una bella serata; ecco le garanzie, queste le abbiamo concordate una domenica, lo ricordo bene, ho mancato un pranzo dai miei, c'era l'arrosto, lo fa molto bene l'arrosto mia mamma. E via ricordando, fino all'ultima pagina.

Guardo l'avvocato inglese.

«È fatta?» domando.

«È fatta» risponde.

Sono le due e quindici, quando finalmente compongo un numero che copio da un biglietto da visita. Con un perfetto accento francese, risponde la voce insonnolita di un uomo di mezza età.

«*Allò?*»

«Jean, sono io, Andrea. Abbiamo finito. Siamo pronti per firmare.»

Jean, il legale interno della banca d'affari francese, ci raggiunge nel giro di un quarto d'ora. Ha i capelli spettinati. Indossa i mocassini e i pantaloni dell'abito con cui questo pomeriggio ha partecipato alla riunione, ma al posto della giacca sfodera una felpa con Snoopy sulla spiaggia, sdraiato al sole in sciarpa e cappotto, e la scritta *Sono pronto per quando arriverà l'inverno*.

Ancora nessun segno, invece, da parte dei tedeschi. Timothy continua a comporre un numero di telefono dopo l'altro, senza ricevere risposta. Mi guarda sconsolato. Gli faccio segno di pazientare mentre mi avvicino a Tiziano, il praticante.

«Tiziano, senti, siamo alla fine. Un ultimo sforzo. Io mi devo allontanare un attimo. Ho bisogno che tu sia pronto ad agire. Se per caso dovessero arrivare i tedeschi – non arrivano – ma se per caso arrivassero mentre io sono assente, procedi pure tu, controlla che firmino correttamente tutti i documenti. Comunque, non ti preoccupare, ti raggiungo subito.»

«Ma tu dove vai?» mi domanda sbattendo le palpebre ripetutamente.

«Da nessuna parte. Ho solo bisogno di darmi una rinfrescata.»

«Ma poi torni?»

«Torno, Tiziano», gli appoggio una mano sulla spalla. «Torno.»

Lascio la sala riunioni e mi dirigo al gabinetto. Entro e mi appoggio al lavandino. Resto immobile, guardando l'uomo che mi osserva nello specchio. Allento la cravatta. Sistemo le mutande. Ravvio capelli e pensieri. L'uomo che ho davanti è un estraneo. Slaccio il primo bottone della camicia e aggiusto di nuovo la cravatta. Poi tendo il braccio destro. Rimango fermo un paio di secondi, indeciso, con il braccio perpendicolare al corpo. Tendo anche l'altro braccio. Entrambe le braccia protese in avanti. Sono bloccato, esitante. Poggio la mano destra sul gomito sinistro ancora sollevato. È un attimo, rimuovo ogni indugio e poggio la mano sinistra sul gomito destro, anch'esso ancora sollevato e via. Mano destra sulla nuca e – continuo a guardarmi allo specchio – mano sinistra sulla nuca e mano destra sull'anca e mano sinistra sull'anca e mano destra sul sedere e mano sinistra sul sedere. Leggero scuotimento delle natiche. *Eeeeeeeeeeee... Macarena!* Saltello virando a destra ed esco dal gabinetto.

«Allora, Giuseppe» esclamo sorridendo, mentre rientro in sala riunioni. «Sembra che ce l'abbiamo fatta.»

Giuseppe, appoggiato al tavolo dei salatini, mi fissa per un paio di lunghissimi secondi, poi si solleva e va a sedersi lontano.

Dai tedeschi ancora nessuna notizia.

Dopo una serie di tentativi andati a vuoto, il legale inglese riesce finalmente a raggiungere uno dei due. Il dialogo sembra problematico: *Hello? Pronto? Pronto? Mi senti? Abbiamo finito, manca solo la firma... Pronto? Ma riesci a sentirmi? Sì, abbiamo finito, vi aspettiamo, siamo pronti... Pronto?* L'inglese chiude il flip del telefono senza nascondere il fastidio e ci comunica, laconico: «*Loud music.*»

I tedeschi si presentano dopo quarantacinque minuti. Sono sudati, entrambi con la cravatta arrotolata che sporge dal taschino, e non sono soli. Due ragazze platinate, molto alte, avvolte in attillatissimi abiti di pelle, si trascinano stringendo loro il braccio e mugolando: «Belli amori andiamo via ballare andiamo.» Ridono rumorosamente. Barcollano. Senza perdersi in cerimonie, il più giovane dei due sfila dalla giacca un'enorme stilografica in avorio e, accennando un passo di danza anni settanta, si dirige verso il contratto e comincia a siglarne le pagine. Mentre procede, accenna un motivetto e riconosco *Felicità* di Albano e Romina.

Dieci minuti dopo sono sul taxi che mi riporta a casa e conto le luci dei lampioni e penso alle gambe delle due bionde.

Il tassista rompe il silenzio.

«Mia moglie mi ha lasciato due anni fa. Da allora faccio il turno notturno.»

«Mi spiace» rispondo senza perdere il conto.

«Ma no, non è poi così male il turno notturno.»

«Intendevo per la moglie.»

«Ah. Già.»

6.

Dal cielo spiovono le ultime gocce di un violento temporale. Le strade rimandano odore di catrame bagnato. È notte. Mi aggiro per i marciapiedi deserti, perso in uno spolverino di un paio di misure più grande, il bavero alzato, un cappello calcato sulla testa. Cammino sicuro, il buio mi è amico, la strada vuota non mi fa paura. Lo sguardo annebbiato di Letizia Moratti mi segue dall'alto di un vecchio manifesto elettorale. Tiro una boccata dalla sigaretta. Tossisco. La getto. Poco lontano, alla luce di un lampione, la sagoma di un uomo si muove incerta. Mi acquatto al muro, celandomi nell'oscurità. L'ombra dell'uomo si fa riconoscibile. Sento crescere in me la tensione. Vicino. Sempre più vicino. È a poco più di un passo. Con uno slancio gli sono addosso, lo agguanto, lo trascino in un androne e lo giro violentemente verso di me. Stringendogli il bavero, spingo l'uomo contro il muro. L'urlo strozzato di un gatto esplode da un cassonetto dell'immondizia facendomi rabbrividire. Fisso intensamente l'uomo che si rannicchia davanti a me. È terrorizzato. Riconosco negli occhi spauriti lo sguardo, di solito feroce, dell'amministratore delegato della banca d'affari francese. L'uomo, in preda al panico, non fa che balbettare: «*No-no-no-je-t-en-prie-no-no-no-no-no.*» Supplica di lasciarlo andare, di non fargli del male e io lo guardo senza pietà. Poi estraggo dalla tasca un documento sgualcito. «*Ecco, guarda, guarda bene.* La clausola 8.4 del contratto che abbiamo appena firmato contiene una garanzia a favore della controparte, una garanzia a vostro carico, una garanzia che ho inserito *io* senza la vostra autorizzazione. *Guarda.*» L'uomo esplode in un urlo disumano. Lascio la presa e scappo e agito le braccia in aria e rido satanicamente.

«Ah...»

Apro gli occhi e mi sollevo di scatto. Rimango fermo, ansimando. Fisso il muro davanti a me. Il cuore rallenta i battiti. Scuoto la testa. Mi premo i polpastrelli sugli occhi, mi allungo sul letto e scosto una tendina. Fuori, tra le fessure delle imposte, la notte sembra appena cominciata.

«Qualcosa dentro di me deve essere sistemato» mormoro, mentre con un piede cerco una ciabatta. Mi alzo e mi dirigo verso la cucina. Dal frigo recupero una striscia di roastbeef, la infilo tra due fette di pane da toast e ne ingoio un paio di morsi. Finisco la birra aperta che trovo sul tavolo. Torno a letto. Mentre poso la testa sul cuscino, penso che mi piacerebbe ritornare un attimo a quell'angolo di strada, tanto per mostrare all'amministratore delegato anche un paio di errori di ortografia che ho infilato all'interno della clausola 3.

Mi riaddormento.

Casa mia si affaccia su un ampio cortile interno traboccante di verde, uno di quegli scorci di Milano rimasti alieni alla frenesia e al rumore. L'erba, sempre curata, è attraversata da alcuni vialetti dove i condomini più anziani si lasciano trascinare dai cani. Un gruppo di alberi si ammassa sul lato opposto a quello da cui mi sporgo. Nessuna traccia di fioritura. La potatura selvaggia a cui sono sottoposti ogni autunno li mantiene simili ad artigli tesi al cielo, anche ora che la primavera è alle porte. Una fontana senz'acqua occupa il centro. Non è il tipo di panorama che finirà in copertina al *National Geographic* ma è un angolo di pace, ed è tutto mio.

Ogni tanto, capita che la mia dirimpettaia litighi con l'inquilino del piano di sotto. Rivendica il diritto di scuotere la tovaglia sul balcone, liberandosi – *uno* – dei resti del pranzo che finiscono sull'erba e dando così pure da mangiare – *due* – agli uccellini, povere bestie anche loro, che sono comunque figli di Dio. Quell'altro, dopo aver mandato all'inferno gli uccelli, afferra un pugno di terra dal vaso di gerani e gliela scaglia addosso. L'operazione è maldestra e la terra gli ricade sulla faccia. A parte questi episodi, l'atmosfera resta pacifica.

Da qualche tempo, ad accrescere la beatitudine di questo scenario, si è inserito un nuovo elemento di poesia urbana: il suono del pianoforte con cui un pensionato dello stabile ha cominciato a esercitarsi quotidianamente, mostrando una predilezione per scherzi e ballate di Chopin, e anche questa mattina, insieme ai raggi del sole, attraverso le imposte si insinuano le potenti note dell'uomo. *Be'... tutta un'altra cosa svegliarsi così, note di piano, e non la suoneria di quest'affare* e allungo la mano verso la radiosveglia sul comodino rivoltandomi faticosamente su un fianco. Guardo l'ora che lampeggia. *7.09*. Sospiro e mi trascino verso la finestra. Trafficando, con gli occhi ancora incrostati di sonno, apro le imposte e mi affaccio.

«Ma allora...» comincio a gridare. «Ma porco di quel Giuda, la vogliamo finire ogni mattina con questa lagna? E *plin* e *plan* e *plin* e *plan*. Qui c'è gente che ha bisogno di dormire, gente che si spacca la schiena tutta la settimana. Allora? Ce la diamo una regolata? E porca puttana.»

Sul cortile cala una morbida cortina di silenzio.

«*Ti te set propri un cafun*» urla una voce spezzata.

«Torna qui, Eugenio. *Laset perde quel pirla.*»

Continuo a tenere gli occhi chiusi, affondo la testa nel cuscino, stendo le gambe. Lascio che il dormiveglia prevalga.

Esco di casa, accompagnato dal boato di un tuono.

Mi annodo la cravatta sullo zerbino, riepilogando mentalmente gli impegni della giornata. Imbocco le scale e incrocio lo sguardo della portinaia che mi fissa torva, reggendosi allo spazzolone. È una piccola donna, poco oltre i quarant'anni, la voce sgraziata di chi è abituato a litigare con i protagonisti dei talk show, ostinatamente convinta che ogni multa comminata al condominio per inesattezze nella raccolta differenziata sia da addebitare a me.

«Buongiorno procuratore» dice fissandomi le scarpe mentre passo sui gradini appena puliti.

«Non sono procuratore.»

«Non ha fatto l'esame?»

«Non c'è più l'esame di procuratore, ora c'è solo quello di avvocato. Ecco, sono avvocato.»

«Mio genero però è procuratore.»

«Senta signora, non è la prima volta che facciamo questo siparietto, ne abbiamo già parlato, lei mi dica buongiorno e io sarò felicissimo di risponderle, non servono titoli, va bene così. Piuttosto si informi perché non ho l'acqua calda.»

«Chiamerò il Garlini.»

«La ringrazio.»

«E intanto la informo, *avvocato*, che è arrivata un'altra multa.»

Faccio gli ultimi gradini a due a due e sono già lontano. Esco sul marciapiede pensando al signor Garlini Umberto, professore di italiano in pensione e amministratore del condominio. Pensavo fosse morto.

Guardo in alto.

Il cielo è gonfio di pioggia, soffia un vento freddo, le auto si affollano in strada. Una madre strattona il braccio della figlia che si rifiuta di salire in auto, mentre il padre, al volante, grida in un auricolare: «Non me ne frega un cazzo, vi voglio lì per mezzogiorno», poi alla bambina: «Veronica, cazzo, sali sul Bmw e falla finita», poi di nuovo all'auricolare: «Mezzogiorno, non un minuto più tardi.» «Veronica cazzo» aggiunge sovrappensiero, mentre controlla sullo specchietto la rasatura. Una selva di clacson fa da colonna sonora alla scena.

Mi dirigo alla fermata dell'autobus specchiandomi nelle vetrine, mentre i motorini serpeggiano tra le macchine e le bestemmie. Mi trovo ingrassato.

L'autobus è puntuale. Sul mezzo – 15 posti a sedere, 45 posti in piedi – sono ammucchiate un centinaio di persone abbracciate l'una all'altra, nonostante gli sguardi di rancore che si lanciano a vicenda. Salgo per ultimo, facendo da tappo alla catasta umana che mi comprime contro le porte. Una signora intorno ai sessant'anni mi ficca l'ombrello nella schiena mentre insiste che una ragazzina con le cuffie alle orecchie e uno zainetto Hello Kitty le ceda il posto. La ragazzina non ascolta, guarda fisso oltre il finestrino e alza il volume della musica. Un'altra signora confida all'amica che con questo inquinamento un po' di pioggia non può che fare un bel mestiere. L'amica le risponde che ieri sera, in televisione, ha trovato il papa un po' dimagrito, chissà se gli danno da mangiare abbastanza, che ha comunque la sua età nonostante sia tedesco. Un uomo in giacca e cravatta, allungando un braccio verso un sostegno mobile, mi piazza un'ascella in faccia, calpestandomi un piede. Gli faccio presente il mio disagio. Chiede scusa, toglie il piede dal mio, lascia l'ascella. Dopo un paio di fermate, decido di scendere e proseguire a piedi, mentre l'autobus si allontana, coperto di graffiti fatturati e legalizzati. *Altolà al sudore*, *Fate l'amore con il sapore*, *W la prugna forever*.

Guardo l'ora.

Non ho fretta di arrivare in ufficio: abbiamo chiuso l'operazione, mi aspetto una giornata tranquilla, ordinaria amministrazione, piccoli lavoretti da sbrigare, qualche telefonata, nulla di più. Valuto la possibilità di fermarmi a prendere un cappuccino, entro in un bar, vengo incorporato dalla massa al banco, tra briciole di croissant e caffè da macchiare, mi torco, faccio la mia ordinazione al barista, *prima lo scontrino alla cassa grazie*, reprimo un'imprecazione, mi curvo, cerco di sfuggire alla morsa, sguscio via, esco e accelero il passo, dando un morso alla pastafrolla che mi sono fatto scivolare tra le mani nella confusione.

Sbuco in via Torino. Proseguo deciso verso piazza Duomo e mi fermo poco dopo l'incrocio con via della Palla dove, dietro un chiosco che vende cocco fresco (*12 mesi all'anno di cocco fresco* recita un cartone attaccato con del nastro da pacchi), scorgo la testa di un cane e la gamba di un uomo.

Cane e gamba appartengono a un barbone, corpulento, folta barba bianca, sempre sorridente. Tempo fa, con un plateale gesto della mano, mi ha fatto cenno di avvicinarmi. Mi sono guardato in giro, accertandomi che ce l'avesse proprio con me. Poi, un po' esitante, ho accettato l'invito. Senza convenevoli, l'uomo ha attaccato a raccontarmi, in un italiano stentato, di essere originario del Tennessee, di aver fatto prima il soldato e poi il cantautore, di avere ottantadue anni e due figlie lontane con cui ha perso i contatti. Una di loro – mi ha detto – ha sposato un cugino di Carlo d'Inghilterra. Mi ha poi rivelato di avere scritto, tra le tante, una canzone portata al successo da Claudio Baglioni. Nessuno che gli abbia mai riconosciuto i diritti d'autore o fatto vedere un soldo. La canzone – mi ha spiegato – fa più o meno così: «*Na na na na na giorni na na na...*» Lo saluto, gli lascio le monetine che ho in tasca e proseguo. Gli ho promesso che presto, non appena sbrigo un po' del lavoro più urgente, gli faremo causa, a Baglioni.

Arrivo in studio sudato.

Due bambini, intorno agli otto anni, sono fermi in strada davanti al portone, in sella alla bicicletta.

«La Maserati è più sportiva» dice uno, indifferente, sistemando gli occhiali da sole sulla testa.

«E la Bentley?»

«La Bentley è più elegante.»

«Maserati sportiva, Bentley elegante», alza gli occhi al cielo l'altro, meditando. «Sono d'accordo.»

«Ecco» riprende il primo. «Diciamo che in autostrada è meglio la Maserati, ma in città, tipo se vuoi andare in giro con tua madre, Bentley sicuro.»

«Ah sì. Lì sicuro.»

Salgo i gradini quasi correndo e mi lascio ingoiare dall'edificio.

7.

Lavoro nello studio legale Flacker Grunthurst and Kropper, dipartimento *corporate*, sede di Milano – centro di Milano –, *leading law firm* nel panorama mondiale.

Più di 5.000 avvocati disseminati per il globo – Washington, New York, Londra, Parigi, Berlino, Madrid, Tokyo, Mosca, Città del Capo, Pechino eccetera – raggruppati sotto il propiziatorio nome di 3 avvocati morti qualche secolo fa, fondatori di altrettanti studi legali indipendenti che, da qualche anno, si sono uniti al grido di *fonderci per sopravvivere al mercato, fonderci per aggredire il mercato.* 5.000 destini legati da un filo sottile e dall'incapacità di scrivere correttamente il nome del luogo in cui lavorano.

Questo è più di un nome, questo è un brand e questo brand vuole dire eccellenza. Così sta scritto sopra il faccione che campeggia sulla homepage italiana del sito web dello studio. Il faccione, piegato in una smorfia tra la soddisfazione per i soldi guadagnati e il rincrescimento per tutti quelli ancora da guadagnare, è quello di Francesco Persecati, il managing partner dello studio, un cinquantenne dai capelli tinti di rosso, che indossa mocassini in coccodrillo e provvede al mantenimento di tre mogli, il tutto con uguale nonchalance.

Poco sotto il faccione, si staglia il sobrio slogan che accoglie gli utenti: *Un sostegno ai tuoi interessi*, scelto per presentare la filosofia dello studio visto che il precedente, *Con la legge, oltre la legge*, rischiava di sollevare troppa attenzione presso la guardia di finanza.

Dribblando una serie di immagini selezionate per trasmettere un senso di fiducia e competenza – bambini che corrono in mezzo a prati fioriti, lunghi scaffali di libri, un uomo in giacca e cravatta immobile sopra una collina a guardare le nuvole – si ottiene il quadro completo dei servizi che lo studio mette a disposizione dei più grandi colossi industriali e finanziari. Assistenza legale ad amplissimo raggio, su qualsiasi materia abbia un'allettante traduzione in inglese: *corporate*, *finance*, *dispute resolution*, *tax*, *employment*, *real estate*. E aggiungerei *etcicera etcicera*, come dice Giuseppe, che non è disposto a rinunciare alla pronuncia inglese in generale, figuriamoci poi a favore del latino («Tu la fai semplice, Endriu, ma ti sei mai chiesto perché il latino è morto? E allora stiamo attenti a non fermare l'evoluzione anche, e soprattutto, nelle piccole cose»).

La parte più interessante del sito è la sezione fotografica: una sterminata rassegna di avvocati, alcuni immortalati davanti alla biblioteca, altri apparecchiati alla scrivania, altri ancora appoggiati a una colonna, tutti con l'espressione sorniona di chi l'ha fatta sporca ma sa che la passerà liscia. Nella foto che mi ritrae, per un particolare effetto ottico, sulla cravatta fa bella mostra di sé una grossa macchia nera dalla forma vagamente fallica. Ogni tanto chiamo Londra, dove gestiscono il sito, chiedendo che la foto sia sostituita. Mi risponde una ragazza del *technical support* che replica sempre *No, no, you're beautiful* e mette giù. A volte ho il sospetto che mi prenda in giro. Non credo però.

La sede di Milano conta circa 300 elementi, tra partner, avvocati, praticanti, stagisti, segretarie, centraliniste, tecnici, fattorini, amministrazione e contabilità, distribuiti su cinque piani di un anonimo palazzo del centro.

Il mio ufficio si trova al terzo piano, una piccola stanza che si affaccia su una strada dove le auto tendono ad allungare i pedoni con una certa regolarità.
È qui che lavoro.
È qui che ho imparato a essere un professionista serio.
È qui che ho cominciato a non sentirmi bene.

Ferve l'attività al terzo piano dello studio Flacker Grunthurst and Kropper.

I telefoni squillano, le tastiere ticchettano frenetiche, le segretarie si muovono senza pace da una stanza all'altra, un tecnico dei computer suggerisce a chiunque incontri nel corridoio di riavviare il computer, i fattorini consegnano pacchetti e buste, un partner grida, un praticante si dispera, una stagista riceve alcune indicazioni precise sul corretto modo di pinzare un documento, voci si confondono, risate si intrecciano, *qui è finito il toner*, *dove trovo dei post-it?*, *io vorrei sapere chi diavolo è uscito dal gabinetto senza tirare l'acqua*.

Io pure faccio il possibile per mostrarmi occupato ed evitare che qualcuno approfitti della mia provvisoria libertà per rifilarmi uno di quei lavoretti che *non ti prenderà più di una mezz'oretta, tre quarti d'orina al massimo*. Sposto carte dalla scrivania, simulo la ricerca di un documento, prendo dalla mensola faldoni dimenticati da tempo, li apro, respiro polvere, li chiudo, li rimetto al loro posto, guardo il monitor del pc sbuffando, a intervalli regolari mormoro *ci mancava solo questa* e, ogni volta che qualcuno mi rivolge la parola, alzo lo sguardo dopo una manciata di secondi, recitando la parte di chi torna da uno sfiancante viaggio mentale. *Scusa, mi prendi in un momento terribile. Dicevi?*

Leggo tutto ciò che trovo su internet: mi fermo sul blog di una fotomodella gothica che benedice il nonno pipistrello, faccio scorrere gli argomenti di un forum per problemi sessuali di adolescenti dove apprendo che la masturbazione abbassa le difese immunitarie, approdo su e-Bay e per tre euro e cinquanta provo a fare mia una racchetta da tennis elettrizzata per lo sterminio totale della zanzara.

Sono concentrato a sfogliare la galleria di immagini di *Corriere.it* sulla nuova *Playmate of the Year*, quando il telefono del mio compagno di stanza prende a squillare.

Nicola guarda l'apparecchio, poi guarda me, poi guarda di nuovo l'apparecchio, infine ancora me.

«Be'» dico. «Che fai? Non rispondi?»

«È il cliente» rivela quasi balbettando. «Borzacchi.»

«E allora? Rispondi e senti cosa vuole, no?»

«Io lo so già cosa vuole» dice Nicola parlando tra sé. «È Borzacchi» ripete e pigia il tasto del vivavoce.

Borzacchi è furioso. Tra scariche elettrostatiche e interferenze che si confondono perfettamente con la sua voce, mi pare di capire che l'articolo 7.2 del contratto, articolo su cui ha dato il proprio assenso nonostante Nicola avesse espresso parere contrario, non gli è chiaro, anzi, non gli va per niente bene.

«È la clausola di cui abbiamo parlato la settimana scorsa» tenta di calmarlo Nicola.

È pallido. Rovista tra i documenti sulla scrivania. Si gratta un'ascella.

«Scusa se te lo dico» insiste Borzacchi, «ma questa clausola a me sembra una vera e propria cazzata.»

«Be', non è esattamente la più...», Nicola esita. «Ma no, dai, non è una cazzata. E poi ne abbiamo parlato. Mi hai detto che a te andava bene così, che le mie erano soltanto *seghe da avvocato che se non si mette in mostra*.»

«Io non ricordo di aver mai dato nessun *approval*.»

«La settimana scorsa. Guarda, ho proprio qui davanti la tua e-mail che mi conferma l'approccio.»

«Ma lascia stare le e-mail. Ti sto parlando.»

«Sì, scusa.»

«Insomma, non va bene.»

«Ma abbiamo già dato conferma alla controparte.»

«Non va bene. Va riscritta, non siamo disposti a farci inculare così, scusa-la-parola.»

«Ma nessuno vi può inc... Cioè, non è una clausola che...»

«Allora, vediamo di capirci bene. Io, da cliente, non voglio una clausola del genere. Punto.»

«Ma, ascolta, non possiamo tornare indietro, non dopo avere dato il nostro consenso. Non è deontologico.»

«Oh, porca minchia, ma tu sai che cazzo me ne faccio io della vostra deontologia? Io quando vado al board che gli dico? Che c'è la deontologia? Uh, la *deontologia*, che paura, *brrrrrrr*. Non va bene, come te lo devo dire? Va riscritta. L'hai capito o no? *Ri-scrit-ta.*»

«Sì. Certo.»

«Domenica, al derby, gli apriamo il culo a questi nerazzurri.»

«Sicuro» risponde Nicola. Che è interista.

Nicola ingoia tutto con una pazienza che non smette di sorprendermi, ma lo vedo fremere. Gli rivolgo dei cenni come a dire calma, non ti preoccupare, lascia fare e, ancora una volta, non posso che immaginarlo mentre viene interrogato da un agente di polizia circa una strana strage perpetrata a colpi di codice civile.

Dalla porta, intanto, fa capolino la testa di Giuseppe.

«Endriu, ti stai riposando?»

«Faccio il possibile, Giuseppe.»

«Perché i prossimi giorni...»

Si allontana sogghignando, lasciando la frase in sospeso, con tutto il suo carico di tempesta e, in pochi secondi, come sbrinandomi, casco dalla serena dimensione in cui galleggiavo e ripiombo nel bianco e nero della realtà.

È fatto così, il mio capo. Un motivatore. La sua regola è:

Aspettandosi il peggio, ciascuno dà il meglio. Una filosofia ottusa, ma che ha già contagiato numerosi colleghi. Hanno occhi sempre più sottili e incavati, muscoli che vivono di una tensione autonoma, dita che picchiettano nervosamente su ogni superficie, palpebre tremolanti. Sempre in posa ad annusare il vento per avvertire la minaccia di bufera in avvicinamento, interpellati per un'uscita in pausa pranzo rispondono sempre allo stesso modo: «Mi dispiace, ma se chiama il cliente devo essere pronto...», «Proprio non ce la faccio, se riesco vi raggiungo per il caffè, Armani o Manzoni? Fate Manzoni che c'è la cassiera con le tette», «Già che esci, mi porti un panino bresaola caprino? Senza lattuga grazie, la lattuga mi rimane indigesta.» Manomessi da questo trattamento psicologico a base d'ansia, distillano un pessimismo di qualità superiore che ne controlla gesti e pensieri. Io, invece, alle volte ancora spero. Giuseppe lo sa e sembra essersi messo in testa che sarò un collaboratore perfetto solo quando avrò perso anche quella punta di inutile ottimismo.

Una testa si affaccia sulla porta.

«Davvero, Endriu, i prossimi giorni...» e svanisce di nuovo mentre Truciolotto82 offre quattro euro per la racchetta genocida.

Ti offro un caffè

«Madonna, che faccia. Che hai fatto?»
«Ma niente, dormo male, lo stress, le cose...»
«E quella con cui uscivi?»
«Barbara?»
«Barbara, giusto.»
«Non la sento da un po'. L'ultima volta passiamo una bella serata, andiamo a vedere *Le vite degli altri*, poi a cena, stiamo bene, parliamo, alla fine se ne esce che sta rivedendo l'ex, che è una situazione complicata, lui ha pure delle pendenze giuridiche e lei non vuole lasciarlo solo, si sono rivisti, hanno deciso di andare via per una vacanza lontano dai problemi, partiranno presto, resto lì col boccone a mezza gola, mi chiede scusa, ci tiene a me, ma è confusa e balle varie. Non so, dici che devo chiamarla quando torna?»
«*Le vite degli altri* è quello con Stefano Accorsi?»
«Non mi sembra, ma potrei dirti una cazzata.»

8.

Quanta vita c'è quanta vita insieme a me...
«Te.»
«Te cosa?»
«Già che hai deciso di sottopormi a questo supplizio, almeno canta giusto. Quanta vita insieme a *te*.»
«Ma va'.»
«E allora no.»
«Dai, Andrea, che cazzo ne sai tu? Che il massimo cui arrivi sono i Duran Duran.»
«I Duran Duran mi fanno cagare. Comunque è *te*.»
«Ma ragiona un attimo, che vuol dire quanta vita insieme a te?»
«Lui le dice ti amo voglio stare con te che bello che tutta la vita la passerò con te. *Te.*»
«Macché. Lui la vuole convincere stai con me quanta vita insieme a me dimmi di sì dai.»
«Ah. Io sarei quello che non capisce un cazzo...»
«Almeno io non ascolto i Duran Duran.»
«Ma porca miseria, ancora con questa stronzata. Io non ascolto i Duran Duran.»
«Dai, Andrea, che lo sappiamo, confessa.»
Due colpi secchi.
La porta della stanza si spalanca.

Ernesto, il collega dell'ufficio a fianco, non aspetta alcun permesso, fa irruzione con la faccia cupa di chi è stato travolto da una montagna di letame e le mani che stringono una risma di fogli. Muove la testa a piccoli scatti. Tutto contrito, attacca un'omelia sul difficile periodo professionale che sta attraversando. Poi, come se gli argini della sua stabilità emotiva d'un tratto si sgretolassero, la faccia gli cola in una maschera di disperazione.

«Voi dovete aiutarmi» dice.

«Ma certo, Ernesto, entra pure, non preoccuparti di bussare, che noi siamo gente semplice.»

«Sentite», Ernesto agita i fogli davanti a sé, «lo so. Lo so che siete presi anche voi e avete un mucchio di roba da fare, io questo lo so. Però davvero, se riusciste – dovete riuscire –, uno dei due, a darmi una mano a riguardare questi documenti. Si tratta solo di...»

Nicola, che già da qualche secondo sta scuotendo la testa, si insinua prima che Ernesto abbia il tempo di finire la frase.

«Eh, Ernesto, guarda, ti devo interrompere subito, adesso non so Andrea, ma io sono proprio presissimo, cioè, ho una cosa che sto facendo ora e che non posso più rimandare, che sono giorni ormai che me la chiedono, e poi più tardi ho la riunione con coso, ah, Dio mio, mi spiace proprio ma...»

Io, che pure ho cominciato a scuotere la testa, mi insinuo prima che Nicola possa finire la frase.

«Porca miseria, il parere dei francesi, sembrava una cosa chiusa, te l'avevo detto no? E invece *pam*, eccoli qui di nuovo, cioè, proprio senza respiro oggi, non c'è un attimo di tregua, lo dicevo a lui un momento fa, diglielo Nicola, che ti dicevo un momento fa?»

«Il parere dei francesi. *Pam.*»

Ernesto ci guarda silenzioso.

«Mi dispiace, davvero» diciamo all'unisono Nicola e io, con gli occhi di due randagi al canile.

Articolando un verso strozzato, Ernesto lascia la stanza.
«Porta.»
E chiude la porta.
«Comunque è *te*.»
«Senti, facciamo subito. Controllo su Google.»
«No, no, ci guardo io che di te non so quanto c'è da fidarsi.»
«Vai a cagare.»
«Sì, sì, ti conosco. Com'è che si intitola?»
«*Ines*.»
«*Iris*, pirla.»
Nicola e io siamo ancora concentrati nell'analisi del verso *le hai scritte tutte col blu su pezzi di carta trovati qua e là*, quando la porta è battuta di nuovo.
«Ma porca puttana, non si può proprio lavorare in questo ufficio senza essere disturbati ogni due per tre. Avanti.»
Basito, guardo Nicola che sta ancora sussurrando «e cazzo...» e prego che dietro la porta non ci sia Giuseppe.
«Ciao stronzi.»
Un sorriso smagliante si fa strada attraverso la porta: Achille, un quintale d'uomo, trentacinque anni, sempre molto sudato.
Achille è nel mio stesso team. Del gruppo, lui è l'avvocato esperto, di rango. Se io, per Giuseppe, sono *il bastone della vecchiaia*, Achille è *il braccio armato*. Entrambi ci riteniamo solo due grucce in rovina. *Stronzo* è l'appellativo migliore con cui può capitare che si rivolga a un collega. *A'bbello* è quello con cui talvolta chiama me, da quando ho confermato a sua moglie, che non ha mai voluto lasciare la capitale per seguirlo a Milano, un improbabile alibi lavorativo per un Natale passato lontano dalla famiglia. Le assicurai, sotto le preghiere e le minacce di Achille, che il marito era bloccato a Milano, su un progetto piuttosto complicato, di notevole delicatezza. Non le dissi che il progetto in

questione si chiamava Lyudmyla, ucraina, quarta naturale, riceve in ambiente raffinato, quattrocento euro l'ora, si offre e si domanda pulizia.

«Ciao Achille» saluto senza alzare la testa.

«Che fate?» domanda cominciando a tamburellare gli indici sulla scrivania di Nicola.

«Tu che fai?»

«Me ne vado.»

«Ecco bravo, levati dalle palle, che stiamo cercando di lavorare.»

«No, no, bello, nun hai capito. Me ne vado proprio.»

«E dove vai?»

«Torno a Roma.»

Alzo gli occhi dal computer e mi fermo a scrutarlo. Achille mi guarda serio.

«Okay» dico. «Spara la cazzata.»

Nessuna cazzata: dopo sei anni di collaborazione con lo studio, centinaia di pranzi consumati insieme ad architettare il colpo della vita con successiva fuga in Venezuela («dove un delinquente può ricostruirsi una vita senza comunque rinunciare al crimine»), innumerevoli notti trascorse a sorreggerci a vicenda inventando nuove maledizioni contro santi del calendario poco considerati e contro noi stessi, Achille lascia.

«Perché?» domando e provo già una certa nostalgia.

«Luisa.»

Da tempo, Achille mi ha confessato che il suo matrimonio è in difficoltà: incomprensioni, lontananza, solitudine. La situazione sembra essersi aggravata ora che la moglie ha cominciato a dare quelli che Achille chiama *segni de squilibrio assoluto, as-so-lu-to*. Vuole rifarsi il seno.

«Sempre stata tarmente piatta che ce potevo giocà al curling. Piatta, 'na lastra. E mo' che vole, Madonna mia? Bello mio, qua si sta sgretolando tutto. Tutto. C'ho pensato, io è mesi che ce penso. Giorno e notte. E mo' basta. Ho comunicato la decisione. Torno a casa.»

Mi fermo a riflettere e non trovo parole buone da dire. È Achille che, come un fiume in piena, decide di approfondire la situazione.

«Sta cambiando, Andre. Sta cambiando.»

«Ma che dici, Achille? Non ci pensare ora. La tua è un'impressione. Solo questo. Lascia stare, non farti venire pensieri strani. Hai fatto la tua scelta? Perfetto, ora torni a Roma. Vedrai che riesci a sistemare tutto. È questione solo di ritrovarsi, di riprendere in mano il rapporto, di stare vicini. Su, dai.»

«Non me lo succhia più.»

«Achille, sei disgustoso.»

«Aho, sta a parlà Benedetto Sedicesimo. Disgustoso. Senti come lo dice, *di-sgu-sto-so*.»

«Achille, cazzo, stai parlando di tua moglie. Almeno abbi un minimo di ritegno. Non ti sto chiedendo di recitarmi Petrarca.»

«Appunto. Dimme te, da chi devo farmelo succhià, si non da mi moje?»

«A parte che tu te lo faresti succhiare da tutto l'elenco telefonico dell'Est europeo, almeno le performance con tua moglie me le puoi risparmiare o chiedo troppo?»

«Okay, okay, te le risparmio.»

«Eh. Grazie infinite.»

«Fatto sta che non me lo succhia più.»

«Vaffanculo.»

A interrompere la discussione interviene Valentina, la mia segretaria, che irrompe nella stanza e mi informa che Giuseppe deve parlarmi immediatamente, e io accolgo quello che di solito sarebbe un biglietto di sola andata per l'inferno come un invito a una cena di gala e mollo Achille nella stanza.

«Poi riprendiamo il discorso» dice.

«No, no, non ne voglio sapere niente. Parlane con Nicola. Io mi chiamo fuori.»

«Ma Nicola è gay. Vero Nicola?»

Mentre Nicola, paonazzo, scaglia un'arancia contro Achille, esco di corsa dalla stanza.

9.

Nella stanza di Giuseppe si respira una innaturale atmosfera di distensione.

Giuseppe, con l'auricolare precariamente appoggiato all'orecchio, mi fa cenno di sedermi, due secondi e metto giù, nulla di importante, muove le labbra abbozzando le parole *mia moglie*. Cerco di non prestare ascolto alla fitta conversazione e mi sistemo sulla sedia di fronte alla sua scrivania, fissando i rombi sui miei calzini.

«Ma cosa gli hai dato?» sbotta Giuseppe.

«...»

«Ma quello non gli fa niente. L'imodium gli devi dare.»

«...»

«Ma quale troppo forte. Guarda che è un Sobreroni, può mandare giù quello che vuole.»

«...»

«Ma almeno ha smesso di cagare?»

«...»

«Oh, Dio mio. *Fare la pupù*, va meglio così? Ha smesso o no?»

«...»

«Be', prima o poi finirà le scorte. Tu fammi sapere. Chiama il pediatra, comunque. E fammi sapere. Ti chiamo dopo. Ciao. Sì. Okay. Ciao.»

Giuseppe appoggia l'auricolare sulla scrivania e afferra una penna.

«Giacomino ha la diarrea» mi aggiorna, mentre scrive un appunto sopra un post-it.

«Sì», faccio una smorfia, «mi era parso di intuire qualcosa.»

Giuseppe ha due figli piccoli, Martina e Giacomo.

Sono dieci anni che ha due figli piccoli, ma nessuno ha mai pensato fosse il caso di aggiornare la frase, forse perché suona tanto tenera. «Ha due figli piccoli.» «Hai ragione, non può farci del male.»

Appoggiati sopra un ripiano dietro la scrivania, i due figli piccoli lo scrutano dalla cornice in cui sono racchiusi da anni. Sul muro, di fianco ai due, sopra un vecchissimo cartoncino Fabriano A4, splende un sole ellittico arancione che fa luce a tristi e scheletrici arbusti, i quali, a loro volta, fanno ombra a due agghiaccianti esseri altrettanto scheletrici, uno alto, uno con i capelli lunghi gialli, e a due nani storti: è il disegno di uno dei due figli piccoli che ritrae la famiglia in occasione di una dimenticata festa del papà. Giuseppe lo guarda spesso quando ragiona sul modo migliore di risolvere un problema giuridico, poi subito distoglie lo sguardo, come schifato, piombando su di noi con l'idea risolutiva. Ogni tanto, in quei momenti, mi chiedo che tipo di padre sia, ma è un pensiero che getto immediatamente nel cestino delle questioni sorte senza intenzione nella mia mente. E guardo anch'io il disegno: sembra molto più vecchio rispetto a due minuti fa.

«Guarda, Endriu» dice Giuseppe appoggiando i gomiti sui braccioli e stendendosi contro lo schienale. «Beato te che sei solo, *be-a-to-te*. Il giorno che avrai dei figli capirai cosa vuol dire lavorare duro, altro che la carriera. Clienti, scadenze, riunioni, ti sembrerà tutto acqua fresca. Acqua di fonte. E allora vedrai come saranno confortevoli queste quattro mura.»

Giuseppe inspira un paio di volte, poi aggiunge: «Certe vite finiscono quando altre cominciano.»

Brontolo... Pisolo... Mammolo...

«Okay», Giuseppe stringe un pugno e ci appoggia sopra il mento. «Lasciamo da parte la filosofia e veniamo a noi.»

Non mi piace. Ogni volta che Giuseppe afferma *veniamo a noi* cominciano i guai per *me*.

«Ricordi quell'operazione di cui ti ho parlato l'altro giorno?»

«Veramente no», aggrotto la fronte. «Quando?»

«L'altro giorno.»

«Martedì?» chiedo distratto.

«Ma sì, martedì, mercoledì... l'altro giorno.»

«Non ricordo, Giuseppe. Ma dimmi pure.»

«Insomma, c'è questa operazione che sta per partire. Oddio, in realtà è già partita, *kick-off meeting* e balle varie, tutte quelle perdite di tempo, già fatte, già archiviate. Ora si deve giocare la partita.»

Giuseppe è in forma. Sfodera metafore sportive solo quando l'occasione è ghiotta e il mio pessimismo cresce.

«Giuseppe, dimmi che succede» mi schiaccio contro lo schienale e stringo le gambe alla sedia.

«No, no, Endriu, non fare già il disfattista, non succede nulla. Proprio nulla. Endriu, Endriu» urla con gioia.

«Dimmi se ho capito: Achille se ne va mollando un'operazione a metà e ora io devo subentrare senza sapere nulla. È così?»

«No, no, dai. Cosa vuol dire senza sapere nulla? Te ne ho parlato l'altro giorno. Martedì, me l'hai appena ricordato tu.»

«Ma io ho detto un giorno a caso, per tirare a indovinare.»

«A caso, a caso. Endriu, bisogna essere precisi. Insomma, ora ascolta.»

Giuseppe si allunga sulla scrivania. Si fa largo tra un paio di tombstone e una serie di lettere ancora imbustate e mi porge un fascicolo verdolino, piuttosto consistente. Sulla copertina leggo Project Treperdue scritto a pennarello con la grafia da bambino di Achille. Afferro il carteggio e sento un brivido.

«Un'acquisizione societaria» dice Giuseppe, puntando una mosca con una cartellina di plastica arrotolata. «Una semplice acquisizione societaria. E una joint venture, una semplice joint venture. *Due diligence*, *negoziazione*, *contratto*, *firma*, *closing*. Noi siamo i compratori. La solita storia. I soliti affari. Come vedi, nulla di cui preoccuparsi, nulla per cui mettersi a fare i pessimisti. Endriu, tu il bicchiere lo vedi sempre mezzo vuoto e invece la vita – ascolta me – va vissuta bevendo, senza stare a curarsi di quanto c'è nel bicchiere», colpisce la mosca con violenza, solleva la cartellina e soffia via quello che rimane dell'insetto.

Lo guardo. Rimango muto. Il cielo va scurendosi. Le prime gocce cominceranno a cadere nel giro di pochi minuti.

«Achille ha fatto i suoi incontri», Giuseppe riprende a scrivere sul post-it, «le prime riunioni, biglietti da visita e *piacere-piacere*, ma è adesso che entra in campo il professionista. Ora ci si diverte, Endriu.»

«Quindi che faccio?»

«Quindi tu studiati le carte con tutta calma e preparati per l'incontro con la società da comprare, la società bersaglio, in vista della *due diligence*. Un incontro preliminare. Con tutta calma.»

«Okay. E quando sarà questo incontro?»

«Domani.»

Giuseppe pronuncia l'ultima parola con stupefacente noncuranza.

«Sul tardi però» aggiunge, aprendosi in un sorriso da francescano. «*Dieci dieciemmezza.*»

Alcune gocce battono sul vetro. Dalla finestra osservo gli ombrelli sbocciare. Mi metto il fascicolo sotto l'ascella e, senza aggiungere altro, mi alzo. Mi chiedo come sia possibile che, ogni volta che sono convinto di avere toccato il fondo, quest'uomo riesca a scavarmi sotto i piedi.

«Ah, Endriu, dimenticavo una cosa.»

Mi volto.

Giuseppe continua a scarabocchiare quelle che ora riconosco essere un paio di tette e mi parla come se ragionasse ad alta voce.

«A Treviso. La riunione è a Treviso.»

10.

Cardellini non arriva all'uno e sessanta.

Indossa sempre pantaloni troppo larghi, che, legati intorno all'ombelico, scendono a terra come canali di scolo. Fatico addirittura a vedergli le scarpe. La giacca, ugualmente troppo grande, si sfalda sulle spalle e gli avvolge completamente le natiche. Pare uno di quei pazzi addobbati per la visita annuale dei parenti, gli stessi che l'hanno fatto internare. Ma fosse solo l'abito, mi dico, quello che realmente stona su quest'uomo è la testa a forma di fungo atomico che spunta dal colletto della camicia.

Dio mio. È un essere raccapricciante ed è appena entrato nella mia stanza.

Dietro di sé lascia una scia, visibile, tangibile, fatta di asciugamani frustati sulle chiappe nello spogliatoio di una scuola qualsiasi; di rifiuti femminili dovuti – a seconda dell'umore – all'acne o alle *donne tutte troie*; di notti passate a studiare per un trenta e lode che – *sono sicuro* – aprirà tutte le porte che fino a ora sono rimaste chiuse; di stereotipi che chiunque gli ha sempre dipinto addosso. Ha deciso che per lui è arrivato il momento di rifarsi dei torti subiti e di raggiungere quella posizione che sogna da quando era bambino, da quando sentiva le mamme rivolgersi agli altri bambini esclamando in serie: «Ma che bimbo bello bello!» «Ma guarda che bellissimo angioletto!» «È tutto da baciare, da tanto è bello!» E infine lui: «Ehm... perbacco, già cammina!»

Così, da allora non fa che camminare, sopra tutto e sopra tutti, in un percorso calibrato sulla fame di rivincita, sulla smania di scalare, su tutte le angherie subite che ora è tempo di restituire. In studio, è considerato uno dei migliori, sprezzante, senza scrupoli, incredibilmente motivato. Da temere. Io e lui non parliamo quasi mai. Ora è qui davanti a me e mi chiedo cosa voglia.

«Campi, scusa una cosa», chiude la porta. «Qual è quello shampoo antiforfora prodigioso?»

«Eh?»

«Mi ha detto Pietro che tu...»

«Pietro è un imbecille. Ti prende per il culo, non lo capisci?»

«Ah» si interrompe. «Quindi...?»

«Quindi niente, non ho la forfora.»

Mi guarda rabbioso, mentre la sua scia colleziona un altro tassello. Si volta ed esce. Prima di chiudere la porta, però, si ferma un istante e si gira di nuovo verso di me.

«Ho saputo di Achille.»

«Già. Un peccato.»

«Un peccato?», Cardellini chiude la porta dietro di sé. «Dai, Campi, a me lo puoi dire. Io credo che tu non stia nella pelle dalla gioia.»

«Ah sì?»

«Assolutamente. Si apre uno spiraglio», Cardellini spalanca le braccia in modo teatrale. «Che dico? Di più. Un varco. Tutto per te. Fuori Achille, entri tu. È come vincere una gara per ritiro del competitor. Nessuna fatica, solo allori. Vittoria. *V-i-t-t-o-r-i-a*», alza gli occhi al soffitto e con la mano sistema delle invisibili lettere nell'aria.

«Cardellini», gli indico la faccia. «Ti esce della bava dalla bocca.»

«Ho saputo che il Project Treperdue vogliono passarlo a te.»

«L'hanno già passato a me.»

«*L'hanno già*... Senti Campi, io mi rivolgo a te in tutta sincerità», appoggia le mani sulla mia scrivania. «Tu sei troppo giovane e – permettimelo – pure un po' ingenuotto. Ti mancano l'esperienza, la giusta prospettiva. Le avrai. Ma ora ti mancano. In un'operazione del genere, non solo non *performeresti* un servizio nei giusti standard, ma rischi addirittura di bruciarti. *Kill yourself.* Ci parlo io con Giuseppe. Senza metterti in imbarazzo, gli dico di spostare pure me sull'operazione, che io posso darti una mano, guidarti. E tu, così, puoi imparare, senza sentire la pressione. Campi, lo dico nel tuo interesse.»

«Ma sai che ti stavo guardando», agito la mano in direzione della sua testa. «Non è tanto la forfora. È che sono proprio i capelli a essere grassi.»

Nel pomeriggio, Giuseppe mi ha raggiunto alla macchinetta del caffè, si è seduto sul ripiano in legno spremendosi una cialda di *CaffèPiùGusto* sul sedere, ma senza accorgersene, e ha cominciato a mangiare una banana.

«Allora Endriu, sei pronto?»

«Pronto per cosa, Giuseppe?»

«Ma come per cosa, Endriu? Ma tu mi fai disperare. Per il Project Treperdue.»

«Ho cominciato a leggere le carte.»

«Endriu.»

«Dimmi, Giuseppe.»

«Posso fidarmi di te, vero?»

«Per cosa, Giuseppe?»

«Oh porca puttana. Ma come per cosa, Endriu? Per il Project Treperdue.»

«Ah. Be', cercherò di fare del mio meglio.»

«Non basta. Il *tuo* meglio non rileva. Devi fare *il* meglio. Punto. Io lo so che questa non è un'operazione facilissima per te, che sei ancora inesperto e balle varie. Ma con Achille che se ne va, è un momento un po' difficile, siamo *sottostaffati*. Dobbiamo tutti darci una mano. Fosse stato per me neanche te la affidavo questa operazione.»

«Grazie, Giuseppe.»

«Ma io ho fiducia in te. Endriu, *I trust you*.»

«Grazie, Giuseppe.»

«Posso fidarmi di te, vero?»

Finisco il caffè. Giuseppe sta ingoiando l'ultimo boccone della banana e canticchia *Somebody to love*. I peli nel suo naso sembrano seguire il ritmo. Terminato il frutto, con un balzo si rimette in piedi. Mi osserva. Sfoggia un gran sorriso. Abbasso gli occhi e comincio a fissare una macchia sulla moquette.

«A che ora hai il treno?»

«Ventuno e venti.»

«Pensavo. Ma come cazzo fai, con tutto il rispetto, a scegliere come sede il Friuli? Che ragioni hai? Ricerche di mercato, verifica del territorio, affitti bassi?»

«Treviso è in Veneto.»

«Friuli, Veneto, e chi se ne fotte, dico io. Il concetto è la provincia dell'impero.»

«Giuseppe, tanto sono io ad andarci.»

«Lo so, Endriu, lo so. Ma io lo dico per te.»

«Ecco, non diciamo nulla.»

Ti offro un caffè

«Sono a pezzi.»

«A chi lo dici. Si lavora sodo. Ci si prospetta veramente un aprile di merda.»

«Ma tu ci pensi mai? A cambiare? A fare qualcos'altro?»

«Oddio, non attaccare con il melodramma. Fammi capire, che vorresti fare?»

«Non so, qualcosa di appagante, di diverso da questo, fermarsi, scrivere poesie, per dire.»

«Ah ah ah, che coglione.»

«Per dire, dico per dire.»

«L'hai vista la mail che ha mandato Coldani?»

«Quella della vagina che rutta? Stupenda.»

11.

Scendo dal treno e mi ritrovo sulla banchina della stazione di Treviso. Sono solo, non fosse per un cucciolo di westie che mi ringhia contro da dietro una cancellata. Gli mostro i denti in un'espressione da squilibrato e l'animale impazzisce di rabbia. Mi allontano continuando a fissarlo e a esibire i denti nello stesso ghigno maniaco.

«Non ha niente di meglio da fare?» mi domanda una signora mimetizzata a un lampione.

Mi faccio serio. Sto per dire qualcosa tipo *ha cominciato lui* ma scelgo di dileguarmi in silenzio.

È quasi l'una di notte.

Mi sento spossato. Il proposito di studiare le carte durante il viaggio, in vista dell'incontro di domani, è stato frustrato dalla compagnia di un uomo raggrinzito seduto di fronte a me, desideroso di farmi avere notizie della figlia.

«Una ragazza molto, molto in gamba, un chirurgo affermato, attenzione si dice chirurgo anche se lei è una donna, e che donna, bella, di carattere, non ci vediamo da quattro anni, da quando è morta la madre, non mi vuole più vedere, chissà per che colpe poi, rivangare il passato non ha senso, certe storie sono chiuse. O no?»

«Mi spiace, mi spiace davvero» ho detto sovrappensiero. Poi, nel tentativo di troncare lì la conversazione, ho aggiunto: «La vita alle volte...»

Cosa fa la vita alle volte?

«Sa essere crudele» ha terminato l'anziano, fissandomi nel riflesso del finestrino.

«Crudele. Esatto» ho confermato ricambiando lo sguardo.

Ho cominciato a sentirmi inquieto. Ho alzato i fogli all'altezza degli occhi e sono tornato a studiare.

«Però è in gamba, sa, un chirurgo, trentacinque anni e già opera, tutto, pance schiene facce, il cuore non si può, ci vogliono le specializzazioni particolari.»

«La vita alle volte sa essere crudele» ho ripetuto.

Crudele.

Ho guardato il vecchio che ora osservava incuriosito una goccia di condensa sul soffitto dello scompartimento, mugugnando qualcosa. Ho guardato i miei vestiti completamente spiegazzati. Ho guardato i fogli del fascicolo, sempre più offuscati ai miei occhi. *Crudele.*

All'altezza di Montecchio Maggiore, stremato da racconti di oscure colpe passate, ho deciso che tanto valeva cercare di riposare. Ho chiuso gli occhi nel tentativo di mettere a tacere il vecchio, poi, dopo una ventina di minuti trascorsi sforzandomi di non aprirli, devo essermi assopito davvero. Così suppongo, non tanto per essermi svegliato riposato – tutt'altro – quanto perché, quando ho riaperto gli occhi, sul risvolto sinistro della giacca ho notato un rivolo di saliva in fase di allargamento. Mi sono immediatamente passato una manica sulla bocca e mi sono guardato intorno imbarazzato, ma ero rimasto solo. Il viaggio è proseguito tranquillo. Nessun anziano, nessun chirurgo, nessun documento da analizzare, solo io e la mia saliva che andava seccandosi sulla giacca.

La stazione di Treviso è un'oasi ferroviaria. Tranquilla, piccola, in centro città.

Da lì, mi dirigo a piedi verso l'albergo, un modesto tre

stelle, scelto per non caricare il cliente di troppe spese. Non ci faccio molto caso di solito. Nelle trasferte lascio da parte ogni pudore: chiedo alla segretaria di selezionare i migliori alberghi, nelle zone più esclusive, e di prenotare quello con il nome più lungo. A Parigi ho alloggiato al *Best Western Étoile Saint-Honoré Hotel*. A Londra all'*Hyatt Regency London The Churchill Hotel*. A Roma all'*Aleph A Boscolo Luxury Hotel*. Ma qui a Treviso non me la sono sentita, e comunque di nomi lunghi non ne abbiamo trovati.

«Campi» esordisco. «Sono Andrea Campi. Ci dovrebbe essere una stanza prenotata a mio nome.»

Una graziosa signorina intorno ai trent'anni mi accoglie alla reception, mostrandomi con uno sbadiglio, trattenuto senza convinzione, una certa impazienza per il mio arrivo. Dietro di lei, in bilico sopra un ripiano, penzola un'aquila imbalsamata nella posa di chi in fondo se l'aspettava.

«La stavamo attendendo» dice guardando l'orologio. «Un po' prima, magari.»

«I treni» provo a giustificarmi. «I soliti ritardi.»

«Ha un documento con sé?»

Glielo porgo.

«Non faccia caso alla foto» dico appoggiando un gomito sul bancone. «Quel giorno mi ero svegliato da poco e non le dico la sera prima. Altri tempi quelli, pensi che...»

Ma la signorina mi restituisce la carta d'identità senza nemmeno aprirla e i miei tentativi di mostrarmi brillante naufragano sulla frase: «La colazione viene servita dalle otto alle dieci», che è il nostro ultimo scambio di battute. Il giorno dopo, al check-out, avrei trovato ad attendermi un obeso con la barba a chiazze, e il dialogo non sarebbe andato molto più in là di: «Frigo bar?» «Le noccioline.»

Salgo al primo piano, apro la porta e mi lascio cadere a corpo morto sul letto. Rimango alcuni minuti immobile, guardando i motivi ornamentali sul soffitto, poi mi rialzo a fatica e, lentamente, comincio a spogliarmi. Con i calzini ancora addosso e la camicia sbottonata per metà, mi accomodo sul water per orinare, tenendo tra le mani una bustina di arachidi tostate, troppo stanco per farlo in piedi, troppo affamato per aspettare di mangiare. Sgranocchio le noccioline e sento la nostalgia di Milano impossessarsi di me.

Nel giro di pochi minuti lavo i denti, infilo una maglia e sono sotto le lenzuola cercando di dimenticare che non ho letto ancora nulla dei documenti che dovrei conoscere per la riunione di domani. Agguanto il telecomando e accendo il televisore. Digito il numero 125, il codice della stanza, seleziono tra le diverse opzioni e il film ha inizio. In un aeroporto, un uomo ben vestito, con ventiquattrore e giornale, attende all'uscita tredici che si proceda all'imbarco. L'imprevisto è dietro l'angolo. Un'addetta alle pulizie gli si avvicina. L'uomo la invita in uno sgabuzzino. La ragazza gli mette la mano sui pantaloni e gli lecca il collo e, mentre l'uomo dai genitali innaturalmente glabri sfila le mutandine alla ragazza che fino a pochi minuti fa era una semplice addetta alle pulizie dell'aeroporto e ora è piegata in una posizione che – così a prima vista – mi sembra innaturale anche quella, la mia testa si fa pesante, mi appoggio su una guancia e prendo sonno serenamente.

12.

Attraverso la hall dell'albergo trascinando i piedi e raggiungo un piccolo locale sul retro dove mi accomodo a fare colazione. La saletta, un quadrato di legno che raccoglie cinque tavolini, si apre su un giardino interno dove un gatto obeso si sta lisciando il pelo. Lo guardo. Mi guarda. Scorrono alcuni secondi, poi sono io il primo ad abbassare gli occhi.

Spettinato, semiaddormentato, butto giù un sorso di cappuccino freddo e do una scorsa ai documenti del Project Treperdue, mentre una signora seduta a un tavolo vicino lascia cadere in un bicchiere d'acqua un paio di pasticche, che cominciano a sciogliersi con ironica effervescenza.

Cerco di farmi un'idea dell'operazione: la Zeus Investments (di seguito, Zeus Investments o il Cliente) è una società attiva nel campo del *real estate*, settore *sviluppo e gestione di centri commerciali.* Le venti pagine plastificate che compongono il documento di presentazione del progetto parlano di un obiettivo preciso: *Penetrare il mercato italiano.* Non dicono *penetrare nel mercato italiano.* Dicono *penetrare il mercato italiano. Questione di gusti* penso. L'obiettivo sarà coronato con la creazione di una joint venture con una banca d'affari inglese, Meyon & Tolsen Bank (di seguito, Meyon & Tolsen o la Banca), operativa nello stesso settore e già attiva sul territorio italiano attraverso la Bogomin S.r.l. (di seguito, Bogomin o il Target), proprietaria di tre centri commerciali nel Nord-Est. È lì che sono diretto stamattina: Bogomin. Se tutto andrà come deve andare («E tutto andrà come deve andare» ha precisato Giuseppe), all'esito dell'operazione il pacchetto azionario della Bogomin sarà trasferito a una new-co, una società di nuova costituzione, il cinquanta per cento del cui pacchetto azionario sarà detenuto dalla Zeus Investments, con la creazione finale di una joint venture paritaria. Routine.

Memorizzo i termini tecnici – *mall*, *gla*, *anchor*, *brand*, *effort rate* – e alcuni dati statistici dai quali mi farò vedere piacevolmente sbalordito nel corso della riunione, per mostrare interesse, condivisione di scopo, motivazione. Indugio sulle figure seminate tra le pagine: famiglie appagate che percorrono lunghi corridoi di vetrine senza segni di saracinesche, sorrisi compiaciuti di classi sociali che non hanno più nulla da chiedere alla storia, colori brillanti da pubblicità che non crea *bisogni* ma *desideri*.

Chiudo il fascicolo e sospiro, cercando di apparire credibile.

Mi alzo, faccio ritorno in camera, prendo il trolley e scendo a fare il check-out. L'uomo con la barba a chiazze compila una ricevuta, dopo essersi accertato delle mie consumazioni al frigo bar.

«Metto tutto in fattura?» mi chiede ammiccando.

«Ma certamente» rispondo, senza capire. «Figuriamoci.»

L'uomo mi allunga una fattura sulla quale, tra le voci di spesa, campeggiano, come i titoli sui vecchi giornali del pomeriggio, le parole *Pay-per-view euro 12.00*. Pago e penso a come giustificherò al cliente un certo tipo di proiezioni ai fini della sua assistenza giuridica.

«Scusi» dico allungando la ricevuta. «In effetti, posso chiedergliene una, ehm, diversa?»

«Adesso si tiene questa» dice l'uomo chiudendomi il pugno intorno al foglietto. «Ma lei, per chi ci ha presi?»

Faccio chiamare un taxi, recupero la valigia e mi allontano.

La Bogomin si trova pochi chilometri fuori Treviso. Mi appoggio allo schienale del sedile posteriore e socchiudo gli occhi seguendo il paesaggio che corre via lungo i fianchi dell'auto. La ben dosata miscela di gas atmosferici colora il cielo di un luminoso blu patinato contro il quale, sbucando da un lungo tratto alberato, si staglia la struttura in cemento armato della società.

«È qui per lavoro?» mi domanda il tassista, aiutandomi a estrarre il trolley dal bagagliaio.

«Sì. Lavoro.»

«Imprenditore?»

«Avvocato.»

«Ah» dice sputando a terra. «Proprio un bel mestiere quello. Lo vada a raccontare alla mia ex moglie. Pure il televisore mi avete portato via. Il divano e il televisore. Bravo. Bravo davvero» grida mentre si allontana di un paio di passi all'indietro e comincia ad applaudire al mio indirizzo.

Prendo il bagaglio e gli allungo un buono. Senza parlare, mi avvicino alla cancellata che circonda la costruzione e suono al citofono. Una voce squillante si sovrappone al motore del taxi che si allontana.

«Sì?»

«Sono Campi. Dello studio Flacker Grunthurst and Kropper.»

«Ripeta.»

«Ehm, Campi. Flacker Grunthurst and Kropper.»

«No, no, senta, sia paziente, lei deve scandire chiaramente e *len-ta-men-te*.»

Comincio a sentirmi nervoso.

«*Cam. Pi. Flac. Ker.* Ho un appuntamento con», pesco dal fascicolo un biglietto da visita, «l'ingegner Carugato.»

«Aspetti.»
La voce scompare.
Mi chino e raccolgo una margherita.
«Non mi risulta alcun appuntamento.»
«Come nessun appuntamento? La prego di verificare. È questa la Bogomin S.r.l.?»
La voce sbuffa, infastidita, prima di dire: «Senta, *ho* verificato. Non ci sono appuntamenti in mattinata. Non sono autorizzata pertanto, e ripeto pertanto, a disturbare l'ingegnere. E, comunque, la devo avvertire. Abbiamo già i nostri fornitori di fiducia, la Menckel Stones, la Toretti, la Tys & Gutt...»
«Ma» esito «ma che diavolo sta dicendo? Io non sono mica qui per vendere. Io sono un avvocato. Io sono qui per comprare.»
«Mi scusi?»
«Io compro. Ha capito? Compro tutto.»
Tecnicamente, non sarebbe neanche falso. Sono il legale degli acquirenti e se anche la società non la compriamo tutta, ma solo il cinquanta per cento, fa differenza? C'è qualcosa che fa differenza? Il click con cui la comunicazione è interrotta mi conferma che certe imprecisioni non rimangono senza conseguenze.
Citofono di nuovo e risponde la stessa voce, più squillante.
«Mi ascolti bene, se lei non si allontana all'istante io le giuro che chiamo i carabinieri.»
«Si calmi, santo cielo, si calmi un secondo. Sul serio, mi permetta di spiegarle.»
«Ma si calmi lei, come si permette?»
«Io sono calmissimo.»
«Ah sì? E allora com'è che continua a prendere a pugni il cancello?»
Alzo d'istinto gli occhi e noto, sopra la cancellata, una telecamera lampeggiante indirizzata sul citofono. Apro la

mano con cui martellavo sulle colonnine di metallo, la sollevo vacillando e azzardo un piccolo saluto.

«Ecco, allora mi vede?» dico con un sorriso idiota, rivolto alla telecamera.

Sventolo la cravatta rossa.

«Sono io. Un professionista, un avvocato, Flacker Grunthurst and Kropper, ho un appuntamento con l'ingegner...», riprendo il biglietto, «Carugato, l'ingegner Carugato, per le dieci. Sia gentile, chiami l'ingegnere. Vedrà che chiariremo l'equivoco.»

«...»

«Glielo prometto» aggiungo pietosamente.

Un lungo silenzio.

Mi chino e strappo tutte le margherite, poi mi ricordo della telecamera e comincio a radunarle in un bel mazzolino mentre un sibilo annuncia l'apertura del cancello.

Un ometto rotondo mi aspetta dietro la porta girevole.

«Lei è di *Flachergrunt*?» mi chiede incerto.

«Finché qualcuno non paga il riscatto» rispondo.

L'uomo rimane un attimo frastornato, ma si scioglie subito.

«Avvocato», scuote le braccia come animandosi improvvisamente. «Porco cane. Ci perdoni, ci perdoni davvero di averla fatta stare lì fuori tutto questo tempo. Stavo lavorando e avevo detto di non disturbarmi. Ho degli ospiti, sa. Ospiti importanti.»

«Campi, Andrea Campi» dico porgendo la mano.

«Porco cagnaccio, mi perdoni di nuovo, maleducato che sono. Gran piacere, Severino Carugato, ingegnere e direttore responsabile.»

«Ingegnere, mi dispiace averla disturbata. Io, ehm, lascio che si liberi. Posso aspettarla qui.»

L'ingegnere mi fissa cambiando espressione.

«Veramente, io ne avrò per tutta la mattinata.»

«Ah.»

«Mi spiace davvero. Se ci avesse avvertiti, avrei almeno cercato di organizzarle un incontro con un collaboratore, qualcuno. A proposito, perdoni se sono diretto, ma lei» si interrompe e mi guarda obliquo.

«Dica.»

«Lei, che ci fa qui?»

«Ma come che ci faccio qui?», alzo la voce. «L'incontro. *Dieci dieciemmezza.*»

«L'incontro è stato cancellato, non gliel'ha detto il suo collega, Ettore?»

«Achille.»

«Achille.»

«Non mi ha detto nulla, mi ha parlato di...»

Mi blocco. Mi sento improvvisamente molto stanco. I colori si sbiadiscono, i contorni si confondono. Vorrei spiegare che Achille mi ha parlato di pompini, quelli che la moglie non gli fa più perché ha scoperto che spende metà dello stipendio in puttane, anche il giorno di Natale, e che io sono un idiota, che sono qui, in Friuli, no anzi in Veneto, sotto lo sguardo di un ingegnere con le bretelle blu che si sta chiedendo se non abbia davvero ragione la receptionist e non sia il caso di chiamare i carabinieri.

«Guardi, ingegnere, dev'esserci stato un piccolo fraintendimento. Non so cosa dire. Io non voglio davvero essere di disturbo. Ma magari, visto che ormai sono qui, se le fosse possibile accompagnarmi nella *data room*, potrei cominciare a farmi un'idea del materiale, a controllare la *check list*, in vista della *due diligence*.»

L'ingegnere mi guarda intontito.

«Mi spiego meglio» riprendo. «Se non sbaglio, avete preparato una *data room*, una stanza in cui avete messo tutta la documentazione che riguarda la vostra società. Ecco, è possibile dare un'occhiata?»

«Ah, ecco, adesso la capisco. Lei mi deve parlare chiaramente, avvocato. Non siamo mica tutti milanesi. Mi segua.»

L'ingegnere mi conduce in una stanza al primo piano dove si congeda, spiegandomi che ora deve davvero scappare, il lavoro si ammassa, il tempo è quello che è, prenda pure un caffè alla macchinetta, sono solo sessanta centesimi. Mi stringe la mano.

«Non rubi nulla, sa», cerca di strizzare un occhio e li chiude entrambi. «Non faccia il birbante.»

Nella stanza, ordinate con precisione, lunghe file di faldoni numerati in ordine progressivo occupano gli scaffali in alluminio: tutto l'archivio societario – dall'atto di costituzione ai verbali dei consigli di amministrazione, dai bilanci alla contrattualistica commerciale e finanziaria, dai contratti di lavoro alle certificazioni ambientali, dai brevetti agli atti giudiziari –, ogni dato rilevante per conoscere la situazione commerciale e finanziaria dell'azienda, la documentazione che noi – legali della società acquirente – dovremo analizzare. Mi siedo, estraggo un blocco dalla tasca esterna del trolley e comincio a prendere appunti. Il sole splende sempre più forte sui monti e qualcosa si muove lontano nell'erba e io penso alla riunione saltata, ad Achille, alla moglie, ai film *pay-per-view*.

13.

La mattinata scorre tranquilla.

Nella solitudine della *data room*, ho collezionato appunti e mi sono fatto un'idea del business della società, dei temi da approfondire, dei rischi di cui tenere conto, del numero e dell'esperienza dei collaboratori che saranno necessari per il lavoro di revisione e, dopo aver consumato un pacchetto di taralli freschi di distributore e tre caffè, ho rimesso a posto la documentazione nelle cartelline di plastica, le cartelline nei faldoni, i faldoni sugli scaffali, ho infilato la giacca e mi sono diretto di nuovo alla reception: torno a Milano, se mi sbrigo posso essere a casa già nel tardo pomeriggio. Mi apro in un sorriso, il primo della giornata, in anticipo sulle previsioni.

«Avvocato», l'ingegner Carugato è fermo in fondo al corridoio. «Starà mica scappando via come un ladro?»

Mi sorride mentre riconsegno alla receptionist il pass degli ospiti.

Rispondo con un cenno della testa, tutto bene, non mi posso lamentare. Considero che ho fatto tre ore di treno per niente, altrettante ne ho davanti, mi sono presentato a una riunione inesistente, sono stato preso per pazzo da una centralinista che aveva intenzione di farmi arrestare e mi sembra che in questo momento la situazione sia stabilizzata.

«Guardi» dico, «visto che la riunione è stata cancellata, io avrei anche finito. Ho dato un'occhiata alla documentazione, per capire l'entità del lavoro. Volevo passare a salutarla però ho pensato che avevo già disturbato abbastanza. Anzi, ne approfitto, mi scuso di nuovo per essermi presentato così, senza un appuntamento.»

«Ma lei non è di nessun disturbo, avvocato», a piccoli passi l'ingegnere si avvicina, senza abbassare il tono della voce. «Via, via, non lo dica nemmeno.»

«Insomma, ecco, credo che tornerò a Milano. Stavo facendo chiamare un taxi.»

«Lasci stare, lasci stare» dice l'ingegnere appoggiandomi una mano sulla spalla. «Io non capisco tutta questa fretta di tornare a Milano, ma se proprio deve, lasci che l'accompagni io in stazione, che sto proprio tornando a Treviso. E non voglio sentire ragioni, avvocato. Mi segua, porco cane, che così facciamo anche due chiacchiere.»

L'ingegnere mi precede e mi guida all'auto che aspetta fuori dalla cancellata. Lo vedo arrancare sulla ghiaia mentre con una mano mi fa segno di seguirlo, e ho l'impressione di avere di fronte una brava persona, affabile, garbata.

Apre la portiera. Insiste che io salga per primo. Ringrazio e mi sistemo dietro al conducente, un ragazzo secco, molto alto, che spinge violentemente il sedile contro le mie ginocchia. Soffoco un'imprecazione e il ragazzo si scusa, ripete *avvocato* cinque o sei volte, mi spiega l'importanza di guidare a una certa distanza dal volante per non trovarsi costretto ad accelerare con le ginocchia, vuole che gli mostri se mi sono fatto male, aggiunge *avvocato* una volta ancora. Lo tranquillizzo mordendomi il labbro inferiore. I centri nervosi lanciano gli ultimi segnali di dolore. Divarico le gambe, flettendole, e cerco di adattarmi alla situazione, mentre l'ingegnere, senza perdere il sorriso, si siede al mio fianco, mi osserva allineando le rughe sulla fronte, stende platealmente le gambe e mi dà un paio di colpetti sulle ginocchia.

«In città, Renato. Alla stazione.»

Renato mette in moto.

«Mi tolga una curiosità, ingegnere. Come mai avete stabilito la vostra sede qui in Friuli? Tradizioni familiari? Ricerche di mercato?»

«*Friuli?*»

«No. Scusi. No», divento rosso. «*Veneto.* Veneto, lo sapevo. Veneto. Lo giuro.»

«Eccolo qui», l'ingegnere si sporge verso il posto vuoto davanti a lui. «I milanesi che credono di essere il centro dell'universo. Il resto, tutta provincia, periferia, terzo mondo.» Poi torna a guardarmi. «E invece lei lo sa dov'è la locomotiva d'Italia? Lo sa? La locomotiva è qui. È qui che si spinge e si traina il paese, qui in Veneto. Dovrebbe informarsi, dovrebbe. Lei c'è mai stato in Veneto?»

Lascio da parte ogni altro tentativo di confidenza e provo a riportare la conversazione su un piano professionale. Cerco di ricavare elementi utili per la futura attività di revisione e di spremere qualcosa da questa trasferta, ma l'ingegnere non ha nessuna voglia di pensare al lavoro. Liquida la mia domanda: «Quali sono i rischi tipici di un'attività come la vostra?» squadrandomi e rispondendo: «Dica, ma per chi ci ha presi? Noi siamo persone per bene.» Poi muta espressione, si fa dolce e comincia a indicare gli alberi.

«Quella è una farnia e quello un faggio, quell'altro un frassino, ed ecco un bellissimo cedro.»

«Eh» dico sperando che vada bene.

«Immagino che lì a Milano non se ne vedano poi molti» afferma allungando un braccio e tornando a puntare il bosco.

«Devo ammettere di no. Sta un po' scomparendo la natura, a Milano.» Mi guardo un dito. «Però a casa ho un bonsai.»

«Ah, eccolo qui di nuovo. La gara dei milanesi, a chi ce l'ha più piccolo. Prima il telefonino, e ora anche la natura. Bravi i milanesi che fanno le miniature. Che poi, non tutto ciò che è piccolo, ecco, ci siamo capiti.»

Ma porca puttana, cosa diavolo c'entra ancora Milano? Vorrei informarlo dell'esistenza del Giappone, di discipline antiche, di tradizioni millenarie. Mi volto verso il finestrino a guardare le nuvole che si addensano in molli forme di moderno design.

All'uscita da una curva, l'ingegnere improvvisamente si illumina e indica l'orizzonte, un punto imprecisato.

«Lì» dichiara.

Guardo e non vedo niente.

«Eh sì» sospira. «Lì, proprio lì.»

Gli occhi acquosi di vecchiaia rimangono fissi verso la campagna.

«Lì ha avuto luogo un episodio della mia infanzia che mi ha molto segnato. Mi ha fatto diventare l'uomo che sono oggi, io credo.» Una pausa. «Il bell'uomo che sono oggi.»

Sono curioso. Lo sollecito a raccontare.

L'ingegnere, un'espressione beata, pronuncia due parole.

Disco volante.

Poi porta gli occhi al cielo.

«Mi scusi?»

«Disco. Volante.»

«Ingegnere, sia paziente, credo di non seguirla.»

«Ero piccolino a quei tempi. Coi pantaloncini. Avrebbe dovuto vedermi che bel bimbetto vivace che ero. Correvo sempre. Nelle strade, nei prati. Una vita all'insegna dell'aria aperta, del movimento, della purezza. Una vita, se posso dirlo, veramente sana. Ricordo che mangiavo anche le rane. Crude. Fatto sta che, un giorno, sono lì che corro su per il pendio, arrivo in cima alla collinetta e cosa mi vedo davanti? Cosa vedo? Lontano, una forma che sta su, nell'aria, che non si sa cosa sia. Mi fermo, la guardo. E all'inizio penso che sia la Madonna, sa, a quei tempi non si sapeva ancora di queste cose, dei marziani, dei misteri, l'*ixfails* e queste robe qui. Ma capisco subito che non può essere la Vergine Maria. No, è una cosa strana, questa. Ci sono come delle luci, verdi e gialle, ferme lì nel cielo. Un disco volante, era. Bello. Bellissimo.»

Tace e sembra annegare nel sogno.

«Ma mi scusi, ingegnere, non poteva essere un elicottero, un pallone aerostatico, qualcosa del genere? Lei è ingegnere, lo saprà meglio di me.»

«Impossibile.»

«*Impossibile.* E perché impossibile?»

«Il senso di beatitudine che ho avuto.»

Maciniamo chilometri in silenzio. L'ingegnere contempla, incantato, fuori dal finestrino. Io contemplo l'ingegnere. Le mie gambe sempre all'aria.

Ti offro un caffè

«Credimi, un prodotto incredibile. *In-cre-di-bi-le.*»

«Sul serio?»

«Te lo rende duro come un mattarello. E non immagini per quanto.»

«Ma sai, io ho un metodo tutto mio per la durata dei rapporti sessuali. Alla fine, anche fossero passati due minuti, faccio che guardo l'ora ed esclamo *Dio mio è tardissimo*. Psicologico, surrettizio, capisci?»

«Be' sì, infatti, chi è poi quella che sta a controllare...»

«Hai visto i commenti che ha inviato la controparte?»

«Certe cazzate.»

«Grandissime cazzate.»

14.

Ho conosciuto Eleonora a una cena di giovani professionisti raccolti sotto l'ombrello dell'*Associazione Professionisti del Domani*, evento a cui fui trascinato, come d'abitudine, da Giovannino.

«Andrea» mi disse piantandomi un dito sul petto. «È importante crearsi un network, una rete di conoscenze. E sono queste le occasioni giuste. Se no poi finisce che stiamo sempre chiusi in ufficio. Isolati, capisci? Prendi uno come – che ne so – Obama. Sarebbe mai arrivato dove è arrivato, senza le conoscenze giuste, le giuste relazioni? E non solo lui, tutti. Umberto Eco, Francesco Totti, Gandhi. E poi è pieno di figa.»

Alla cena, Giovannino prese posto di fianco a un certo Piermario, *products and sales compliance manager* nella società del padre – il caseificio Strozzi –, mentre io andai a sedermi di fronte a un ragazzo incredibilmente magro accompagnato da Eleonora, una sua collega dai capelli lisci e rossi, piena di efelidi, che mi colpì subito per il modo schivo di presentarsi («Non dire cazzate» ebbe a dire Giovannino in seguito, «le tette t'hanno colpito a te. Le grandi tette»).

Ho pochi e sfumati ricordi della serata, ma conservo nitido il momento in cui il ragazzo magro davanti a me, sgranando il rosario dei suoi successi, disse infine: «E poi ho preso il *PhD*, a Harvard.»

«Oh porca miseria» esclamai, scattando indietro con tutta la sedia. «Sarà mica contagioso?»

«Ah ah» mugolò. «Le grandi risate.»

Ma Eleonora stava ridendo veramente.

Cominciammo a frequentarci.

Di lì a poco sarebbe diventata la mia ragazza.

Poi, anche la mia ex ragazza.

È a lei che mi scopro a pensare mentre apro la porta di casa, vado verso il gabinetto, abbandono il trolley sotto il lavandino, butto il fascicolo verdolino Project Treperdue nel bidet, mi sfilo lo spolverino e lo appendo a fianco dell'accappatoio. Giacca, scarpe, calze, pantaloni, cravatta, camicia, boxer, finiscono sul pavimento nel solo tempo di nominarli e l'acqua bollente comincia a scivolarmi addosso, *and just like the guy whose feet are too big for his bed* dimentico Carugato, la locomotiva, gli ufo, il Veneto, il Friuli, il Nord-Est, tutto.

Esco dalla doccia, mi annodo un asciugamano intorno alla vita, asciugo i capelli e vado a crollare sul divano, dove sbuccio un mandarino e con un piede schiaccio un tasto del telecomando e faccio la conoscenza della signora Susi *che ha un problema con il marito che è impotente ma la signora Susi non si arrende ed ecco il marito Pierino detto ma simpaticamente Pendolo dalla Susi che non sa di essere ripreso apritemi l'audio Pierino mi sente?* Mi alzo e vado in camera.

«Ma no» sbotto. «Ma no. Lo sapevo. Io lo sapevo. Tu dimmi, Arturo, cosa diavolo devo fare con te. Qual è il problema? Cosa c'è che non funziona?»

Arturo non risponde, non lo fa mai.

«No, Arturo, non mi sto arrabbiando. Vieni qui, su. Fatti un po' vedere.»

Lo afferro, lo sollevo, lo rigiro tra le mani.

«Arturo, tu non stai bene. Abbiamo aspettato anche troppo. Mi dispiace che si sia arrivati a questo punto, ma ormai è deciso: la settimana prossima ti porto dai miei e no, non voglio sentire storie, sono irremovibile. Hai bisogno di cure. E non guardarmi così che non mi commuovi.»

Arturo è il mio bonsai. Gli sono affezionato. La fiorista non voleva vendermelo e io non capivo perché. La guardavo e ripetevo: «Voglio questo», e la signora teneva stretto il vaso e piegava le labbra in un'espressione di rabbia dolente.

«Quanto... viene...?» domandavo cercando di scandire bene le parole.

La signora rimaneva sempre lì, muta, col vaso tra le braccia, e solo quando ero ormai rassegnato a ripiegare sulla riproduzione in plastica di alcune orchidee iraniane, che contavo di afferrare prima che lei avesse il tempo di mollare il vaso, disse: «Ma lei mi deve promettere di trattarmelo bene.»

«Ma signora» replicai allargando le braccia, «certamente. Per chi mi ha preso?»

«No, non dica certamente» disse la donna picchiandomi sul dorso di una mano. «Che con i *certamente* la si fa sempre facile. Guardi che questa è una pianta di valore. Questa, se viene trattata col dovuto modo, le può durare seimila anni.»

«Seimila anni?»

«Seimila anni» confermò la donna con una punta di amarezza nella voce.

«Perfetto.»

Pagai, presi il vaso e mi allontanai. Poi, sulla porta, mi voltai. Guardai la signora, il bonsai, di nuovo la signora.

«Un'ultima cosa.»

«Dica.»

«Me lo potrebbe incartare?»

Uscii correndo e urlando: «Scherzavo, giuro, scherzavo», mentre la donna, impugnando un mazzo di garofani, si scalmanava gridando: «Se me lo uccide dovrà rendere conto a Dio.»

Guardo Arturo ora, a distanza di pochi mesi: pende in avanti, le poche foglie che porta addosso sono percorse da alcune screziature gialle e bianche, anche la terra, grumosa, sembra malata. Intorno al vaso, sul comò, si sono depositate le foglie cadute, accartocciate. *Seimila anni* penso, facendogli una leggera carezza, e un ramo si frantuma e mi cade sui piedi.

Arturo non è il mio primo coinquilino. Prima di lui ci fu Cleo, entrato nella mia vita una sera d'autunno, una di quelle sere in cui tornavo a casa sforzandomi di pensare a guerre civili e carestie, attacchi terroristici e relative trasmissioni televisive di approfondimento, per trovare un motivo per convincermi che sì, dai, in fondo non mi va poi così male. Scoprii sul tavolo della cucina una grossa scatola di cartone dalla quale, fissato con dello scotch, penzolava un foglietto di blocnotes con una scritta dalla grafia inequivocabile.

Ciao, sono passata a lasciarti del ragù fresco (è nel freezer). Ti ho portato anche un regalino.

Un bacione.

Mamma

P.S. Passa a casa ogni tanto, ti faccio i calamari.

P.P.S. Io l'ho chiamato Cleo, ma tu puoi ribattezzarlo.

Aprii la scatola e, sprofondato in un parallelepipedo di plexiglas 65×35 colmo d'acqua, scoprii un pescioletto rosso che girava intorno a un sasso giallo. A fianco dell'acquario, un cilindro di specifico mangime proteico, su cui spiccava la scritta *Rafforza il tuo pesce.*

«Cleo» dissi battendo col dito sul plexiglas. «Che nome da pirla che hai, bello mio. Non sei nessuno con un nome così, lo sai questo? Sei solo uno dei tanti. Tu, Cleo, vuoi essere uno dei tanti?»

Cleo continuava a spingere il muso sul sasso giallo esibendo un atteggiamento di noncuranza che in qualche modo mi innervosiva.

«Per stare al mondo, oggi, ci vuole un nome importante, un nome solenne, foriero di gloria. Ma cosa ne sai tu? Guardati. Vuoi passare la vita a spingere un sasso giallo o hai delle ambizioni? Eh, Cleo? Ce le hai tu, le ambizioni? Le ambizioni sono importanti.»

Aprii il frigo e cominciai a prepararmi la cena.

«Da oggi ti chiamerò Cleo Secondo. Lo senti come suona? Cleo *Secondo*, non è mica da tutti.»

Affettai un paio di pomodori.

«Anzi, *Cleo Secondo Massimo*.»

Presi l'olio e lo misi in tavola.

Sollevai l'acquario.

«Però ora Cleo Secondo Massimo ti levi dalle palle, che qui si deve mangiare, e ti metti buono buono in salotto.»

Qualche tempo dopo, Eleonora varcò, per la prima volta, la soglia di casa mia. La aiutai a sfilarsi il soprabito, le suggerii di accomodarsi e andai in cucina a preparare qualcosa da bere. Mentre avvitavo il tappo della bottiglia di Amaretto, sentii un grido stridulo provenire dall'altra stanza.

«Ihhh... ma... ma cos'è?... cos'è?... che schifo... tu sei un... criminale.»

«Cosa?» domandai sbucando dalla cucina col muso equino e un paio di tumbler pieni nelle mani.

Eleonora si manteneva ancorata alla sua smorfia di ripugnanza. Seguii il suo sguardo e scorsi, sopra l'armadietto nell'angolo lontano del salotto, un contenitore di vetro pieno di acqua opaca. In mezzo, riuscivo appena a intravedere una macchia rossastra che galleggiava in balia di impercettibili onde e, mentre cercavo di ricordare l'ultima volta in cui avevo dato da mangiare al pesce, riconobbi sopra l'armadietto la confezione di mangime ancora sigillata.

«Dorme» balbettai in un bisbiglio. «Si chiama Cleo Secondo Massimo.»

15.

Valentina è la mia segretaria, una ragazza garbata, ingenuamente simpatica, sovrappeso ma graziosa, ventisei anni compiuti a San Valentino («Sono nata con l'amore» ha detto. «È davvero vero» ha confermato Nicola stringendo gli occhi). È entrata nella mia stanza e, all'improvviso, dopo che le ho chiesto di sistemare un faldone che giace sul pavimento da mesi, è scoppiata a piangere.

«Valentina» dico, «non ti preoccupare. Il faldone puoi anche lasciarlo sul pavimento. Lo sistemi quando hai tempo. Però ti prego, non farmi queste scene che io poi divento triste.»

«No. No» replica a intermittenza. «Non piango per il faldone.»

«Ah, ecco, grazie al cielo. Volevo ben dire.»

«Invernizzi.»

Sbuffo.

«Che ha fatto ancora quell'uomo?»

«Mi ha dato della cretina perché ho sbagliato a creare un pdf.»

«Ma Valentina», sorrido. «Tu non devi prendertela. Quante volte te l'ho già detto? Lo sai com'è fatto Invernizzi. Arrogante, maleducato. Un bifolco. Devi lasciar perdere, non ascoltarlo, non ne vale davvero la pena. Tu devi essere superiore.»

Continua a singhiozzare.
Appoggio un dito all'angolo della bocca e, con fare meditativo, la osservo attentamente.
«Valentina» dico piano.
«Cosa?» frigna lei, mentre ordina diligentemente i documenti del mio faldone.
«Come hai fatto a sbagliare un pdf? Insomma, si tratta di infilare i fogli nella macchina e poi fa tutto da sola.»
«Li ho infilati al contrario e sono usciti tutti bianchi.»
«Ma, scusa, non hai verificato prima di mandare l'e-mail?»
«Ma io che ci capisco di legge?»
«Eh, ma porca puttana, Valentina. Invernizzi c'ha pure ragione, però.»
L'esplosione di pianto è immediata e viene arginata solo dall'impeto con cui Nicola si alza, le appoggia le mani sulle spalle e, con una tenerezza che gli ho visto usare solo con le piadine cotto pomodoro mozzarella, la accompagna fuori dalla stanza.
Sulla porta, si ferma a esaminarmi.
«Andrea», storce la bocca. «Alle volte io mi domando come fai a essere così bruto.»
«*Bruto?* Nicola, ma come ti sei messo a parlare? Bruto? Tu, poi, che passi le giornate ad allenarti a scandire il nome dello studio coi rutti. Io sarei il bruto?»
Nicola non mi ascolta nemmeno. Guida Valentina fuori dalla stanza.
«Non preoccuparti» dice. «Ora ci sono qui io con te.»
Dalla finestra aperta sale un suono di zufolo boliviano che si mescola allo strepito delle auto sul pavé. Il fascicolo verdolino Project Treperdue, per quanto gonfio e opaco, sembra essersi finalmente asciugato. Mai più appoggiare documenti importanti nel bidet. O, perlomeno, toglierli prima di far scorrere l'acqua. Stacco il biglietto da visita

dell'ingegner Carugato e lo attacco al sughero appeso al muro.

«Endriu» mi chiama Giuseppe sfilando davanti alla mia porta. «Fammi un grosso piacere. C'è giù Donato. Comincia a scendere tu, che io ti raggiungo immediatamente.»

«Giuseppe, siamo sicuri? Intendo, che oggi ci sia la riunione? Ieri ho rischiato l'arresto alla Bogomin, per essermi presentato a un appuntamento inesistente.»

Giuseppe si ferma a pensare.

«Meglio così» risponde. «Un approccio soft è sempre preferibile.»

Si allontana, continuando a parlare. Le ultime parole sfumano tra i rumori del corridoio: «Dai, Endriu, dai. Forza, forza, che ti vedo sempre mogio. Ritmo, ottimismo...»

Donato è il responsabile del Project Treperdue per la Zeus Investments, il nostro cliente. Non avevo mai sentito parlare della Zeus Investments prima di essere coinvolto in quest'operazione. Giuseppe, di fronte alla mia ignoranza, si è mostrato scandalizzato, ha detto che è una multinazionale che sta esplodendo e si occupa un po' di tutto – non è che ricorda di preciso –, alimentari, immobili, aeronautica, farmaceutica, insomma è una multinazionale, e tanto basta, *che non siamo mica qua a sminuirci per i provinciali*. Hanno scelto noi per la loro prima operazione in Italia e il solo pensiero rende Giuseppe molto eccitato («Se conquistiamo un cliente così, Endriu, siamo a cavallo, operazioni e soldi a piovere e lo mettiamo pure *in the ass* ai colleghi inglesi, sempre lì a pensare che se non ci passano i clienti loro, qua siamo finiti») e, al contempo, molto nervoso («Questa è un'operazione fondamentale per lo studio, e per noi come professionisti. Non è che io non mi fido di te, Endriu, ma dimmi, posso fidarmi di te?»).

Quanto a Donato, non l'ho mai visto prima. Non mi è chiara la sua qualifica, mi basta sapere che sarà lui il referente, la persona da informare, da consultare, a cui ubbidire. Ci siamo sentiti al telefono in mattinata e gli ho anticipato le impressioni ricavate dalla trasferta veneta, le tempistiche per il lavoro di revisione e la preparazione del report, poi quando ho cercato di ottenere qualche informazione in vista della riunione mi ha risposto: «No, mi scusi, ma io non ho capito con chi sto parlando.»

Mi infilo la giacca, aggiusto la cravatta, sistemo il fascicolo verdolino sotto un'ascella e scendo.

In ascensore, incontro un ragazzo, pizzetto biondo e occhiali con la montatura nera, quarto piano, dipartimento *finance.*

«Che piano?» domanda.

«Primo» rispondo.

«Io pianterreno.»

Il ragazzo mi fissa con espressione dubbiosa. Poi, come prendendo una decisione sofferta, vince l'esitazione e allunga la mano.

«Tu sei nuovo, vero?»

Lo guardo negli occhi. Sto per rispondere: *Mi prendi per il culo? Ma se sono tre anni che mi aggiro per queste stanze come un satellite fuori orbita.* Ma noto subito quel luccichio nel suo sguardo, la gioia di chi cerca solo di essere gentile, e non voglio deluderlo. Apro la mano e stringo la sua.

«Campi. Andrea Campi.»

«Piacere. Io sono Gerardo. Sto su, al *finance.* Un giorno di questi usciamo a pranzo, se ti va.»

«Molto volentieri, Gerardo.»

«Gerri.»

Le porte si aprono sul primo piano.

Esco.

«Allora, benvenuto ancora» mi dice, allungando un ginocchio per coprire la fotocellula dell'ascensore.

«Grazie. Sì. Certo. A presto» farfuglio, cominciando a sentirmi stanco.

«Vedrai che ti troverai bene.»

«Ecco, adesso però basta. Okay?»

Mentre le porte si chiudono sulla faccia interdetta di Gerri, entro nella sala riunioni Violetta dove un uomo con le gambe accavallate sta giocando con la rotella del blackberry. Appena mi vede, si alza svogliatamente, mi porge la mano, afferra la mia con sufficienza e si rimette seduto guardando fuori dalla finestra, con l'aria di chi stava aspettando un lauto pranzo e dalla cucina gli è stata servita una mezza focaccina bruciacchiata per ingannare l'attesa. Mi arrischio a sciogliere l'atmosfera. Mi avvicino e gli consegno il mio biglietto da visita.

«Come stai, Donato? Mi fa piacere conoscerti di persona.»

«Scusa», Donato alza un dito e lo abbassa come a mettermi in pausa.

Estrae il telefonino e digita un numero.

«Ehi... Sì, sono qui dai legali... No, non c'è ancora nessuno.»

Considero l'ipotesi di colpirlo con una pinzatrice in mezzo al mento ma il dubbio che il gesto possa avere delle ripercussioni negative sulla parcella riesce a trattenermi. Prendo una caramella latte-menta e vado a sedermi al lato opposto del tavolo.

Faccio roteare tra le dita una delle matite col brand dello studio. Scrivo sul mio blocnotes la data di oggi facendo attenzione a non uscire dai quadretti. Slaccio le scarpe e le riallaccio. Mi guardo intorno. A una parete vedo un quadro senza cornice, appeso con una cordicella simile a quella con cui sono intrecciate le sedie. Il quadro è di tre colori disposti a vomito di bimbo: giallo, blu, verdone. Mi mette ansia. Alla parete opposta vedo una cornice, senza quadro. È di legno bianco, appesa con lo stesso tipo di cordicella. «Si tratta di dare un tocco di moderna classicità» mi hanno detto. O classica modernità, non ricordo. Incrocio le braccia.

«Donato. Eccoti qui.»

Giuseppe fa il suo trionfale ingresso tenendo le braccia tese avanti a sé.

«Giuseppe», Donato si alza, anche lui tendendo le mani. «Sempre in forma, sempre abbronzatissimo.»

Si abbracciano.

Eppure io so che Giuseppe e Donato non si sono mai visti prima d'ora, anche perché Giuseppe al *kick-off meeting* non c'è andato visto che – mi ha raccontato Achille – era bloccato da un violento raffreddore a Courmayeur. I due continuano a stringersi e io comincio a prendere appunti sulla riunione e disegno un cappio. Poi Giuseppe si accorge di me e spalanca le braccia.

«Endriu, mannaggia a bubbà, ma dove sei andato a sederti? Mi fai il timido, mi fai? Vieni qui, dai. Vieni qui con noi. Donato, questo è il nostro Endriu, l'ottimo Endriu. Sarà lui il timone per questa traversata.»

Ho il permesso di osservare Donato e noto che è un uomo senza ambizioni fisiche, di altezza media e media corporatura, dimostra i quarantacinque anni che probabilmente ha. Gli occhi sottili suggeriscono un atteggiamento circospetto che non trova conferma nel tono della voce, tonante, eccessivo. L'impianto delle rughe disegna l'espressione di un uomo abituato a non capire.

«Allora» esordisce. «Giuseppe. Antonio.»

«*Andrea.*»

«Certo, Andrea. Immagino che abbiate letto le carte e vi siate già fatti un'idea del progetto, il Project Treperdue, ma lasciate che vi presenti personalmente questa piccola rivoluzione.» Donato estrae dalla ventiquattrore una serie di diagrammi, di grafici, di torte. «Come sapete, la Zeus Investments fa parte del grande gruppo della Olympus Inc., una delle più importanti realtà industriali dell'emirato del Dubai», si avvicina con cautela e aggiunge, sottovoce: «l'emiro, facciamo capo direttamente all'emiro», poi sgrana gli occhi e rimane con la stessa espressione per qualche secondo. «Io, tra parentesi, vengo proprio da lì, sono atterrato ieri sera, faccio su e giù, Milano-Dubai, Dubai-Milano, la rotta della moda internazionale, dormo sempre in stanze molto grandi, ma non vi dico, povero il mio Giulio, col papà sempre lontano, comunque non perdiamoci in chiacchiere. Voi sapete di cosa si occupa la Zeus Investments?»

«Centri commerciali» dico.

«*Shopping centers*, esattamente. E cosa fanno gli *shopping centers*, o centri commerciali come dite voi qui in Italia?»

«Fanno allegria» tiro a indovinare.

«Allegria? Ma che ca...», Donato sembra spiazzato. «Ma quale allegria. I soldi, fanno. Il futuro del commercio non è nel prodotto, e tanto meno nel brand. Il futuro è nell'astrazione dell'acquistare, svincolandosi completamente dall'oggetto dell'acquisto. Il mezzo che si fa fine.»

Una sensazione di déjà-vu. Sono quasi sicuro di avere letto le stesse parole sul documento di presentazione durante la colazione di ieri. *Futuro*, *astrazione dell'acquistare*, *mezzo che si fa fine*.

«Ed è qui che entra in gioco la Zeus Investments» continua Donato cominciando a piegare il mio biglietto da visita. «I centri commerciali di oggi sono – perdonatemi il bisticcio – troppo commerciali. C'è bisogno di una ristrutturazione, in inglese *restyling*. Guardiamoci in giro, strutture da provincia, pacchiane, giostrine e palloncini. Il nostro è un progetto ambizioso, un progetto di frontiera. Esclusivo. In inglese *exclusive*.»

Donato finisce di plasmare una rana con il mio biglietto da visita.

«Creeremo una joint venture. Con un partner, Meyon & Tolsen, che ha mostrato subito entusiasmo per il progetto.

Meyon & Tolsen mette la sua presenza sul territorio. Noi, il know-how. E il risultato sarà...»

Donato appoggia un polpastrello sul posteriore della rana.

«... un nuovo concetto di centro commerciale...»

Donato preme e fa scivolare via il dito. La rana schizza in aria, si scontra con il portamatite e precipita con irritante rassegnazione.

«... *il centro commerciale di lusso*» rimarca Donato incrociando le braccia sul petto. Cerco lo sguardo di Giuseppe, che rimane immobile a fissare qualcosa davanti a lui, e Donato prosegue.

«Intendiamo cominciare dall'Italia, che gli arabi hanno eletto patria del buongusto, e potete solo immaginare il mio orgoglio. Pensiamoci su, oggi la gente va da Prada, Gucci, Frau. Poi entra nei centri commerciali e cosa ti trova? Non fatemi dire cose che poi mi accusano di diffamazione. Noi vogliamo dare all'acquirente la possibilità, il diritto, di essere se stesso anche, e soprattutto, in un centro commerciale. Mettere insieme i più grandi e pregiati brand, i migliori prodotti e i migliori servizi, in strutture moderne, raffinate, eleganti. Via Veneto a Fossombrone.»

Il tono di voce di Donato si fa via via più elevato.

«Cominceremo dai tre centri commerciali nel Nord-Est, di proprietà della Bogomin. Uno dopo l'altro, distruzione e ricostruzione. E poi, subito, un altro qui, in Lombardia. Porteremo via Montenapoleone a Cantù. Un nuovo confine che cade, ed è qualcosa di straordinario. In inglese *extraordinary*.»

Non conosco la qualifica di Donato, ma sentendolo parlare mi rendo conto che potrebbe essere un legale interno o un direttore esecutivo o un architetto progettista, qualunque cosa. La sua ottusità sembra assolutamente generale.

«La joint venture sarà paritaria» continua Donato.

«Cinquanta e cinquanta» conferma Giuseppe, interrompendo il monologo.

«Cinquanta e cinquanta. Bravo Giuseppe. Anche se, diciamolo, qui tra noi, la Zeus Investments dovrà essere superiore. Il contratto di joint venture dovrà disegnare degli equilibri, per così dire, sbilanciati. Chiaramente a nostro favore. E questo sarà il lavoro vostro, di voi legali. Mi raccomando. Superiori, come yin e yang, che sono pari ma uno è bianco e uno è nero. Ecco, noi dobbiamo essere i bianchi, loro i neri. E non è razzismo. Io ho un sacco di amici neri di colore.»

Giuseppe annuisce, *capito tutto, non dire una parola di più.*

«Oh, naturalmente» prosegue Donato, «devo dirvi che dobbiamo procedere con solerzia. I tempi sono molto stretti.»

«Perché sono stretti?» domando, trovando finalmente uno spazio per infilarmi.

Donato arrossisce di rabbia.

«I tempi sono sempre stretti» spiega digrignando i denti.

«Ma certo» interviene Giuseppe gelandomi con lo sguardo.

«Giuseppe» ordina Donato, «io ho bisogno di una struttura che funzioni.»

«E l'avrai.»

«No, scusate» riprendo. «Io lo dico perché ieri a Treviso ho avuto modo di passare un po' di tempo nella *data room*. Di documenti da analizzare ce ne sono parecchi. Insomma, tra *due diligence* e preparazione del report, *prima*, stesura del contratto, *poi*, è necessario che...»

«Endriu, fermati, per carità. Non stiamo a perdere tempo adesso con i tecnicismi. Donato ci ha fatto presente la sua necessità, starà a noi trovare il modo – e caro Donato, io ti assicuro che lo troviamo – di far funzionare tutto al meglio.»

«Bravissimo Giuseppe» esulta Donato, allungando di scatto le braccia in avanti e cacciando fuori i polsi dalle maniche della giacca. «La *mia* necessità» ripete lentamente, assaporando le parole.

Si procede con un'euforia che riduce ai margini preoccupazione, perplessità, accuratezza. Donato spiega, Giuseppe ascolta, Donato rilancia, Giuseppe annuisce, Donato domanda, Giuseppe temporeggia, Donato si mostra confuso, Giuseppe si mostra entusiasta, Donato lancia il bastone, Giuseppe scodinzola. E intanto hanno già tolto la giacca, arrotolato le maniche della camicia, scalato nuove gerarchie sociali.

Si scopre nella frase *a questo ci pensa l'ottimo Endriu* un'efficace soluzione a ogni problema. Si tratti di fare, scrivere, comunicare, ricordare, Giuseppe cala l'asso risolutivo: *A questo ci pensa l'ottimo Endriu. Timetable? A questo ci pensa l'ottimo Endriu. Coordinamento della due diligence? A questo ci pensa l'ottimo Endriu. Preparare la prima bozza di joint venture agreement? A questo ci pensa l'ottimo Endriu.* Io prendo il mio blocco, segno l'adempimento e dico sì, con eccessiva veemenza.

«Toglimi una curiosità, Donato» domanda Giuseppe. «Qual è l'interesse degli arabi in questa operazione? Per dire, non hanno già il petrolio? Che gli interessa dei centri commerciali in Veneto?»

«Diversificazione, Giuseppe. *Di-ver-si-fi-ca-zio-ne.* È la parola chiave di questo nuovo millennio. Mica sono baluba che devono fare una cosa sola. E comunque, per la cronaca, questi hanno pure il petrolio.»

«Eccoci» dice Giuseppe, scattando in piedi. «Perché tu lo sai, lo studio Flacker Grunthurst and Kropper è specializzato anche in *energy and utilities*, un'expertise della quale andiamo – lo dico – fieri e per la quale abbiamo ricevuto notevoli riconoscimenti. Insomma, possiamo creare un rapporto professionale duraturo. Diversificato, appunto.»

«Vediamo, Giuseppe. Vediamo come ci troviamo a lavorare insieme su questa operazione», Donato si allunga sul tavolo, «conosciamoci.»

Terminato l'incontro, accompagnamo Donato alla porta.

«Giuseppe» dice Donato ammiccando, «sarebbe il caso di aggiornare tutti sulla nostra riunione, il commerciale, il back office.»

«Ma certo, Donato. Certamente.»

Giuseppe mi guarda, poi torna con lo sguardo su Donato.

«A questo ci pensa...»

«... l'ottimo Endriu» conclude Donato.

«Ah ah ah» dice Giuseppe.

«Ah ah ah», piccola eco di Donato.

16.

L'attività di *due diligence* è un'operazione legale importante e delicata. Tutta la documentazione societaria dev'essere sottoposta a un'accurata revisione giuridica, finalizzata alla produzione di un documento – il *due diligence report* – che restituisca una descrizione completa dello status della società da acquistare, riassumendone la situazione legale, finanziaria ed economica ed evidenziandone i potenziali rischi, problemi, punti critici, le cosiddette issue: finanziamenti in scadenza, clausole di cambio di controllo, possibili contenziosi eccetera. Un lavoro che richiede elevata preparazione e solida esperienza, oltre a capacità sintetiche, analitiche, precisione, accuratezza. Un lavoro da veri professionisti.

«Giuseppe» strillo mentre apro la porta della sua stanza.

«Endriu. Entra, entra» dice e si porta un foglietto arrotolato a mo' di sigaro alla bocca. «Allora? Ottima riunione, direi. Siamo proprio andati bene. A parte quella minchiata dei centri commerciali che fanno allegria.»

«Vorrei parlarti della tempistica», mi faccio serio. «Non abbiamo nemmeno cominciato la *due diligence* e si parla già di contratto. Io li ho visti i documenti, a Treviso. Parecchio materiale. Finanziamenti, centinaia di contratti con gli affittuari, autorizzazioni amministrative, comunali. Cose delicate. Non saprei nemmeno da dove cominciare a organizzare il lavoro. C'è da allestire un team di gente che mi dia una mano, capire come procedere, stabilire le priorità. *Tempi stretti* dice Donato, ma qui c'è anche da fare i conti con la realtà.»

«*Shhhhhh*» dice Giuseppe inalando un lungo tiro dal sigaro di carta. «Calmo, Endriu, calmo. Non facciamoci prendere dal panico. Tu non ti devi preoccupare.» Sillaba: «*Non-ti-pre-oc-cu-pa-re.* Ho già pensato a tutto.»

Appoggia le mani alla nuca, apre i gomiti e si stira.

«Tiziano» dice.

«Tiziano?»

«Il praticante nuovo, non si chiama Tiziano?»

«Sì. Sì, Tiziano. Ma cosa c'entra?»

«Spediamo lui, a Treviso. Tu da qui coordini il lavoro, porti avanti il report e intanto cominci a buttare giù una bozza di contratto. Tra l'altro, bella la metafora dello yin e yang. Che poi, cos'è? Buddha? Islamismo? Silvan?»

«Giuseppe. Non sono io a doverti ricordare che non è così semplice. Insomma, Tiziano è qui da poco, non ha esperienza. Io ho bisogno di persone su cui contare, persone competenti. Te l'ho detto, ci sono documenti delicati. E poi...»

Giuseppe mi interrompe ruotando sulla sedia verso la porta che si è aperta senza che me ne accorgessi.

«Devi lasciarmi finire, Endriu. Ti ho detto che ho pensato a tutto.»

Indica la soglia da dove, fermo come un cartello di lavori in corso, un ragazzotto, con alcuni sparuti ciuffi di barba a macchiargli le guance, mi guarda divertito.

«Ciao» esclama. «Mantecato Cristoforis Giorgio.»

Guardo Giuseppe.

«Si è laureato il mese scorso» dice, gli occhi pieni di soddisfazione. «In Bocconi.»

Mantecato Cristoforis Giorgio è ancora lì col braccio alzato, impaziente di stringermi la mano, e io cerco intorno a me qualcosa di sufficientemente duro contro cui andare a sbattere la testa fino a perdere i sensi.

Mantecato Cristoforis Giorgio sembra essersi dimenticato di me, non io di lui.

Ci siamo già conosciuti. Un lunedì mattina di due settimane fa.

Non faccio quasi mai colloqui. Quel lunedì, tuttavia, Giuseppe sostenne che era arrivato il momento che anche io partecipassi in pianta stabile al processo di selezione, operando una prima scrematura dei candidati. Era importante che usassi la mia spiccata sensibilità – disse proprio così, *spiccata sensibilità* – per riconoscere i giovani talenti legali e, così, mi ritrovai a stringere la mano sudata di un ragazzo di ventitré anni con i pantaloni troppo stretti intorno alle caviglie.

È la moda che vuole così si affrettò a giustificarlo la parte razionale e meno istintiva del mio cervello, poco propensa a lasciarsi andare a stupidi pregiudizi.

È uno stronzo tagliò corto tutta l'altra parte di me, quella che grida e si batte i polsi contro le tempie.

«Per chi è il caffè?» domandò la centralinista.

«Mio» urlò il ragazzo, incurante della mia lacerazione interna.

Mi sedetti.

«Dunque...» e spiegai sul tavolo il curriculum che mi era stato consegnato qualche minuto prima: bocconiano, due cognomi, tre lingue, quattro sport. Mi grattai una guancia. Cercai di richiamare al suo dovere la mia parte razionale e meno istintiva, che controllasse i miei gesti, le mie parole, che facesse il suo mestiere e non mi lasciasse sciolta la briglia, ma si era già eclissata, nascosta tra le pieghe del mio cervello a far scoppiare bolle di trasparenti imballaggi di plastica. *Plop. Plop. Plop. Plop. Plop.* Non si curava più del ragazzo. Non si cura più di niente da parecchio, a dire la verità.

Mi decisi a rompere il silenzio cercando di ripescare nella memoria qualcuna delle domande che mi erano state rivolte nel corso dei miei colloqui e chiesi senza convinzione: «Cosa la spinge a intraprendere questa carriera?»

Il ragazzo cominciò a raccontare di sé, con una certa baldanza e un tono di voce troppo alto. Si lodò, esaltò la sua ambizione, espose grosse motivazioni, parlò di obiettivi, di mercato, di strutture e di respiro internazionale e, quando mi aveva quasi convinto a votarlo alle prossime elezioni regionali, mi confidò: «Potrei essere l'*asset* di cui ha bisogno uno studio come questo.» Poi tacque e si accarezzò il mento.

Lo guardai.

Mi guardò.

Feci finta di nulla e passai oltre.

«Lei dice che diritto societario, operazioni straordinarie, M&A sono la sua strada.»

«Esatto.»

«Ma non le sembra un po' prematuro? Insomma, la motivazione è importante, ma vorrei capire da dove nasce questa convinzione così definita. Specie in un neolaureato.»

«È vero. Corretto. Ma le dirò, io credo che in un mondo, come dire, moderno – come è innegabilmente il mondo di oggi, se posso permettermi – l'importante è *targettare* fin da subito...»

«No, mi scusi, cosa è importante?»

«Dicevo che la specializzazione è una necessità per chi oggi...»

«No, no. Che parola ha usato?»

«Che parola ho usato?»

«Lei ha detto *targettare*.»

«Proprio così.»

«Continui.»

Questo ragazzo è un asset che vuole targettare. Da quel momento ho pensato a quando, da bambino, guardavo il trenino elettrico girare sui binari e non ho ascoltato più una parola.

«Giuseppe» dico appena Mantecato Cristoforis Giorgio si allontana lasciando dietro di sé un'intensa scia di profumo comprato all'estero. «Quando mi hai chiesto un parere, io ho detto che Mantecato Cristoforis Giorgio non era da prendere.»

«Sei stato precipitoso, Endriu. Ma è normale. Sei ancora inesperto.»

«Inesperto? Giuseppe, quel ragazzo è un esaltato. Mettilo a fare fotocopie e andrà in giro a dire che si occupa di *clonation of paper*.»

«Hai mai sentito parlare del gran casato dei Cristoforis?»

«No.»

«Ecco. Lui è il nipote.»

Ti offro un caffè

«Guarda, mi trovo proprio bene. Il capo ideale.»

«Davvero? Dicono sia un – come dire – *figliodiputtana*.»

«Macché! Gentile, disponibile, sempre presente.»

«Ma chi? Galloni? Girano voci... pare che lavorarci sia un inferno.»

«Invidia.»

«Ma tu il colloquio l'hai fatto con lui?»

«Sì, certo. Troppo simpatico. Mi ha detto che io ero la benvenuta, ma che avrebbe dovuto fare un colloquio più approfondito alle mie tette.»

«Per stemperare la tensione.»

«Assolutamente. È un signore, lui.»

17.

La sensazione che accompagna l'inizio di una nuova operazione è sempre la stessa: una profonda, invincibile, adrenalinica spossatezza. I pensieri corrono alle notti in ufficio, ai weekend alla scrivania mentre flotte d'auto si incolonnano verso giorni di spiaggia, ai blackberry vibranti, ai cartoni della pizza arrotolati nel cestino, ai piccoli tagli sulle guance per la barba fatta in fretta, alle occhiaie, agli sbadigli, agli esami di coscienza. Mi sento anestetizzato, mentre il caratteristico *plon* delle e-mail in entrata comincia a farsi ritmico. *Plon.* Apro cartellette, sistemo fogli. *Plon.* Vado a farmi un caffè. Un paio di colleghi si informano circa la mia opinione sulle gambe di Ornella, la nuova segretaria. Non conosco Ornella, la nuova segretaria. Torno alla scrivania. Le strisce in grassetto si accumulano in Outlook Express. *Plon. Hai ricevuto posta. Vuoi visualizzare il messaggio?* Sorseggio il caffè. Tiro il bicchierino di plastica verso il cestino. *Plon.* Mi alzo. Raccolgo il bicchierino caduto a terra e lo butto nel cestino. *Plon.* Mi siedo di nuovo. Squilla il telefono. Lo fisso incantato come un oggetto mai visto prima di cui ho sentito un gran parlare. *Trrrrr.* Lo fisso. *Trrrrrrrrr.* Lo fisso. *Trrrrrrrrrrrrr.* Le palpebre scendono come saracinesche di venerdì. Automatica deviazione della chiamata. *Plon.* Seguo il volo di una mosca. Entra Valentina, la mia segretaria.

«Ha chiamato Banzoni di Bonelli. Dice se puoi richiamarlo perché è molto urgente.»

«Certo» rispondo osservandomi i bottoni della camicia. «Ah, Valentina, per favore, ricordamelo anche questo pomeriggio.»

Plon.

Attacco un paio di post-it vuoti sul bordo del desktop, per ragioni di simmetria. Estraggo dal fascicolo verdolino l'head of terms e lo sistemo sulla destra della tastiera. Apro un modello di contratto di joint venture. *Plon.* Scruto fuori dalla finestra. Niente sole. Un passero batte le ali sul balcone. Guardo l'orologio. Calcolo le ore che mancano al weekend. Ricapitolo gli impegni. Due fronti: *due diligence* e contratto. Tiziano e Mantecato Cristoforis Giorgio sono partiti per Treviso. Io, da Milano, devo coordinare il lavoro di revisione e cominciare a redigere la bozza di contratto.

Tanto lavoro penso.

Devo cominciare penso.

Devo penso.

Apro il sito web della Zeus Investments.

Parte la pagina flash di presentazione. Ripresa fissa sulla luna, movimento circolare, inquadratura della terra. Lento zoom sul pianeta. La palla verde e blu si avvicina e si sbiadisce nello strato delle nubi. La corsa si fa più rapida. La cinepresa sembra ora precipitare verso il globo, perfora il guscio delle nuvole e si scaglia sul Medio Oriente. Una caduta vertiginosa e la città di Dubai in pochi secondi si delinea sullo schermo in tutta la sua geometria di palazzi e isole a forma di palma. La telecamera continua a piombare al suolo e, quando ormai mi aspetto di sentire un botto e una serie di interferenze su un'immagine prima disturbata e poi definitivamente nera, vira in orizzontale all'indirizzo di un grattacielo su cui brilla a larghe lettere la scritta Zeus e si dirige verso la finestra aperta dell'ultimo piano, dove un uomo con tunica e turbante sorride agitando un pollice alzato.

Chiudo il sito.

Torno a guardare fuori dalla finestra.

È giorno.

Poi, subito notte.

«Me la dai una sigaretta?»

«Andrea. Tu non fumi.»

«Davvero?»

Io non fumo. Tuttavia, quasi le dieci di sera, ho deciso di scendere di un piano, senza scopo, una passeggiata di pausa e riposo per occhi e mente. Ho visto una luce provenire dalla fessura sotto la porta della stanza di angolo e mi ci sono diretto come ipnotizzato dai bellissimi colori di una vita che condivide il mio stesso destino. Ho bussato delicatamente e Federica, una ragazza poco più che trentenne, dagli occhi molto vivi e dalla pelle bruciata dai raggi uva, mi ha salutato, illuminandosi nella stanchezza che sembrava intontirla. Ho tramortito il suo entusiasmo con la richiesta della sigaretta.

«Sì. Tu non fumi davvero» conferma lanciandomi un pacchetto di Marlboro rosse.

«Non mi sottovalutare, Federica. Ci sono cose che...»

«Sì, sì, va bene, vai» mi interrompe, improvvisamente cupa.

Sfilo una sigaretta, restituisco il pacchetto e torno nella mia stanza. Mi dirigo alla scrivania di Nicola e rovisto tra le confezioni di medicinali che nasconde nel primo cassetto. Afferro un accendino, mi metto la sigaretta in bocca e schiocco la fiamma. I minuti scorrono nel silenzio più anonimo. La stanza si riempie di fumo. Tengo lo sguardo fisso sull'abisso dei miei pensieri.

Poi qualcuno bussa alla porta.

Non rispondo.

La porta si apre, con esitazione.

«Ehi, ma sei scemo? Io quelle le pago.»

Non muovo la testa. Continuo a fissare ammaliato la sigaretta in piedi sulla scrivania, che si consuma lentamente, perfettamente in equilibrio sul filtro.

«*Shhh.* Guarda che bello. Tutta la cenere sta su.»

Federica scuote la testa.

«Ero venuta a fare due chiacchiere» dice, rivolta a se stessa.

«Sai chi è Yukio Mishima?» domando.

«Mai sentito.»

«Uno scrittore giapponese», la cenere si spezza e rotola sulla moquette. «Ha fatto harakiri in pubblico. Ha occupato il ministero della difesa e s'è ammazzato davanti a giornali e televisioni, come un samurai.»

Federica mi guarda perplessa.

«No, niente» continuo. «C'è il filmato su YouTube. Come mai sei ancora qui?»

«Project Pinocchio.»

«Non era saltato?»

«*Era.* Ora è tornato. Tu?»

«Una cosa nuova. Project Treperdue.»

La porta si spalanca con violenza, sbatte contro uno scaffale in metallo e produce un tonfo secco.

«Sono Arzach, l'ultimo dei pteroguerrieri» grida un uomo con un cappuccio di lana peruviano schiacciato sugli occhi.

Federica ha un brivido, soffoca un verso e si lascia cadere sulla sedia vuota di Nicola.

«Sei un coglione. Ecco quello che sei» esclama portandosi le mani al cuore, mentre Giovannino si arrotola intorno al collo i lacci con i pon pon che gli pendono lungo le orecchie.

«Giovannino, non è serata» dico e passo con le rotelle della sedia sulla cenere.

«Avete già mangiato?»

«No» rispondiamo in coro Federica e io.

«Pizza? Sushi? Messicano?»

«Non saprei», prendo tempo. «Io ho ancora un sacco di roba da fare.»

«Seee, certo» ribatte Giovannino aggirandomi e posizionandosi alle mie spalle. «YouTube? Cos'è? Guardavi i backstage del calendario di Sara Tommasi? Minchia, Sara Tommasi. Tu, Federica, ci stai?»

Federica guarda Giovannino con occhi spenti. Poi si sposta su di me.

«Ma neanche. Figurarsi.»

Giovannino si toglie il cappuccio, si avvicina a Federica, le stringe i polsi dietro la schiena e la spinge fuori dalla stanza.

«E allora via, che non ne vogliamo di gente poco collaborativa. Tu non sai cos'è lo spirito di squadra, il team, gli uomini decidono, le donne ubbidiscono», Giovannino continua a ridere, mentre Federica cerca di divincolarsi. «Mamma, però, che belle chiappone che hai, Federica.»

Rimaniamo soli, Giovannino e io.

«Dai, Andrea, molla tutto.»

«Giovannino, non prendertela. Ma sono le dieci passate. Organizziamo un'altra volta. Che andiamo a fare a cena, tu e io?»

«Chiamiamo anche Nicola.»

«Nicola è a casa da ore.»

«Lo facciamo uscire.»

«Avrà già mangiato.»

«Mangerà di nuovo. È una bestia, quello. Non dimenticarlo.»

18.

Il cameriere si è appena allontanato dopo aver lasciato sul tavolo una bottiglia di pregiata grappa di Sangioveto che sarà – insieme alla piovra al vapore, agli spaghetti al cartoccio, all'orata ai ferri, al sorbetto al mandarino e al caffè – addebitata al cliente, quando Giovannino, come abbandonandosi a un'invincibile urgenza interna, di colpo si fa serio.

«Ragazzi» dice, raccogliendo il tovagliolo dalle ginocchia. «Non trombo da centottantanove giorni.»

La sala del ristorante è quasi vuota. I camerieri, vicini alla fine del turno, sistemano i tavoli, raccolgono bicchieri e posate, piegano tovaglie. Di tanto in tanto lanciano al nostro tavolo rapide occhiate in cui mi sembra di leggere un messaggio preciso: *A una cert'ora, sarebbe anche il caso di levarsi dalle palle.* In sottofondo, Frank Sinatra esegue una dolente versione live di *Strangers in the night*. Siamo seduti a un tavolo vicino alla toilette. Riempio i tre shot, scoprendo che a nessuno di noi piace la grappa.

«Ma paga il cliente.»

«Allora un goccio lo assaggio.»

Giovannino ripete serio *centottantanove giorni* e la dichiarazione risuona come uno sparo nel silenzio della sala.

Mi porto una mano alla fronte. *Dio no, almeno oggi, questo ti prego risparmiamelo, la confessione della sofferenza d'a-*

more, non lasciare che la serata finisca così. Ma Giovannino non aggiunge altro. Con la cravatta appoggiata su una spalla, si pizzica la camicia e prende a scrollarla per darsi un po' d'aria contro il caldo che opprime la sala. Il silenzio si fa colmo d'attesa, una sospensione che Nicola e io ci sentiamo incaricati di interrompere. Ci guardiamo seri. Nicola rotea gli occhi all'insù, mentre si tormenta il lobo dell'orecchio sinistro. Io estraggo dalla giacca il blackberry e consulto il calendario. Il flusso dei giorni scorre a ritroso. Il fumo dei ricordi mi avvolge e, nitida, mi appare la stanza di Francesca, disordinata, piena di vestiti a terra e scarpe rovesciate.

Ho conosciuto Francesca a una cena organizzata da un ex collega.

«Ah, quindi tu saresti un avvocato?»

«D'affari.»

«Ah, d'affari.»

«Già.»

«Che tipo di affari?»

«Affari.»

«Ah, affari.»

«Già, affari.»

Tra una portata e un brindisi, prendemmo facilmente confidenza, finché Francesca eruppe nella domanda che annunciava il sorpasso dell'interesse sull'indifferenza: «Di che segno sei?»

«Indovina» risposi, nella posa del seduttore in libera uscita.

«Dai» si schermì maliziosa. «Ma come faccio? Non ti conosco neppure.»

«Ma sì, segui la prima impressione. Prova. Se davvero credi in una, come dire, cosa come questa, provaci.»

«Non è una *cosa*» sbuffò. «È una cosa seria. A ogni modo, direi... uhm... pesci.»

Spalancai gli occhi, facendo dondolare tra le mani il bicchiere.

«Non ci credo» dissi meravigliato.

«Davvero? Davvero sei pesci?»

«Sì, pesci. Però tu adesso devi dirmi come hai fatto.»

«Ma te l'ho detto, ci sono caratteristiche, impressioni, basta starci attenti. Ho avuto un ragazzo che era pesci.»

Trangugiai il vino in un sorso. La strada sembrava spianata. L'idea di un disegno cosmico a sponsorizzare il nostro incontro, la convinzione di possedere una sensibilità fuori dal comune, la soddisfazione di avere scardinato ogni mia certezza afflosciavano i lineamenti di Francesca in un'espressione di appagata fierezza. Sicuro di me, scoprii le carte e le chiesi il numero.

«Eh no che non te lo lascio il mio numero. Con quella faccia da pesciolino furbetto.»

Mi voltai verso la più vicina superficie riflettente per scoprire il mio solito broncio da koala smarrito, un po' più intontito del solito dal fumo che Francesca mi sbuffava addosso. Aggiunsi qualche postilla alla nostra passione benedetta dagli dei, ci riprovai e annotai le cifre sopra un tovagliolino di carta sul quale, prima di lasciare la cena, registrai un piccolo promemoria: *N.B. Le hai detto che sei dei pesci.* Essendo dell'ariete mi è probabilmente permesso di essere un po' menzognero. Ma proprio pirla, quello no.

La sera dopo, davanti al suo portone, sotto le stelle e tutta la loro gassosa indifferenza, l'atmosfera era divertita. Con la tensione dei primi contatti, mi avvicinai all'orecchio di Francesca e sentii crescere il desiderio. Considerai l'idea di inventarmi un ascendente – anche due – ma limitai la mia parte a un semplice sussurro al quale lei, senza brillare in romanticismo, rispose: «Okay.» Tutto procedeva secondo la migliore delle sceneggiature, risate imbarazzate nell'androne, piccoli sfioramenti nel cortiletto interno, divincolarsi per farsi riprendere, fino a quando, seguendo la colonna luminosa che certificava la lenta salita dell'ascensore, fui colto da una strana ansia.

«Tutto bene?» mi domandò Francesca.

«Ma certo» risposi stringendola e mi sentivo improvvisamente debilitato, vecchio di secoli.

Il contratto.

La versione aggiornata.

Quella arrivata nel pomeriggio.

Una serpentina fredda mi risalì un fianco.

Su quale versione ho lavorato?

Ho mandato fuori il contratto giusto?

I dubbi cominciarono a insinuarsi in ogni arteria. Il respiro si fece impercettibilmente affannato. Il cuore accelerò i battiti.

«Ehi, che c'è?»

«Eh? Ah sì. No. Sono... sono un po' emozionato.»

«Tenero.»

La voce di Francesca mi giungeva come da dentro una bolla.

Cercai di rimuovere ogni assillo e di perdermi nella promessa della mia grande serata. *Non distrarti* cominciai a ripetermi con l'inflessione di Giuseppe, *be focused.* Eppure avrei voluto correre via e accendere il blackberry e controllare, verificare, appurare. Ma riuscii a mantenere la lucidità necessaria per pormi questioni di dignità morale: *Che figura ci faresti? Che razza di uomo sei? Ti sei accorto che si è sbottonata la camicetta?*

Accesi il blackberry più tardi, semiaccasciato nel taxi, scoprendo, con un sollievo che pesava come un'armatura, quello che in fondo già sapevo, che era tutto a posto, che non potevo avere sbagliato, una certezza, tuttavia, che non sono più in grado di dominare, pronta com'è a darsi alla fuga di fronte al più fragile dei dubbi. Il rischio di sbagliare mi si attacca addosso come una maglietta sudata, bollente risultato di anni di suggestione continua. *Non. Possiamo. Sbagliare.* Così, prima di inviare un'e-mail la rileggo fino a non comprenderla più, controllo gli indirizzi con concentrazione maniacale, apro e chiudo i pdf tre volte per essere sicuro che siano quelli giusti, sto attento.

Spensi il blackberry.

Altro che menzognero, sei proprio pirla. E mentre il tassista correva verso casa ripensai alle ore appena passate. Nella stanza di Francesca la serata aveva seguito il suo corso naturale. Anche se – *non possiamo sbagliare* – una parte di me aveva cominciato improvvisamente a odiare entrambi quei corpi che si rotolavano tra le lenzuola. Quella parte di me che più mi avvicinavo al culmine, più cercava di assumere la guida del mio corpo. Quella parte di me che, alla fine, tra una spalla e un cuscino, aveva trionfato spingendomi a parlare.

«Dove ho messo le mutande?»

Non ero io.

Era quella parte di me.

«Non vuoi fermarti qui a dormire?»

«Ehm... domattina... riunione... mutande.»

Quella parte di me.

«Novantasette» esclamo, quasi urlando. «Novantasette giorni.»

Un cameriere si volta a guardarmi, allarmato.

«Si chiamava Francesca» comincio. «Prima e ultima volta. Da allora lei...»

«No, Andrea» mi interrompe Giovannino. «Non attaccare con le tue menate depressive che non ce ne frega un cazzo. E tu?» domanda voltandosi verso Nicola fino a quel momento zitto.

Giovannino, io, un paio di camerieri seduti al tavolo vicino stiamo tutti guardando Nicola.

«Tu?» aggiungo, tenendo la *u* di *tu* più lunga del dovuto.

Immobili, con lo sguardo fisso, lo incalziamo e Nicola si appoggia allo schienale, poi si avvicina di nuovo al tavolo, appoggia i gomiti, li solleva, si passa le mani sulle cosce e, come percorso da un brivido, scatta in piedi.

«Ho perso, okay?» strilla. «Ho perso. Avete vinto voi!»

Si volta, faccia a faccia con la porta del gabinetto, la apre e ci scompare dentro.

«Ma cosa avremo mai detto?»

«Manca di autoironia.»

«Sante parole.»

«Chiedi il conto.»

«Mi sa che devi offrire tu, ho lasciato il portafoglio in studio.»

«Usciamo e, quando viene fuori, se la vede Nicola.»

«*Se* viene fuori.»

Ti offro un caffè

«Hai presente Canio? Del terzo piano?»
«Quello che il mese scorso ha avuto le emorroidi?»
«Lui. Be', si scopre che ha fatto il provino al *Grande Fratello*, il primo.»
«Mi prendi per il culo.»
«No, no, lo raccontava ieri alle segretarie con l'aria del vip e loro adoranti.»
«Che tristezza, e ora fa pure il professionista compunto.»
«Un imbecille.»
«Che poi Taricone non mi dispiaceva neanche.»
«Simpatico, però non puoi trombarti Cristina. Impresentabile.»
«Mah, sai, una botta.»

19.

Michele Zarrillo canta una canzone che fa così: *Cinque giorni che ti ho perso quanto freddo in questa vita ma tu non mi hai cercato più troppa gente che mi chiede scava dentro la ferita e in me non cicatrizzi mai faccio male anche a un amico che ogni sera è qui gli ho giurato di ascoltarlo ma tradisco lui e me perché quando tu sei ferito non sai mai oh mai...* La conosco fino a qui. Sento il vibrato di *oh mai* e urlo: «Basta Dio mio.» Nicola si zittisce, mette il muso e fa l'offeso. Poi, dopo un paio di minuti, ricomincia: *Cinque giorni che ti ho perso quanto freddo in questa vita...*

È un periodo che Nicola non ha molto da fare.

Ogni tanto ho l'impressione che stiano cercando di isolarlo – qualcuno direbbe *mobbizzarlo*, ma non credo ci siano giudici disposti a riconoscere una fattispecie di mobbing in capo a un ragazzo che interpreta Michele Zarrillo con tanto trasporto – per farlo fuori. Nicola, dal canto suo, non sembra preoccupato. La sera, verso le otto e un quarto, si alza, si infila la giacca e rimane fermo con la testa inclinata verso sinistra.

«È un periodo un po' di crisi questo per i mercati» dice. «Operazioni ne entrano poche. L'orso, lo chiamano gli americani. Vabbè, io vado a casa» e fa ciao con la mano.

Giornate così – quando non canta – le trascorre dedicandosi a passatempi di ogni tipo: riempie una griglia 10×10 inserendo i numeri da uno a cento a distanza di due caselle se in orizzontale o in verticale, una casella se in diagonale; pulisce la tastiera, arrotolando un post-it e passandolo nelle fessure tra i tasti; cambia la suoneria del telefonino facendomi sentire uno squillo di ciascuna di quelle in dotazione e chiedendomi cosa ne penso (ma tanto poi sceglie sempre la suoneria techno); gira le mani in una busta di pietre energetiche che una zia gli ha regalato come rimedio contro lo stress; esiste.

Io sopporto con pazienza e cerco di non lasciarmi distrarre dai piccoli rumori, i fogli di carta strappati, le frasi sussurrate tra sé, le manovre per coinvolgermi. Mi concentro sul modello di contratto di joint venture aperto sul desktop: blob da riempire, parentesi tonde, parentesi quadre, corsivi, clausole da riscrivere, sezioni colorate in giallo, in rosso, note a piè di pagina, *to be discussed*, *to be confirmed*. Le indicazioni di Donato si sono limitate ad *abbiamo bisogno di una prima bozza che sia ancora una bozza ma già abbastanza definitiva*. Fisso a lungo il documento e aumento il carattere da times new roman 11 a times new roman 12.

«Andrea.»

«No, Nicola, ti prego, non cominciare. Te l'ho detto, ho un contratto di quaranta pagine davanti. E tre giorni per riscriverlo, completarlo, adattarlo, rivederlo e poi spedirlo alla casella e-mail di diciotto destinatari sparsi per il mondo. Il tutto in copia a Giuseppe. Per cui, se è qualcosa di urgente, ti ascolto volentieri. Se non lo fosse, ti prego, lasciami lavorare. Allora, lo è?»

«È urgente, sì.»

«Dimmi» sospiro.

«Ma tu sai mica come ci si registra sul forum del torneo di calcio degli avvocati?»

Giuseppe dice che il tempo è poco ed è importante organizzarsi. Procederemo così. *Massimo due/tre giorni* preparo il contratto e lo faccio circolare. *Massimo due/tre giorni* Meyon & Tolsen e i suoi legali se lo studiano, fanno le loro riflessioni e fanno circolare il loro mark-up. Quindi si fissa un incontro tutti insieme e, *massimo due/tre giorni*, il contratto è bello che finalizzato. Poi ci saranno i dettagli – ha continuato Giuseppe –, allegati, adempimenti pratici, inezie. Ma sarà solo un lavoro di rifinitura – dice sempre Giuseppe –, *il riflesso sull'uva del Caravaggio, il gioco di gambe di Pirlo.*

Giuseppe non è così sprovveduto e sa bene che questa tabella di marcia è irrealizzabile. Tuttavia, lo schema è stato sviluppato, *d'emblée*, al telefono con Donato e, tra uno *stai tranquillissimo* e un *ti abbraccio*, era importante che il cliente fosse sicuro non solo della nostra alacrità, ma anche, soprattutto, del nostro ottimismo.

«Questo pezzo di merda non ha nemmeno idea di cosa stiamo facendo» ha detto Giuseppe dopo aver posato il telefono. «Ma saremo noi, Endriu, a mostrare di cosa è capace un professionista che conosce il suo mestiere.»

«Giuseppe», ho scosso la testa. «Queste scadenze sono impossibili.»

«Allora non ci siamo capiti. Questo cliente per noi non è lo sfizio del gelatino che ti mangi sulla spiaggia. Questo cliente è necessario come il pane. E nessuno di noi ha intenzione di digiunare. Qui dobbiamo spremerci gli attributi, tirare fuori tutto fino all'ultima goccia.»

«Il contrario» rifletto sovrappensiero.

«Cosa?»

«*Tirare fuori gli attributi. Spremerci fino all'ultima goccia.*»

«Ma perché? Perché mi devi complicare sempre tutto? E comunque non mi mettere le mani avanti, Endriu, non me lo fare. Perché io ho molta fiducia in te.»

Eleonora, la mia ex, di fronte a episodi del genere diventava aggressiva.

«Non è possibile» diceva. «Non è possibile. Non c'è nulla di professionale. In un mondo in cui anche l'ultimo dei camerieri è capace di prenderti per il culo davanti a un abbinamento cibo-vino sbagliato, siete rimasti voi l'ultima categoria per la quale il cliente ha sempre ragione. Giusto voi.»

Eleonora, sempre molto elegante, movenze gentili e parole ricercate, si abbassava a parlare per metafore popolari.

«È come se il cliente calasse pantaloni e mutande e si mettesse ad agitare questo suo dorato pisellone, ed ecco che tutta la vostra bella categoria professionale si getta ginocchioni, a bocca aperta, a lottare per il bottino. Acciuffa il trofeo, accarezzalo, coccolalo, con dedizione, con cura. L'importante è non farselo scappare.»

Abbassavo lo sguardo.

«Abbastanza schifoso, no?» mi domandava.

«Sì» rispondevo. «Ma necessario.»

E cercavo di spiegarle che, dietro a ogni professionista, c'è una lunga fila di concorrenti decisi a prendere il suo posto («quel pisellone che dici tu») se non ci si mostra all'altezza, se non si è in grado di distinguersi. «Il cliente è tutto per un avvocato.»

«Già, già, il cliente» ricominciava Eleonora. «Il cliente è la moneta, e Dio sa quanto Giuseppe abbia bisogno di soldi, il Cayenne, la barca, l'appartamento in porta Venezia, la collana di perle Tahiti della moglie, pure il bambino – non l'ha fatto nascere nella clinica di Verona dove si partorisce in acqua? –, tutto questo è il cliente che lo paga, certo, certo. E a te, invece? A te cosa te ne viene in tasca? Perché io, questo Giuseppe, posso anche capirlo, lui dice sì, tanto poi la patata la scarica a te. Ma tu?»

«Eh, io» dicevo. «Io ho le prospettive.»

«Ah ah ah» rideva Eleonora. «Le prospettive» e il discorso finiva lì.

«Andrea, non dirmi che stai pensando a Eleonora?»

Giovannino è fermo sulla soglia. Sta schiacciando ripetutamente il bottoncino della penna e pare alterato.

«Eleonora chi?»

Giovannino inarca le sopracciglia, sembra valutare l'insulto più adatto alla circostanza, poi si distende, riprende l'espressione grave con cui ha fatto irruzione nella stanza e, in affanno, comincia a raccontare quello che, tra i moccoli e il rumore della punta della penna che entra ed esce, mi sembra di capire sia un torto appena subito.

«Giovannino» lo interrompo. «Frena, non ci sto capendo niente. Allora, dicevi, c'è un inglese, un francese e un italiano. Poi?»

«Sfotti, sfotti pure.»

«Eddai, non prendertela. Solo non si capisce niente quando sei arrabbiato. Oddio, non è che quando sei sereno...»

«Senti, Andre», si avvicina chiudendo la porta dietro di sé. «Io mi sono rotto i coglioni. *Libero professionista.* Altro che libero professionista» sbraita. «Abbiamo uno stipendio, sempre quello, ogni mese, e lo mascheriamo da fattura che siamo noi, *noi* capisci, a rilasciare – ma per piacere –, e poi devo essere in studio alle nove, ogni giorno, pausa pranzo di un'ora, e prima delle otto non posso andarmene, e magari potessi andarmene alle otto, magari, che neanche i metalmeccanici. Sono un subordinato, cazzo se sono un subordinato, peggio dei cani, dimmi tu se questo non è essere un dipendente, una pezza di dipendente, altro che libera professione.»

Lo guardo attonito. Giovannino, sempre sorridente, motivato, mai un cedimento.

«E fosse finita qui» prosegue. «*Zero* assicurazione, *zero* contratto, *zero* buoni pasto, *zero* malattia, *zero* ferie garantite, zero di zero, che se gli girano i coglioni al partner di turno prendono e mi lasciano a casa da un giorno all'altro. E possono farlo eh, hai voglia se possono farlo, e fanculo il mutuo, fanculo tutto.»

«Giovannino» dico. «Calmati.»

La mia voce segna una certa esitazione. Il quadro delineato è lo stesso dipinto da Eleonora. Tutte cose risapute, è vero, ma sentirle pronunciare così, dalla bocca di un collega, come uno schiaffo di verità, mi scarica addosso una sgradevole sensazione.

Giovannino non ha finito.

«La verità è che siamo tutti dei vigliacchi» continua, stringendo il braccio di Nicola. «Tutti. Sempre pronti a ubbidire. E invece dovremmo insorgere.»

«Ma certo, Giovannino. Bravo. Facciamo le barricate coi codici. Tu deliri.»

«E allora continuiamo a piegare la testa.»

«Non è questione di piegare la testa. Solo devi capire che...»

«Ci vorrebbe un gesto ribelle contro questo sistema.»

«Giovannino, il gesto più ribelle della tua vita è stato chiamare il tuo cane Clistere.»

Giovannino scoppia a ridere, di botto, rumorosamente, si appoggia a uno scaffale tirando giù un paio di faldoni, si china a raccoglierli soffocando gli ultimi spasmi, e io rimango frastornato.

«Be', dimmi che non è divertente» dice allontanandosi di buonumore e la rivoluzione sembra accantonata.

«Andre.»

È di nuovo Nicola a parlare.

«Basta» urlo. «Basta, basta. Cosa c'è ancora?»

«Come ti sembra Valentina?»

«Valentina?»

«La tua segretaria.»

«La mia segretaria?»

«Proprio lei» conferma Nicola, annuendo con movimenti decisi.

«Ma cosa diavolo c'entra Valentina adesso?»

«È carina, no?»
«No... Sì...» balbetto. «Sì, è carina, ma perché? Perché?»
«Ma niente, *pour parler*.»
«Nicola, porca puttana, io *pour parler* non ho tempo oggi, lo capisci? Ho un contratto da fare. Giuseppe continua a mandarmi e-mail. Quell'altro entra con l'idea di compiere un attentato, poi se ne esce ridendo di 'sto poveraccio di cane. Tu che ne tiri fuori una peggio dell'altra. Cerca di capirmi. Ti prego.»
«Ullallallallà. Siamo nervosetti, eh?»
«Nervosetti? Ma...»
«Lo usi quel tovagliolino?»
«No... no», lo guardo sbigottito. «Era del pranzo, prendi pure.»
«Grazie.»
Torno a concentrarmi sul testo del contratto, premendomi i polpastrelli sulle tempie.
«An*sh*rea.»
Alzo gli occhi. Li sbarro. Nicola ha le guance gonfie. Dagli angoli della bocca spuntano due lembi bianchi.
«*Sh*ao. *Sh*ono il padrino. Ti farò una propo*sh*ta che non po*sh*rai rifiutare.»
Si toglie i pezzetti di carta dalla bocca. Io annodo le mani sulla nuca e con gli avambracci mi avvolgo la testa.
«Ah, dimenticavo» dice Nicola, liberandosi del tovagliolo. «Vuoi sapere il nickname che mi sono scelto sul forum? Quello del torneo di calcio?»
Stringo forte i gomiti.
«Condor.»

Ti offro un caffè

«Di' quello che vuoi ma a me la Farolli piace.»

«La Farolli è quella dell'*employment*? Sì, carina.»

«No, bella. E pure simpatica. Mi piace. E penso di piacerle anch'io.»

«Tu? Scherzi?»

«Senti, ieri le ho mandato un documento e mi ha risposto grazie con la faccina che ride. La faccina, capisci?»

«Be', sì, è un segno.»

«Non è un segno, è un messaggio preciso. Faccina, sorriso, intimità. Dammi retta, è un messaggio preciso. Comunque ho guardato la timetable che ha mandato Giorgio.»

«Le ho dato un'occhiata veloce anch'io.»

«Senza capo né coda.»

«Sempre così quando si tratta di Giorgio.»

«Ma perché, secondo te una faccina che ride non è un messaggio?»

«Preciso.»

«Vorrei ben dire.»

20.

Le quattro e mezza del pomeriggio.

I raggi del sole si incuneano attraverso il vetro come lame e mi si piantano sul viso facendo risaltare il pallore malaticcio di chi ha perso da tempo dimestichezza con l'aria aperta. Faccio scendere le persiane e nella stanza cala una penombra da ospedale di provincia. Mi rimetto a sedere. Stendo una tovaglietta sulla scrivania e apro la piccola confezione di pasta fredda che un ragazzo coi capelli pettinati come se fossero spettinati mi ha consegnato un paio di ore fa direttamente dal bar sotto lo studio, insieme alle pratiche posate di plastica e al pratico tovagliolino di carta. Con la mano sinistra reggo il pranzo. Con la destra impugno la forchettina, tenendo libero il dito mignolo con cui continuo a digitare un'e-mail di aggiornamento che Donato mi ha chiesto di mandare *appena hai un attimo ma subito*. Inforco il fusillo, lo metto in bocca, deglutisco e scrivo *You will find that...* Inforco la mozzarellina, la metto in bocca, deglutisco e scrivo *Finally, please bear in mind...* Sono un perfetto meccanismo di lavoro, preciso, inarrestabile.

«Campi» sussurra una voce.

Proseguo imperturbabile.

«Campi.»

Il sussurro si fa più vicino, insistente.

«Campi.»

Riaffioro dalla concentrazione e mi volto lentamente. A parlare è Barbara, una collega del secondo piano, trent'anni portati con fatica, una gonnellina vaporosa, il sorriso sfibrato. Ricambia il mio sguardo con occhi diffidenti. Le parlo in modo glaciale mentre torno a fissare lo schermo del pc.

«Barbara, non ora. Sono una macchina da guerra, un tank. Non posso fermarmi» e inforco il pomodorino.

«Campi, macchina da guerra, ti sta colando l'olio sulla camicia.»

Cazzo.

«Comunque» prosegue, mentre appoggio il pomodorino e provo a tamponare la macchia con la bozza di un contratto di pegno, «è solo una cosa veloce. Settimana prossima aperitivo.»

Succede ogni mese.

Con la puntualità di un herpes, qualcuno entra nella mia stanza, si guarda intorno, poi dice: «Campi, aperitivo.» Non domanda, non si informa, non propone. Mi consegna il dispaccio e se ne va. *Aperitivo.* E, mentre l'ambasciatore del Campari scompare dietro lo stipite, echi indistinti dell'invito continuano a farsi largo nella stanza. Frasi come: *stavolta muovi il culo mica come la settimana scorsa* oppure *quel nuovo posto in corso Como con anche il sushi* oppure *porta un'amica, se ce l'hai, un'amica.*

«Non capisco» provo ogni tanto a difendermi con Nicola contro la reputazione che mi sto guadagnando con i miei rifiuti. «Tutta questa menata dell'asocialità. *Campi mi stai diventando un asociale. Eh ma che asociale che sei. Eccolo, il solito asociale.*»

«Non capisci?» domanda sarcastico Nicola. «Non mi sembra ci voglia un genio. Passi le pause pranzo mangiando una focaccina con le olive, camminando da solo – parole tue – e guardandoti la punta delle scarpe.»

«E questo vuol dire essere asociali?»

«Fai tu.»

«Che poi io, in teoria, sarei uno a cui piace socializzare. Anche con i colleghi, non credere. Insomma, condividere qualcosa di diverso oltre allo stesso dominio e-mail. Però, porca miseria, queste facce, queste voci, mi passano davanti agli occhi, dentro alle orecchie, a ogni ora del giorno. Come si può desiderare di passare insieme anche il tempo libero?»

«Be', dai, questo è bello» cerca di convincermi Nicola. «Significa che siamo molto amici.»

«O molto soli.»

«Molto amici» si impunta.

Barbara è ancora sulla porta. Si appoggia alla maniglia e aggiusta il collo della camicetta.

«Allora? Sarai dei nostri?»

Ripenso a quando, da bambino, passavo lunghi minuti a indagare i manichini esposti alla Rinascente. Tempi di *Milano da bere*. Le vetrine dei grandi magazzini riproducevano scene rubate alla vita di tutti i giorni, o a quella che si supponeva tale, una vita in ascesa, una vita anni ottanta. E visto che riprodurre i tossici che si scambiavano le siringhe (sempre con eleganza da scalata sociale e speranza nel boom) non sembrava in linea con le tendenze, erano gli interni delle feste private ad avere la meglio, con manichini agghindati nell'atteggiamento di chi si divertiva un mondo, beveva con responsabilità, sniffava con stile. Le vetrine di allora mi tornano in mente oggi, quando, in piedi tra ombre come la mia, reggo un flûte in una mano e un piattino nell'altra e cerco di attingere un paio di maccheroni nascosti dalle polpettine che rischiano di essere travolte dalla pizzetta in equilibrio sopra il pinzimonio – la delicata architettura del nutrimento moderno – aspettando il momento in cui il più sfrontato di noi, proprio mentre qualcuno sta raccontando della riunione in cui..., interrompe l'aneddoto e dice: «No, dai, adesso non si parla più di lavoro.»

Poi segue un'ovazione.

«Ah già.»

«Eh sì.»

«Vero.»

«Porca troia, infatti.»

«Bravo.»

«Clap clap.»

«Se no non si vive più.»

L'ardore poi si spegne ed è seguito da un lungo momento di silenzio. Chi si guarda i piedi, chi cerca di grattare via una macchia dall'abito, chi si fa aria, chi segue con lo sguardo qualcuno mai visto prima fingendo di averlo riconosciuto. Finché arriva, improvvisa, un'ancora di salvezza.

«Io vado a prendere da mangiare che sono appena uscite le focaccine calde.»

Segue un'ovazione.

«Ah già.»

«Eh sì.»

«Vero.»

«No, Barbara» dico stendendomi contro lo schienale. «Sai quanto mi farebbe piacere. Ma io la settimana prossima sarò in riunione. Tutto il giorno. Tutti i giorni. Project Treperdue. Arrivano gli inglesi. So già che alla sera sarò completamente cotto. Non contate su di me.»

«Dai, Campi. È il leaving drink di Achille. Non puoi mancare. Lo sai che ci tiene. Sei il suo a'bbello.»

Allungandomi sulla scrivania, mi ficco in bocca l'ultimo fusillo.

«Va bene» sospiro. «Se è per Achille, va bene. Cercherò di esserci.»

«Senti, dice Giovannino di portare un'amica.»

«Barbara», la fisso. «È scaduto il tempo. Vai.»

Getto la confezione di plastica nel cestino. Pulisco la scrivania dagli schizzi di pomodoro. Avvicino la tastiera.

«Un'ultima cosa», Barbara agita un foglio. «Scegli un *monicker*.»

«Un che?»

«Un soprannome, uno pseudonimo, un nick. È un'idea di Achille, come una sorta di festa mascherata. Lasciamo a casa la nostra vera identità e siamo liberi di scatenarci, senza conseguenze, senza responsabilità.»

«E bravo Achille. *A casa l'identità, liberi di scatenarci...* Vuole provarci con le praticanti.»

«Io trovo che sia un'idea simpatica.»

«Chi hai lì?»

«Dunque...», Barbara piega il foglio verso la luce. «Abbiamo *Anonimo Numero 11*, *Pel*, *Lady GX*, *Bimba Veneta*, *Illegal Gatsby*, *Bardamu*, *Isdenora*, *Elefantino Vero*, *Lady Windermere*, *GionGion*, *Smith*, *Motorumorista*, *Chet Baker*, *Mia*, *Alieno*, *Avvocato Samoano*, *Lord Lawyer*, *Il Capotreno...* Saremo lo *Studio Illegale*. Su, cosa metto?»

Mi allungo sulla scrivania. Prendo il vocabolario italiano-inglese. Lo apro alle pagine centrali, all'appendice dei nomi. Guardo il primo nella colonna di destra.

«*Duchesne*» esulto.

«L'hai capita, la battuta?», Barbara solleva lo sguardo pensierosa. «*Illegale.* Invece di legale.»

«Bello, misterioso. *Duchesne*, senti che roba.»

«*Duchesne?*» domanda come risvegliandosi. «Esiste il nome *Duchesne*?»

«To'», le allungo il vocabolario. «Prendi nota. Con tanto di simboli fonetici.»

Barbara si avvicina. Afferra il vocabolario e dà una veloce occhiata.

«Campi.»

«Cosa?»

«*Cognomi* inglesi e americani. Come se io, americano, scegliessi Bortolini come pseudonimo. *Sta arrivando Super Bortolini, tremate.*»

Mi guardo intorno, meditando.

«Bah. Contento tu», Barbara si volta verso Nicola. «E tu, Pelone? Cosa metto?»

«Condor.»

21.

Si avvicina la deadline fissata per l'invio della prima bozza del contratto e il nervosismo comincia a propagarsi come un morbo di cui si è troppo a lungo sottovalutato la portata. Giuseppe, questa mattina, è partito per Roma. Con il taxi sotto lo studio ad aspettarlo, è passato da me per assicurarsi che tutto andasse per il verso giusto. Agitava la *Gazzetta dello Sport* sotto il mento e sbuffava qualcosa a proposito della primavera a Milano e del fatto che mi avrebbe chiamato dall'aeroporto.

«Sto procedendo» ho risposto al telefono, quando mi ha chiamato per chiedermi a che punto ero. «Però ho assolutamente bisogno di parlarti di un paio di questioni un po' problematiche. La prima è la *black ball clause*...»

«No, Endriu, guarda, io sono qui che devo ancora superare i controlli. Non ho mica il tempo di stare dietro a ogni – lasciamelo dire – minchiata. Cerca di cavartela da solo. Siamo professionisti soprattutto per questo.»

«Sì, ma...»

«*Ma ma ma*... Su, è tempo di crescere, Endriu.»

«Crescere.»

«Crescere, esatto. Io comunque sono qui per tutto. Devo andare, ci stiamo imbarcando. Ah, Endriu, non è importante che tu stanotte faccia tardi. Insomma, ciò che conta è che domani a mezzogiorno il documento sia fuori.»

«Okay.»
«A costo di stare in piedi tutta la notte.»
«...»
«Endriu?»
«Sì. Sono qui.»
«Okay.»
Clic.

Anche Donato si è fatto sentire. Ero sotto la doccia. *Rivedere attentamente l'head of terms.* L'acqua mi scorreva sulla faccia, mentre facevo il punto sulla giornata che mi attendeva. *Chiamare Tiziano a Treviso.* Ho afferrato la boccetta dello shampoo e ne ho schizzato un getto direttamente sulla testa. *Ricordarsi di aggiornare la timetable.* Spandevo lo shampoo tra i capelli, quando ho sentito il blackberry squillare e il primo pensiero è stato: *chi può essere alle otto meno un quarto di mattina?* Il secondo: *come mai questo shampoo non fa schiuma e dà tutto questo pizzicore?* Ho afferrato la boccetta – *Olio riparatore lustra-parquet Ripara i graffi Rinnova i colori* – e sono corso a rispondere pensando a Gloria, la signora del terzo piano che ogni tanto passa a farmi le pulizie in casa, e l'ho immaginata a disporre sul bordo della vasca tutti i flaconi trovati per casa.

«Donato» ho strillato con la testa che andava a fuoco. «Donato, non posso parlare ora. Ti devo richiamare.»

«Senti Alberto...»

«*Andrea.*»

«Andrea. Sono in aeroporto che mi sto imbarcando, ho il trolley tra le gambe, il biglietto nella mano destra e il telefono in quella sinistra. Parliamo ora. Voglio sapere due cose.»

«Una sola.»

«È uno scherzo, vero?»

«Certo. Certo, sì.»

«Ecco, io non ho voglia di ridere. Lo sai da che ora sono

in piedi? Dicevo. Prima cosa. Ho già parlato con Giuseppe, domani a mezzogiorno il contratto dev'essere fatto circolare internamente. Mezzogiorno, non un minuto più tardi. A Dubai vogliono rivederlo con attenzione prima di mandarlo a quelli di Meyon & Tolsen. *Io* voglio rivederlo con attenzione.»

«Domani. Mezzogiorno.»

«Seconda cosa. Stasera, nove e mezza, ci mettiamo tutti in *conference call* e facciamo per benino il punto sulla *due diligence*. A Dubai vogliono essere informati sui risultati. *Io* voglio essere informato sui risultati.»

«Stasera. Nove e mezza.»

«Vado.»

«Buon viaggio, Donato.»

«Ah, Andrea.»

«Sono qui.»

«Dobbiamo essere aggressivi.»

«Aggressivi, certo.»

«In inglese *aggressive*.»

Tiziano è a Treviso da più di una settimana ormai. È giovane ma sta imparando in fretta. Ci sentiamo ogni sera. Mi tiene informato sullo svolgimento dei lavori di revisione, sulle issue che quotidianamente saltano fuori, sui documenti di cui è necessario chiedere un'integrazione. Io prendo nota, cerco di rispondere ai suoi dubbi, lo incoraggio. Poi gli chiedo: «E Mantecato Cristoforis Giorgio? Ti sta dando una mano, almeno un po'?»

Tiziano sospira e dice *ghstzas*, o qualcosa di molto simile, gutturale.

Alzo il telefono e lo chiamo.

«Andrea?»

«Ciao Tiziano.»

«Cos'è successo? È successo qualcosa?»

«Niente, Tiziano, non è successo niente. Tranquillo. Ti

chiamo solo per informarti che stasera c'è un cambio di programma. Nessuna telefonata informale. Alle nove e mezza entriamo in *conference call* con gli arabi.»

«I beduini?»

«Tiziano, arabi, chiamali *arabi*, per piacere.»

«Ma tu li chiami beduini.»

«Ogni tanto l'ho detto. Ma prima che ci sfugga in contesti sbagliati, d'ora in poi è meglio chiamarli sempre arabi. Insomma, stasera facciamo il punto su contratto e *due diligence*. Sarò io a parlare, non preoccuparti, ma vorrei che partecipassi pure tu. Nel caso avessero qualche domanda specifica, potresti essermi di aiuto. E poi può essere utile anche per te.»

«Mantecato?»

«Eh, Mantecato...»

«Deve partecipare anche lui?»

«Mantecato mandalo a cena.»

Dall'apparecchio arriva una risatina sommessa. Poi il silenzio.

«Tiziano, ci sei?»

«Sì, no... sì. Tutto a posto.»

«Okay.»

«Okay.»

«Tiziano, cosa c'è?»

«La mia ragazza.»

«La tua ragazza cosa?»

«Mi ha lasciato.»

«Tiziano, devo scappare. Ti faccio avere il numero per connetterti.»

Una *conference call*, a dispetto del nome che suggerisce scenari professionali di grandi affari, valigette ventiquattrore, *Financial Times*, non è altro che una telefonata. Professionisti di ogni parte del mondo si connettono a un numero telefonico approntato per l'occasione, in modalità multilinea, e danno vita a una riunione, con il vantaggio principale di aggirare l'ostacolo della distanza e quello accessorio di non doversi guardare in faccia.

Sono le dieci meno un quarto e siamo connessi in due, Tiziano e io. Guardo la pizza sulla scrivania. Ne prendo una fetta e lancio un'occhiata a Nicola che è come se fosse assente: quando si ferma fino a tardi, passate le nove trasfigura in un silenzioso formichiere che rimugina ed emette piccole e fievoli bestemmie in toscano. Non dà fastidio, giunge alle mie orecchie come un suono di carillon e concilia il mio lavoro.

Tuuut

Il segnale acustico indica una nuova persona che sta per connettersi. Attendo che dichiari le sue generalità.

«*Donato Cubi.*»

Tuuut

«Ciao Donato» dico. «Sono Andrea.»

«Ci siamo tutti?»

«No. Ci siamo tu, io e Tiziano in collegamento da Treviso.»

«Porco cazzo, ma non era alle nove?»

«Nove e mezza.»

«E che ore sono ora?»

«Dieci meno dieci.»

«Sì però un po' di puntualità, cari miei.»

Lunga pausa.

Tuuut

«*Lina Ficozza.*»

Tuuut

«Ciao Lina.»

«Donato sei tu?»

«Andrea», la voce di Donato si fa pomposa. «Ti presento Lina. Lina è la responsabile del back office. Italiana come noi. Forza azzurri.»

«Ciao Lina, sono Andrea. Andrea Campi.»

«Lina» prosegue Donato. «Andrea è del legale. Anzi *illegale* direi, visti i soldi che ci fanno pagare per quelle quattro cagate che scrivono nei contratti. Ah ah ah. Scherzo, Andrea, eh. Non farmi causa, ti prego. Ah ah ah.»

Una pallina di carta mi colpisce la guancia. Alzo la testa di scatto. Nicola si tende verso di me e agita entrambe le mani come se stesse invocando aiuto. Gli occhi gli brillano di luce viva.

«Ehi, Andrea» bisbiglia.

«Shhhh.»

«Hai sentito?»

«Cosa?» sussurro.

«*Ficozza.* Si chiama Ficozza.»

«Già.»

«Ficozza» replica allungando il collo.

«Non devi ripetere. Ho sentito.»

«Ma non ti fa ridere?»

«Ma porca puttana, Nicola» sbotto, pigiando il tasto *muto.* «Sono in *conference.* Cosa vuoi che faccia? Non posso mettermi a prendere per il culo una perché si chiama Ficozza. Non posso proprio.»

«Chiedo scusa. Chiedo davvero scusa se mi sono permesso di disturbare il signorino.»

«Nicola, ma tu perché sei ancora in studio? È tutto il giorno che non fai un tubo. Sono le dieci di sera. Vai a casa, no?»

«Sto aspettando una mail» dice alzando gli occhi alla plafoniera.

«Non puoi aspettarla a casa?»

«A casa non ho internet.»

«Fammi capire, stai qui tutta la notte fino a che non arriva la mail?»

«È una donna.»

«Chi è una donna?»

«Quella che mi deve scrivere», inarca le sopracciglia cinque sei volte. «Ma non ti posso dire chi è.»

«Non dirlo.»

Tuuut

«*Neil Foreman and Franz Kurtvoegel.*»

Tuuut

«*Hi*», le voci si sovrappongono, confondendosi.

«*Hi, everybody.*»

«*Hi, hi.*»

Tuuut

«*Ahmed Assalat.*»

Tuuut

«Chi manca?» chiede Donato. La voce suona spazientita.

«Giuseppe. Credo solo Giuseppe.»

Una lunga pausa. Colpi di tosse, un foglio viene accartocciato, qualcuno traffica con l'apparecchio, bisbigli, e intorno alle dieci e un quarto dal telefono giunge il segnale acustico che annuncia l'ingresso dell'ultimo partecipante.

Tuuut

«*Sobreroni Giuseppe.*»

Tuuut

«Ciao a tutti. Scusate il ritardo, ma qui a Roma c'è un tempo fantastico. Sono stato a mangiare il pesce al Pantheon. Cominciamo. Decisi. Cattivi. Un'ottima cernia.»

Dubai, Milano, Roma, Treviso. La *conference call* prende immediatamente un piglio aggressivo ed entra ben presto nel vivo. Ci sono dettagli da chiarire, scadenze da fissare, responsabilità da allocare.

«*We would like to know...*»

«Ma non si era detto di procedere come abbiamo fatto per il Project Caronte?»

«Ci sono l'issue delle due licenze revocate e la pendenza col giurì, per quel logo che ricorda un po' una penetrazione.»

«*We have no time. No fucking time.*»
«I finanziamenti?»
«Io qui ho un forte ritorno però.»
«Il contratto dovrebbe essere quasi *finalized*. Domani sarà fatto circolare.»
«*Who the fuck is this Caronte?*»
«Ma quando potremo ricevere un *updated draft* di report? Magari *tomorrow*?»
«Però di questo nessuno ci ha mai informati.»
«Ecco, le cose che ci diciamo le mettiamo tutte in una tabellina che facciamo circolare internamente. In inglese *internally*.»
«*Very bad.*»
Prendo appunti, segno scadenze, annoto indicazioni. Donato, nel ruolo di dittatore illuminato che si è ritagliato, alterna momenti in cui si fa accomodante ad altri in cui sbraita e urla frasi come *avrei voluto saperle prima queste cose, vabbè vabbè, è allucinante*. Giuseppe si contrappone con fermezza, facendo in modo che a tutti sia chiaro che la colpa in ogni caso è mia, che lui lo sapeva, che lui l'aveva detto. Gli scambi sono veloci, gli affondi impietosi, la discussione procede e ciascuno cerca di dire la sua, di fornire un contributo, di presentarsi con l'idea risolutiva. Non c'è un attimo di tregua, nessuna posa, nessun fiato risparmiato. Fino a un momento preciso.
BURRRRRRP
Un silenzio innaturale riempie le linee telefoniche. Due tre lunghissimi secondi, in cui si rincorrono bisbigli e risatine, poi, con una certa esitazione, la contesa lentamente riprende dal punto in cui è stata interrotta e, soprassedendo, facendo finta di nulla, la *conference call* si avvia alla fine.

Un saluto veloce e le cornette vengono riappese tra lunghi sospiri di sollievo. Attendo pochi secondi e ricevo la telefonata di chiusura da parte di Giuseppe, per fare il punto tra noi su quanto s'è detto. Discutiamo brevemente finché arriviamo a esaminare il punto più rilevante.

«Endriu, ma secondo te chi è stato?»

«Il rutto?»

«Che altro?»

«Il tedesco direi. Assolutamente Franz.»

«Il tedesco, sicuro» riflette. «L'ho pensato anch'io.»

«Già, il tedesco.»

«Proprio tedesco. A domani.»

«A domani, Giuseppe.»

Sono ormai le undici passate. Mi sento sfiancato. Scelgo di rimandare all'indomani tutto il lavoro che resta da fare sul contratto. *Devo inviarlo a mezzogiorno* rifletto, *se domattina sono qui alle sei, hai voglia il tempo che ho.* Questo mi riprometto, mentre mi infilo la giacca e mi preparo per andare a casa. Allineo un paio di documenti, ordino velocemente la scrivania e guardo Nicola che, con le mani intrecciate sul panciotto, ricambia lo sguardo, serafico. Continuo a fissarlo e prendo la lattina di Coca-Cola Light vuota che giace sulla sua scrivania, gliela mostro scuotendola, piego la bocca in una smorfia di spregio e la getto nel cestino.

«Tu sei un imbecille.»

«Mi è scappato.»

«Tu comunque sei un imbecille.»

«Ma mi è scappato.»

«Vai a cagare. Buonanotte.»

«Buonanotte Andrea.»

Mentre le porte dell'ascensore si chiudono dietro di me, una frase risuona per i corridoi vuoti del terzo piano dello studio Flacker Grunthurst and Kropper.

«E comunque mi è scappato.»

Il tassista che mi accompagna a casa è silenzioso. Ascolta musica jazz e ogni tanto abbassa il finestrino e sputa.

Appoggio la testa allo schienale, guardando verso la strada. I muri che scorrono via tutti uguali incoraggiano il sonno. Negli atri delle banche del centro, fasci di senzatetto si arrotolano tra giornali e sacchi a pelo. Nella mia mente si affollano dati, clausole, Coca-Cola, rumori, Tiziano.

Tiziano.

La sua ragazza l'ha lasciato.

Eleonora.

Anche Eleonora mi ha lasciato.

Prendo il telefonino dalla giacca e digito un messaggio.

Tiziano. Lo so.

Lo so.

Ti offro un caffè

«No, guarda, io cerco sempre di tenermi vivo con la mente.»

«È importante.»

«Fondamentale. Leggere, osservare, approfondire, anche altro, mica solo il diritto. Diritto, diritto in tutte le salse.»

«Il diritto ti mangia la testa.»

«Ora ho preso in mano Leopardi, il pessimismo cosmico, la giovinetta della campagna.»

«Ah, immortale. Silvia.»

«Ma va' pirla. Giacomo.»

«Intendevo la poesia. *A Silvia*.»

«Pardon, l'ho appena iniziato, il libro. Forse quella è più avanti. Qual è il titolo preciso?»

«*A Silvia*.»

«Memorizzato.»

22.

«Non ho tempo» ripeto e la mia voce questa volta suona scocciata.

«*Non ho tempo.* Già. La frase tipica – *tipica* – di chi non ha saputo organizzarsi.»

«Cardellini. Si può sapere cosa vuoi?»

Cardellini, in piedi sulla porta, batte uno contro l'altro i tacchi delle scarpe.

«Ho parlato con Giuseppe» dice finalmente.

«Mi fa piacere, qualcuno che ti ascolti ogni tanto. E bravo Cardellini che ha trovato un nuovo amico. Ora fammi lavorare.»

«Mi ha detto che il contratto non è ancora uscito.»

«Quale contratto?» domando assente tornando a fissare lo schermo del pc.

«Project Treperdue.»

Non riesco a nascondere la sorpresa.

«Mi sembra di capire» continua Cardellini «che ci siano delle difficoltà, uno sviluppo problematico, intoppi.»

«Ottimo. Adesso ripetilo in inglese.»

«Sì, sì, divertiti. La verità è che questo è un periodo molto delicato per il mercato in generale e per il nostro studio in particolare. Non possiamo permetterci di perdere clienti, che qualcosa vada storto. Giuseppe è parso *molto* interessato ai miei dubbi.»

Mi volto verso il lato opposto a quello di Cardellini e mentre fisso i serramenti della finestra comincio a inspirare.

«Che» faccio una pausa «dubbi?»

«Giuseppe dice che sì, stai lavorando sodo» continua Cardellini. «Però, come dire...»

«Dillo» comando girandomi di scatto.

«Eh, come dire, è sembrato preoccupato. Insomma, qui siamo ancora alle prime battute e registriamo già un ritardo. Non vorrei...»

«Allora» esclamo alzandomi in piedi senza riuscire a controllare una certa esitazione nella voce. «Uno: *siamo* un cazzo, tu in questa operazione non c'entri nulla. E mi sembra ne avessimo già parlato, io mi occupo del Project Treperdue, tu dell'eccesso di sebo che ti affligge. Due: ho appena finito l'e-mail. Guarda, ora schiaccio *invio* e parte il contratto, nessun ritardo», mi risiedo e sollevo i palmi delle mani con un sorriso infantile. «Fattene una ragione.»

«Quand'è la prima riunione con la controparte?» domanda impassibile Cardellini. «Giuseppe dice che dovrebbe essere a breve.»

«Cardellini» strillo. «Tu a quella riunione non partecipi.»

«A breve» ripete sovrappensiero e lascia la stanza.

«Non partecipi» pigolo e mi impongo di rimettere le mani sulla tastiera.

Cardellini scompare.

Io schiaccio un tasto.

La finestra che spunta sullo schermo ha un'aria intimidatoria.

Il controllo ortografia del documento è stato interrotto. Inviare comunque?

Con il piede destro che ha preso a ballare, ripasso la lista dei destinatari, rileggo il testo dell'e-mail, do una scorsa agli allegati.

Invio.

Seguiranno commenti interni, spiegazioni, mark-up, revisioni, trasmissione del draft alla controparte. E poi un nuovo mark-up, analisi, chiarimenti, memoranda, pure Cardellini. Seguiranno. Ora non ci penso. Guardo l'orologio. 13.25. Prendo il pacchettino di carta appoggiato sulla scrivania e lascio la stanza, la giacca sistemata sulla sedia, il telefonino e il blackberry nel cassetto, spenti.

«Ci vediamo dopo», alzo una mano alla volta di Nicola.

«Ah ah» mugola lui, continuando a picchiare sulla tastiera, senza alzare lo sguardo.

Prendo le scale di servizio, esco e sono sovrastato dal soffocante sole primaverile che percuote Milano. Una matassa umana permea le strade del centro: professionisti in gessato, professioniste in tailleurino, ragazzine che gridano di fronte alle telecamere di Mtv, giapponesi che corrono dietro a un ombrellino, esibizioni di abilità artistiche e mutilazioni dietro a ciotole con qualche monetina dentro, grida di lotterie. Allungo il passo. Cammino con gli occhi a terra e schivo i passanti e mi faccio largo in strade poco frequentate. Guadagno porzioni di territorio. Freno il ritmo, costringendomi a una lentezza che ogni parte di me riconosce come estranea. Giro l'ultimo angolo e scorgo la lunga cancellata che circonda i giardini di via Palestro. Costeggio la zona fino all'entrata a sud-ovest e varco il cancello. *Mi sporcherò di sabbia le scarpe* penso. *E allora?* Cammino sui ciottoli. Trovo una panchina vuota in ombra. Il parco brulica di una confusione diversa da quella che ho appena abbandonato: rincorse di bambini, ragazze sdraiate con la testa sulla pancia di ragazzi, studenti con i libri e le cuffie, anziani col bastone. Mi siedo. Rimango immobile. Mi guardo in giro, arrotolo le maniche della camicia e prendo un respiro. Prendo il pacchettino di carta. Lo apro lentamente e tiro fuori una pagnottella con salame felino che ho preparato stamattina prima di uscire di casa. La addento con voracità e nel giro di un minuto mi trovo a guardare le briciole cadute e le mani vuote. Bevo un sorso d'acqua. Attendo un attimo e poi estraggo un altro panino, uguale al primo. Questa volta lo mangio lentamente e intanto seguo il volo di un piccione, la gimcana di una bicicletta, la scia di un'anatra. Ingoio l'ultimo boccone e mi stiro e resto fermo a contemplare un cielo aerografato. C'è stato un tempo in cui ho creduto di poter frenare il turbinio delle smanie, delle rincorse, un tempo che ho perduto e che ho rinunciato a cercare, un tempo che qui, in questo momento, non sento lontano. È il momento di aprire l'ultimo pacchettino. Prendo l'involucro di stagnola ed estraggo un grosso pezzo di crostata alle ciliegie e lo faccio fuori in tre morsi e fatico a deglutire e mi sento appagato. Bevo un altro sorso d'acqua e distendo le gambe. Sbadiglio. Da lontano mi arrivano alcune deboli grida seguite da un pallone che si ferma a pochi metri da me. Mi alzo con disinvoltura. Faccio decollare un perfetto pallonetto in direzione dei ragazzini. *Grazie signore.* Sorrido. Guardo l'ora. 14.32. È tempo di rientrare. Inspiro aria a pieni polmoni. Espiro. *Buon compleanno Andrea* bisbiglio tra me e me. Impercettibilmente, continuando a guardare in alto, comincio a fischiettare *Moonlight serenade.*

Ti offro un caffè

«Allora, com'è questa ragazza?»

«Troppo forte. Una rilassata, completamente senza paranoie.»

«Questo è importante, nessun grillo strano.»

«Lei è proprio così. Una alla mano, una che ride se dici, che so, *pompino*.»

«Davvero?»

«Be', certo non è che vai da lei e dici *pompino* e lei ride. Bisogna contestualizzare.»

«Chiaro.»

«Ma lei non si formalizza. Non storce il naso. Semplice. Alla mano.»

«...»

«...»

«Pompino.»

«E lei ride.»

«Se contestualizzi.»

«Va da sé.»

23.

«Franco Boraletti.»

«Andrea Campi.»

«Piacere di conoscerla» risponde Boraletti col tono di chi ripete una formula cui non dà molto peso.

«Possiamo darci del tu, Franco?»

Franco Boraletti non risponde. Mi guarda le scarpe e storce la bocca.

«Giuseppe Sobreroni?» domanda. «Non partecipa alla riunione?»

«Giuseppe oggi è fuori Milano. Si scusa e manda i suoi migliori saluti» rispondo, mentre Giuseppe sfila dietro la parete a vetri e mi fa l'occhiolino, agitando entrambi i pollici alzati.

Primo giorno di riunione con la controparte.

Franco Boraletti è il legale che assiste Meyon & Tolsen: un avvocato d'altri tempi, sopra i cinquant'anni, cravatta blu con fantasia di cani bassotti, abito ugualmente blu sopra un gilet di cotone beige, titolare dell'omonimo studio legale Boraletti & Associati. Gli Associati sono Boraletti Felicia, figlia, Boraletti Germano, figlio, e Comelli Gianna in Boraletti, moglie di Germano. Un *avvocato di boutique* l'ha definito Giuseppe per mettermi in guardia. «Uno di quelli con la puzza sotto il naso, stacci attento, è astioso, noi siamo una grande struttura e lui ha paura di venire fagocitato dalle grandi strutture, lui con il suo studiolo, che poi noi questi qui ce li pappiamo comunque, volenti o nolenti, dacci solo qualche anno, tra l'altro lo sai com'è riuscito questo Boraletti ad avere Meyon & Tolsen come cliente, eh, lo sai Endriu?» No, non lo sapevo. «Be', allora chiedigli con chi se la fa Felicia» ha detto Giuseppe e non ha più aggiunto nulla.

Franco Boraletti armeggia col blackberry. Con la mano destra fa girare la piccola sfera e con la sinistra schiaccia brutalmente i pulsanti, finché, esausto, se lo infila di nuovo nella cintura.

«Emily è in taxi» ci informa. «Mi scrive che sarà qui a momenti.»

Donato alza lo sguardo sopra gli occhialini, fa uno spazientito cenno d'assenso e si immerge di nuovo nella lettura di un documento su cui sta appiccicando un'impressionante mole di flag verdi. Vado a sedermi accanto ed esamino la stanza nervosamente ma non vedo traccia della presenza di Cardellini.

«E questa Emily chi è?» chiedo a Donato. «Non ricordo di averla vista tra le persone in copia alle mail.»

«Emily è la *senior qualcosa* di Meyon & Tolsen» sussurra, senza distrarsi dal suo lavoro. «Sarà lei a seguire il Project Treperdue. Guarda, caro Armando...»

«*Andrea.*»

«Andrea», scrolla le spalle. «A me non me ne frega niente, figuriamoci, anzi, mi sta anche meglio, ma, detto tra noi, questa non è affatto serietà.»

«In che senso?» mormoro.

«*In che senso* mi chiedi?» Donato si toglie gli occhialini e prende a fissarmi.

«Non capisco» abbozzo.

«Una donna», gli occhi indemoniati. «*Una*» fa una pausa «*donna.*»

«Eh.»

«Dici bene tu, *eh*. E così ce la beviamo tutta d'un fiato, ce la giriamo un po' come vogliamo, questa qua» dice Donato muovendo le dita in aria come se stesse suonando un'invisibile tastiera. «Una negoziazione semplice semplice e pedalare. Bravo. Sono d'accordo. In inglese *I agree*. Però, quando si parla d'affari, dico io, bisognerebbe mostrare anche una certa serietà. Noi siamo la Zeus Investments, società leader. E, infatti, ci sono io a rappresentarla, con tutto il mio bagaglio di esperienze, Londra, Parigi, Cologno Monzese. Ma Meyon & Tolsen, loro no. Loro fanno gli eccentrici. Loro vogliono una *donna*. Che poi» comincia improvvisamente a urlare Donato, «sarebbe anche il caso che la *tra virgolette* signorina Emily da Londra facesse il piacere di arrivare quanto prima che non è che abbiamo tutto questo tempo da buttare, dico bene avvocato?» conclude girandosi verso di me.

«Eh» ripeto scomparendo sotto il tavolo ad allacciarmi una scarpa.

«*Eh*. Altro che *eh*.»

Boraletti non ascolta o finge di non ascoltare. Estrae dalla borsa un'agenda Quo Vadis con fogli larghi come tovaglioli e comincia a spuntare tutta una serie di impegni come se li espletasse nell'attimo esatto in cui procede a cancellarli. *L-l-l-à* e spunta.

«Si può avere un caffè?» dice – *l-l-l-à* – ma non è chiaro a chi si stia rivolgendo, perciò faccio finta di nulla e lo lascio alla sua agenda.

Non sapendo bene che altro fare, mi prendo la faccia tra le mani.

Sono ancora lì con le guance tirate, quando sento una voce femminile sbraitare: «*Okay okay okay okay okay okay okay bye.*» La ragazza chiude il flip del telefonino con il mento. Sotto l'ascella stringe una cartelletta rossa e con la mano libera si trascina dietro un trolley apparentemente pesantissimo. Indossa un trench giallo, aperto sopra un completo grigio, a sua volta aperto sopra una camicia di nuovo gialla. Aperta anch'essa, quanto basta perché la ragazza mi sia già molto vicina prima che riesca a persuadermi ad abbandonare la scollatura e a guardarla in faccia: i capelli, castani, molto corti, circondano un viso che probabilmente sa sorridere ma che non ha nessuna intenzione di farlo ora, grandi occhi marroni, labbra rosa, i lineamenti morbidi ma definiti di un Renoir. La guardo ed è come se Donato, Boraletti, la sua agenda, le notti sul contratto, le provocazioni di Cardellini, tutto il Project Treperdue fossero stati solo i trailer noiosi prima della proiezione di questo magnifico film. La ragazza urta una sedia con il trolley, si volta e si fa sfuggire la cartelletta e io balzo in piedi e mi getto a terra come se fuggissi allo scoppio di una granata, recupero la cartelletta, gliela consegno e mi presento.

«*Hi, my name is Andrea. Endriu. Nice to meet you. Welcome in Milan. How are you? Good flight? Are you tired?*»

Emily mi guarda interrogativa.

Poi si volta verso Boraletti.

«Ma che fa, questo? Sfotte?»

Boraletti con una mano spazza l'aria nella mia direzione e poi se la passa sulla barba.

«Emily vive a Londra», sbadiglia. «Ma è di Mantova. Si chiama Fioretto. Emilia Fioretto.»

«Ah» sussulto, ricordandomi che ho inserito il suo nome quando ho fatto circolare il contratto. «Emilia Fioretto. Detta *Emily*» aggiungo, alzando le sopracciglia.

«Detta *Dottoressa Fioretto*» dice lei, aggrottandole.

«Ma allora, questo caffè arriva o no?» grida Boraletti all'aria.

Il caffè arriva. E, insieme al caffè, arrivano anche cornetti e pastefrolle, succhi di frutta e acqua. Boraletti fissa il buffet con bramosia. Freme in attesa di un segnale. Prendo una piccola esse ricoperta di cioccolato e alzo il mento nella sua direzione. Boraletti coglie il segno e si avventa sul carrello. Io rimetto la esse al suo posto e torno a sedermi.

Emily intanto si è tolta il trench e si è rimessa al telefono. Tamburella le unghie sul tavolo mentre studia la sua figura nel vetro della finestra. Sistema i lembi della camicia. Nel riflesso, dietro di lei, si staglia la sagoma di un uomo con un abito grigio con le tasche della giacca sformate, il cavallo troppo basso e – a starci attenti – un piccolo buco vicino al risvolto della gamba sinistra. Una cravatta male annodata si appoggia sopra una camicia di un azzurro fiacco aperta al primo bottone. *Porca miseria* penso, *ma come diavolo mi sono conciato?* Cerco di salvare il salvabile e abbottono la camicia, aggiusto il nodo della cravatta e riparo immediatamente dietro il tavolo, in modo che nessuno si accorga del buco.

Boraletti è tornato a sedersi. Dopo essersi spazzolato la giacca dalle briciole della colazione, raccoglie i fogli davanti a sé. Li allinea battendoli sul tavolo e li riappoggia di nuovo. Aspetta che Emily si sieda, si schiarisce la voce e si decide a parlare.

«Possiamo cominciare?»

Annuisco con un cenno della testa, cercando lo sguardo concorde di Emily che non ricambia, impegnata a estrarre il pc dalla tracolla. Ripiego sulla scollatura che si offre al mio sguardo con pacifica indifferenza.

«Dunque, dunque, dunque» esordisce Boraletti. «Una piccola premessa. Vado innanzitutto a spiegarvi il nostro punto di vista, in modo che sia chiaro a tutti come intendiamo procedere.» Boraletti congiunge i polpastrelli. «Diciamo che abbiamo letto attentamente il contratto e siamo dell'opinione che diversi siano i punti su cui è necessario intervenire. Vi sono invero alcune imprecisioni che io reputo meri fraintendimenti su quelli che sono gli accordi già raggiunti dalle parti, pure non vincolanti, fraintendimenti probabilmente dovuti a...»

«Oh, vediamo di farla breve» lo tronca Emily. «Avrete già visto il nostro mark-up. Qui è tutto da rifare.»

Donato, percorso da un fremito, interrompe il paziente lavoro di applicazione delle flag.

«Passi il fatto» prosegue Emily con uno sguardo obliquo «che abbiamo avuto una manciata di giorni per commentare una bozza già piuttosto complicata di suo. Quello su cui non siamo disposti a sorvolare è l'intera struttura di questo documento. Che so, faccio degli esempi.» Emily prende a sfogliare velocemente le pagine davanti a sé. «*Reps* da riscrivere completamente, così come *condition precedent* e adempimenti *pre-closing*. Tutta la *governance* non rispecchia le indicazioni che ho avuto io. Sulle *way-out* probabilmente avete voglia di scherzare. E poi, *deadlock*, roulette russa, clausole di co-vendita. Ma soprattutto: la *black ball clause*... Come ho già detto, qui è tutto da rivedere.»

«E la carta su cui l'ho fatto stampare?» domando. «Quella almeno va bene?»

Donato si avvicina velocemente trascinandosi sulle rotelle della sedia. Mi pizzica una gamba e, guardando verso un portamatite, mormora *grande Alessandro*. Emily appoggia i polsi sul tavolo. Mi fissa per un paio di secondi. Lentamente, stringe le mani a pugno. Poi l'espressione, da rabbiosa che era, si scioglie in una più mite smorfia di biasimo. Le mani si rilassano. Il seno continua a rimanere indifferente.

«E poi la clausola numero, dunque... ecco, *seventeen*» prosegue imperterrita, «quella la leviamo proprio.»

La riunione scorre via così, tra un affondo di Emily e i miei accenni di difesa, le ricercate annotazioni di Boraletti e le flebili imprecazioni di Donato, intervenuto una volta sola dicendo: «Io vorrei anche segnalare che, talvolta, nel documento,

Zeus è scritto in minuscolo.» Di tanto in tanto, agitava sotto il mio naso il documento pieno di flag verdi e si lamentava, in un bisbiglio, che li aveva segnati tutti, solo quelli erano i punti su cui era disposto a discutere, solo quelli.

«Eh, Donato» sussurravo io. «Non dirlo a me, dillo a loro.»

Donato sprofondava di nuovo nella poltroncina e ritornava ai suoi mormorii.

Verso sera, proprio mentre Boraletti dichiarava che *l'impossibilità di un'interpretazione univoca del concetto di irragionevolezza non trova scioglimento nemmanco nella giurisprudenza della Suprema Corte che al contrario*, Emily accusa la stanchezza e dichiara che si è fatto abbastanza e che si può proseguire l'indomani. Raccoglie le sue cose, si fa chiamare un taxi e scompare all'interno dell'ascensore, il posto più lontano dove mi ha permesso di accompagnarla. Boraletti lascia la sala poco dopo, dicendo: «Allora ciao, aspetto il nuovo mark-up. Precisi eh.» Donato se ne va senza salutarmi. Con la bocca raccolta a culo di gallina gorgoglia in falsetto: «*È tutto da rivedere il documento sono Emily la stracciamaroni è tutto da rivedere tutto tutto.*»

La nuova bozza di contratto, con evidenza delle modifiche concordate, dovrà essere preparata e fatta circolare questa notte stessa, in vista della nuova riunione di domani. Ho annotato sul blocnotes quanto si è pattuito nell'incontro di oggi, i commenti, le note, le correzioni e ora, con lo studio semivuoto, alla luce di un'alogena, tocca a me tradurre tutto all'interno del contratto. Approfitto dell'ora tarda e della quiete che avvolge le stanze e realizzo un sogno raggiungendo la macchinetta del caffè direttamente sulla sedia con le rotelle. Sulla strada del ritorno un imprevisto buco nella moquette causa il rovesciamento di parte del caffè. Si festeggia comunque il successo. Chiamo Giovannino, che sta lavorando su un contratto di cessione di crediti. Gli racconto l'episodio. Dice: «Oh, la prossima volta chiamami che lo facciamo io seduto su di te.»

Attraverso la piazza e mi sento addosso gli occhi di tutti.

È notte, alcuni assembramenti, le ultime chiacchiere, *fumo questa e poi andiamo*, *aspetta che finisco la birra*, *ti do un passaggio*, *grazie ma sono in motorino*. Ragazzi che nonostante la temperatura ancora fresca sfoggiano pantaloncini corti e camicie aperte e insolenza ormonale, ragazze con gonnelline a vita bassa e spalle scoperte e sorrisi docili, gente che scola lattine, lecca gelati, dialoga, ride e io penso che forse è questa la vita di cui si fa un gran parlare nei reality.

Con la borsa dei documenti nella mano destra e la giacca appoggiata sul braccio sinistro, un paio di bottoni della camicia slacciati, la cravatta leggermente allentata, le maniche arrotolate, screziature di sudore ovunque, ho scelto di evitare il taxi, almeno stasera, e fare due passi di decompressione.

Scivolo sui volantini delle *Grandi Occasioni*, tra vetrine accese e ristoranti chiusi. È stata una lunga giornata. Eppure, la sensazione di leggerezza che provo da quando Emily si è manifestata in sala riunioni mi accompagna lungo la strada verso casa. Con la mente piena di *put&call*, *covenant*, clausola numero *seventeen*, mi chiedo che impressione le avrò fatto. Avrà notato il buco sull'abito? Le sarò rimasto simpatico? Frequenterà qualcuno? Come sarà vestita domani? Salutarla con la frase *comunque Londra è Londra, però anche Mantova non scherza* sarà stata una mossa azzeccata?

Passo di fianco alle saracinesche abbassate, alle luci a intermittenza arancioni dei camioncini della spazzatura, ai cinesi che vogliono vendermi un elicotterino. Arrivo sotto casa. Il portone di legno, tre piani e poi il mio caro muro cui raccontare la mia giornata e il mio caro letto per lasciarmela alle spalle.

Infilo una mano nella tasca sinistra.
Esito.
Frugo.
Esito di nuovo.
Ancora una volta.
Comincio a respirare rumorosamente.
Ficco la mano nella tasca destra ed estraggo il telefonino.
«Sì. Un taxi in piazza Sant'Agostino 18. La ringrazio.»
Visualizzo l'attimo esatto in cui, prima di scendere in riunione, ho tolto le chiavi dalla tasca e le ho appoggiate sulla scrivania, per fare posto al blackberry. È là che sono rimaste. È la che devo tornare.
Somewhere over the rainbow skies are blue...
Comincio a canticchiare in un bisbiglio, stringendo le mani, le unghie che penetrano i palmi. Una coppia, incurante di tutto, si bacia appassionatamente sotto le telecamere di controllo del traffico.

24.

Lo studio legale Boraletti & Associati è arroccato al quinto piano di un edificio dall'impeccabile facciata in stile vittoriano che gode di una splendida vista sul Palazzo di Giustizia. Varco l'atrio che anticipa la porta a vetri e l'apertura a fotocellule esita come se avesse difficoltà ad attribuirmi una consistenza corporea.

«Va sistemata» mi spiega Boraletti cogliendo l'ombra dei miei dubbi ontologici.

Mi guardo intorno.

Riconosco i tratti distintivi di ogni studio legale degno di questo nome: l'elegante reception desk di pregiato mogano; piante rigogliose a fare da cornice; riproduzioni di arte moderna alle pareti che si alternano a decorazioni fresche di restauro; il lustro parquet di rovere; una centralinista dal sorriso preconfezionato e dalla pelle liscia; il continuo via vai di praticanti nel pieno della produttività. È importante che ambienti come questo esprimano affidabilità, serietà, professionalità, un piccolo mondo a cui i clienti devono sentirsi non solo tranquilli, ma orgogliosi di affidare i propri interessi.

Noi – gli *addetti ai lavori* – sappiamo che, lasciando le zone di rappresentanza e spingendoci nelle stanze che loro – i clienti – non visiteranno mai, lo scenario cambia e non ci sono né piante ornamentali né mogano, ma scrivanie componibili addobbate da un paio di cactus che qualcuno ha scelto perché *si sa, non hanno bisogno di cure*; non ci sono quadri d'autore né decorazioni, ma qualche sughero colorato da cui si staccano le foto ingiallite dei figli degli altri (i famosi nipotini) o una vignetta o una stampa spiritosa (Nicola aveva appeso un foglio A3 con una citazione da *Full Metal Jacket*, *Qui vige l'uguaglianza, non conta un cazzo nessuno*, Giuseppe aveva riso di gusto ma poi aveva detto: «Ora lo levi», a dimostrazione che qualcuno che contava alla fine c'era). Noi sappiamo che, dietro l'armonia dell'ingresso, si nasconde un traboccare di faldoni, documenti, cartellette e scatoloni, da anni in attesa di sistemazione («Quella è roba del Pedrini, che se n'è andato tre anni fa, io non la tocco!» «Ma è sulla tua scrivania...» «Appunto, io non la tocco!»), e che l'elegante parquet trasfigura in una moquette marrone-grigia di tela grossa, sudicia di lustri di caffè rovesciati inavvertitamente, macchie di cibi consumati nel corso di notti interminabili, passi trascinati, e che la centralinista, nel sorriso con cui accoglie un complimento, nasconde svogliati insulti, e che i praticanti, così indaffarati, sono impegnati a convertire un documento stampato su una sola facciata in una versione fronte retro. Vedo tutto questo e sento montare dentro l'ansia, la sensazione di un pericolo imminente, brividi che percorrono le ossa. Sorrido. Mi sento a casa.

Boraletti mi accompagna in una sala riunioni dove, affacciata alla finestra, riconosco la sagoma di Emily. Indossa un completo marrone, composto da pantaloncini corti e giacca con cintura in vita, collant trasparenti e stivali marroni le fasciano le gambe. Si volta, sentendo la nostra presenza. Mi stupisco nel vederla sorridere.

«Ciao, Andrea», si avvicina per stringermi la mano.

«Ciao Emily» dico indovinando la risposta esatta.

«Come siamo eleganti quest'oggi.»

L'ha notato, l'ha notato, grande, grandeee... Una voce comincia a schiamazzare nel mio cervello. Non la degno della mia attenzione e stringo la mano di Emily con ampie scosse.

«Ma no, ma no. Appena appena» mi schermisco e la voce nel cervello, dopo una serie di singulti, si strozza tra le convulsioni e si spegne.

Indosso un abito gessato blu scuro confezionato da un sarto da cui mi spedì Eleonora quando mi disse che se proprio non riuscivo a buttare giù quella *pancetta da mollusco* che avevo sviluppato, almeno facessi qualcosa per nasconderla.

«Ma dai che non si vede nulla» mi lamentai.

«Via Terraggio, il signor Angelini sta sulla destra venendo da Sant'Ambrogio» rispose e non ne parlammo più.

Ai piedi porto mocassini neri a punta lunga, comprati su consiglio di Giuseppe.

«Se l'uomo può fare a meno delle stringhe» disse «allora può fare a meno di tutto. E questa, Endriu, è una lezione che devi ricordare.»

Il tocco di classe me lo danno le calze rosa in tinta con la cravatta ugualmente rosa che mi ha regalato Giovannino a Natale.

«La moda oggi pretende un uomo che non abbia paura di *non* sembrare tale.»

«Ma perché?» avevo cercato di capire.

«Perché un uomo non è sempre tale» rispose, senza che riuscissi a capire bene cosa volesse dire.

Sono ancora col sorriso appagato sulla faccia quando si avvicina Boraletti.

«C'è ben poco da fare gli eleganti, da' retta a me», Boraletti infila i pollici nei passanti dei pantaloni. «Piuttosto, Giuseppe ha deciso anche oggi che non siamo degni della sua presenza?»

«Giuseppe sta arrivando», infilo anch'io i pollici nei miei passanti. «È con Donato. Ha detto...»

«Siamo qui.»

Fermo sulla soglia della sala riunioni, Giuseppe sta posando sul braccio di una segretaria il soprabito e la coppola.

«Mi raccomando la coppola» dice mettendo una mano sulla spalla della ragazza, che sbadiglia facendo in modo di non perdere l'espressione sorridente. «Me l'ha regalata la mia prima moglie, pace all'anima sua.»

Giuseppe non è vedovo. Si sposò poco dopo aver finito l'università, un amore fulmineo. Fu lasciato un anno dopo, quando la moglie si imbarcò in una relazione con l'imbianchino che stava ritinteggiando l'appartamento in cui lei tuttora vive. «Mi ero accorto che ci metteva troppo tempo a tinteggiare quella maledetta casa, capisco che il celestino non è facile da stendere, ma ci metteva troppo, troppo tempo» sono le sole parole che gli ho sentito spendere sulla vicenda, nel corso di una cena natalizia di studio in cui aveva bevuto quattro Long Island e ballato un lento da solo. Parla di lei, la prima moglie, come di un morto e si riferisce a quel periodo dicendo: «Quando successe quello che poi successe.»

Boraletti, alla vista di Giuseppe, muta espressione e indossa la maschera dell'ospite cortese, secondo la buona educazione che si insegna tra avvocati: ogni parola, ogni gesto devono essere improntati al massimo riguardo del collega di pari grado, il quale è sempre *carissimo* in un dialogo che segue sempre lo stesso schema.

«Carissimo, il documento che mi hai mandato era stravolto. Non me l'aspettavo.»

«Ma carissimo, abbiamo dovuto inserire un paio di piccole modifiche nell'interesse del nostro cliente.»

«Io questo lo so, carissimo. E lo comprendo. Ma così sputtaniamo la struttura. E scusami se dico sputtaniamo, ma voglio rendere bene l'idea.»

«Figurati carissimo, figurati. Ma non sputtaniamo nulla.

E dico sputtanare per citarti e restare sulla tua frequenza.»

«Io credo – permettimi carissimo – che tu stia dimostrando una certa incompetenza.»

«Ma no, carissimo, il tutto è da imputare alla tua proverbiale inettitudine.»

«Vaffanculo.»

«Così però mi offendi.»

«Ah, scusa: carissimo.»

Boraletti e Giuseppe si stringono la mano con calore e cominciano a scambiarsi complimenti su alcune operazioni che l'uno sa essere state seguite dall'altro e sul fatto che si trovano vicendevolmente ringiovaniti, benché questo sia il loro primo incontro. Poi, ognuno prende posto intorno al tavolo ed è Giuseppe ad aprire le danze.

«Allora, vorrei che tutti tenessimo a mente una cosa» esordisce, congiungendo perfettamente i polpastrelli al secondo tentativo. «Questa non è una negoziazione di guerra. No. Questa è una negoziazione di pace. Perché una joint venture è un progetto di comunione e noi siamo qui perché da due vogliamo diventare uno.»

La presenza di Giuseppe mi permette di defilarmi. Il suono delle sue parole, mescolate ai termini altisonanti con cui Boraletti imbottisce i suoi ragionamenti, mi induce una vaga sonnolenza che provo a ostacolare concentrandomi su qualunque cosa: una falena che dorme sulla tenda, una tela su cui è appiccicato un violino rotto, un raggio di sole che attraversa la boccia d'acqua e disegna un piccolo arcobaleno, la nocca del pollice di Donato che scompare a piacimento, il foulard a sottili righe gialle legato al collo di Emily.

Emily.

Emily segue con attenzione. Interviene, puntualizza, prende appunti. Qualche volta sorride. Sembra distesa. Ogni tanto incrocia il mio sguardo. Allora io, con piccole contrazioni del viso, faccio *eh, cosa ci vuoi fare, siamo qui.*

Lei abbassa subito gli occhi. Torna a concentrarsi. Non sembra offesa.

«Prendi ad esempio la *Valchiria*» dice Boraletti. «Stiamo certamente parlando di una versione post-karajaniana, ma ascolta l'ultimo atto, quello dove Brunilde canta poco. *Eccel-len-te.* E poi devi recuperare il *Ring* integrale di Knappertsbusch. '56.»

Giuseppe e Boraletti divagano.

Mi risveglio dal torpore.

Giuseppe sta riflettendo sulla considerazione di Boraletti e batte ripetutamente l'indice contro la narice destra.

Cerco il mio blackberry, digito un'e-mail e premo *invio*.

Stasera devo andare al leaving drink di un collega. Vieni anche tu?

Pochi secondi dopo, il blackberry di Emily emette una leggera vibrazione. Emily lo afferra, legge e aggrotta la fronte. Giuseppe, intanto, ha quasi finito di abbassare il dito.

«Bellissima. Artisticissima. Ma...» Giuseppe soppesa attentamente le parole «... alle volte – me lo lasci dire carissimo Franco? – che due grossi coglioni.»

Scoppiano a ridere.

Il blackberry davanti a me prende a vibrare. Lentamente lo afferro, senza emozione.

Leggo.

Non credo proprio.

Ti offro un caffè

«No, guarda. Ne ho fin sopra i capelli.»

«Ti capisco, altroché.»

«Un atteggiamento, credimi, che neanche coi cani. Maleducato, arrogante. E abbiamo la stessa anzianità. Fosse un partner, potrei capire. Non giustificherei, ma potrei capire. Invece.»

«Tipico suo. Tipico.»

«Ma adesso dico basta. Tu sai che sono buono e caro, ma quando mi incazzo sono guai veri. Una bestia, divento.»

«Cosa intendi fare?»

«Stamattina, ad esempio, mi fa *buongiorno*. E io ho risposto semplicemente *'giorno*.»

«Esatto, poca confidenza. Oltre a questo?»

«Mah, intanto vedo come va così.»

25.

«Non è questione di essere maschilisti. È questione di essere realisti.»

«Devi *troppo* leggere Coelho. Ti apre, come dire, la mente. E anche Kundera, ma meno. *Kùndera* o *Kundèra*?»

«Io sono contro la pena di morte, ma non *contro contro*. Gli estremismi sono sempre da condannare.»

«Mio figlio mi fa *che fortuna che non siamo poveri*. Cioè, non *che siamo ricchi*, che magari uno sembra arrogante fin da piccolo, ma *che non siamo poveri*. Guarda che certi bambini hanno una sensibilità incredibile. Infatti ha fatto la primina.»

«Il contrario di *al riparo* è *ora pirla*.»

«Eravamo lì che facevamo l'amore e lei sai cosa mi ha chiesto? *Ma tu pensi che Mario lo faranno partner?*» «Non ci credo. E tu cosa le hai risposto?» «Che no, troppo poco ammanicato, Mario.»

«A me questa storia di Lazzaro che prima è morto e poi è risorto non è che mi convince fino in fondo. Chissà cos'era successo. Magari poi vai a vedere bene e scopri che era solo in coma. Figurati le perizie a quei tempi.»

«Proprio per una curiosità mia. Voi maschietti avete mai assaggiato il...? Però non fatemi essere volgare.»

«Oh, dite quello che volete, ma a me la De Filippi mi fa sesso.»

«Chi non ha mai pensato al suicidio?»

Nello spazio antistante il cocktail bar, piccoli cerchi di professionisti in cravatta si scambiano opinioni indicandosi a vicenda, tre ragazzine trattengono la pancia sedute sui panettoni spartitraffico, un ragazzo con gli occhiali da sole sulla testa beve birra in sella al motorino lanciando occhiate piene di fiducia ai passanti, un gruppo di uomini compiaciuti della camicia fuori dai pantaloni agita il ghiaccio nel bicchiere seguendo una melodia che esce dal locale, un paio di modelle si fissano serie appoggiate a un'auto in sosta vietata, un uomo passa la mano sul sedere di una ragazza mentre continua a discutere animatamente con una donna che sbuffa, una signora con un berretto da baseball urla in un cellulare, e poi persone, ancora persone, tantissime persone, e si divertono tutti e tutti sembrano pensare a qualcosa che non gli viene in mente.

Mi guardo intorno, non riconosco nessuno, mi sento a disagio, lancio un paio di saluti alla mia immagine riflessa nei vetri del locale, poi sento una mano che, da dietro, mi stringe tra spalla e collo.

«Si può sapere dove cazzo eri finito?»

Gli occhi di Achille brillano nel buio riflettendo i faretti che dall'insegna illuminano la piazza.

«Sei l'ultimo. L'ultimo. Te dico solo questo. E so' cazzi tua, nun ce sta più gnente. Da magnà, intendo.»

«Achille», gli tiro un pugno all'altezza dei reni che lo spinge a togliere la mano dalla mia spalla. «Ringrazia che sono riuscito a scappare almeno per», guardo l'orologio, «le undici. Ah, pensavo peggio.»

«Dai, vieni», Achille mi afferra il polso. «Stamo su quei divanetti laggiù.»

«Come *non c'è più niente da mangiare*?»

Achille si tuffa nello spazio tra un bracciolo e la gamba nuda di Valentina, la mia segretaria. Intravedo Nicola seduto a fianco dell'altra gamba. Giro intorno al divanetto e mi avvicino.

«Senti, ma un regalo, qualcosa, un ricordino, l'abbiamo preso?»

Nicola non si volta. Ride, scrollando la testa avanti e indietro.

«Dice Giovannino che ci pensa lui» risponde, continuando a dondolare la testa.

«Perfetto» dico afferrandogli la nuca e tenendolo fermo. «Sarebbe stato brutto non lasciargli nulla. Insomma, credo che alla fine mi mancherà. Idiota, va detto, ma buono.»

Un collega del *litigation* mi fissa, poi alza un pollice. Annuisco e intanto scorgo Giovannino avvicinarsi con un cespuglio giallo tra le mani. A larghe falcate è già su di noi. Si fa spazio e raggiunge Achille.

«Carissimo» dice stringendolo in un mezzo abbraccio e baciandolo sulle guance. «Tieni. Per te.»

Achille alza il batuffolo peloso e lo osserva: un pupazzo giallo a forma di struzzo muove un lungo e sproporzionato collo sotto una testa di ciuffi sparuti e due occhi sporgenti e canta una canzone che fa *peee peee peee*.

«E questa zozzeria da parte di chi è?»

Sono le ultime parole che sento mentre mi dileguo precipitosamente verso il bagno. Mi guardo indietro mentre mi faccio strada in mezzo alla folla, chiedo scusa, mi muovo tra bicchieri e cravatte, dribblo seni e sederi che sembrano lasciarsi accarezzare volentieri nella calca e mi sento autorizzato a sfiorare, ma poco, le sporgenze che incontro sulla strada.

Arrivo sulla soglia della toilette e con la sinistra ho già afferrato la maniglia della porta e con la destra ho già abbassato la lampo dei pantaloni, quando sento una mano chiudersi intorno al mio polso sinistro. Alzo lo sguardo sulla porta. Sotto l'insegna *WC* campeggia la scritta *Ladies*. *Por-*

ca miseria. Mi volto frugando nella mente in cerca di una giustificazione ma, davanti a me, ancora stringendo il mio polso, invece della faccia tesa di un uomo della sicurezza, come un'apparizione mariana, si leva Eleonora.

«Ehi, Andrea», sorride. «Va bene che è passato un po' di tempo, ma non dirmi che hai cambiato sesso.»

Rimango immobile, completamente imbambolato. Un coro di cherubini si alterna a esplosioni di tritolo, brevi scariche di mitra fanno da contrappunto. Sulla lingua sento le scuse sgretolarsi come brace e lasciare spazio all'arsura più arida.

«No, direi di no» si risponde da sola Eleonora. «A giudicare dalla barba, proprio no. Non hai ancora preso la bella abitudine di raderti ogni giorno, eh?»

«Ciao Eleonora. Che ci fai qui?»

Eleonora allunga il braccio in un ampio gesto circolare, indicando la sala: chiacchiere, risate, strette di mano, bicchieri pieni di ghiaccio, di foglie di menta, di ananas, di olive, denti bianchi, corpi sodi, salute.

«Un» esita «aperitivo?» mi domanda, guardandomi ora con diffidenza.

«Un aperitivo» confermo. «Mi sembra evidente.»

È bellissima. Riscopro lo stesso viso punteggiato di efelidi, il sorriso incerto, i capelli – solo un po' più corti rispetto al passato – legati da un nastro nero, il collo leggermente piegato in quella sua espressione dolcemente inquisitoria.

«Allora, Andrea» dice con una punta di indecisione. «Come stai?»

«Bene. Sì insomma, così così. Cioè no, bene», annuisco. «Sto bene.»

«Il lavoro?»

«Eh, il lavoro. Lo sai, no?» *Forse anche troppo* penso. «Ma non mi lamento, periodi buoni, periodi cattivi.»

«E questo è un periodo cattivo. O sbaglio?»

«Non sbagli» ammetto guardandola negli occhi e cerco di mostrarmi disinvolto. «Però, dai, non stiamo qui davanti a un gabinetto. Andiamo a sederci da qualche parte. Ti offro da bere. Mojito vero? Guarda che me lo ricordo, sai. *Molto rum e poca menta.* Vieni, sono qui con dei colleghi.»

«Dei colleghi, ma dai, che sorpresa» ribatte Eleonora senza nascondere il sarcasmo. «Mi farebbe piacere, davvero, ma sto proprio per andare. A dirtela tutta, non mi sento neanche troppo bene.»

«Eleonora» dico e non riconosco la mia voce.

«Dimmi.»

«Perché ti ho lasciata?»

«Veramente ti ho lasciato io. Ma non mi sembrò che ti dispiacesse poi tanto.»

«C'entrava il lavoro?»

«Con te c'entrava sempre il lavoro», scrolla le spalle. «Ma ormai è storia passata. Non vale la pena ripescare motivi, recriminazioni, cose.»

«Perché no? Potremmo scoprire che non è tutto finito.»

«Ma sei scemo? Dico, mi hai vista?»

La sensazione è quella di essere colpito da uno schiaffo. Reagisco all'ipnosi del suo volto e abbasso lo sguardo. Sotto la maglia grigia a volute rosse che si tendono prodigiosamente all'altezza del seno, riesco a scorgere una rotondità che, a meno che Eleonora non abbia ecceduto con le polpettine al curry, sembra un principio di gravidanza.

Rimango interdetto.

«Ma io», abbozzo un sorriso. «Io gli vorrei bene come se fosse mio.»

«Stupido», fa un gesto verso qualcuno che non riesco a individuare. «Non avevo mica capito che scherzavi. Per un attimo ci avevo pure creduto.»

«Ma ti pare? Ovvio che scherzavo, l'hai detto tu, storia passata, tu l'hai detto eh, sono parole tue» affermo sempre col sorriso, che ora è più simile all'espressione di un tonno che sta per essere inscatolato.

«Cavolo, Andrea, vorrei raccontarti un sacco di cose – be' la più importante l'hai vista –, però ora devo proprio scappare, credo che mi stiano aspettando» e di nuovo un gesto verso qualcuno che non vedo.

Eleonora si tende verso di me e mi bacia le guance.

«Mi ha fatto...» mi dice sulla guancia destra «... piacere rivederti...» mi dice su quella sinistra «... davvero» aggiunge guardandomi.

La seguo con lo sguardo mentre si allontana. In silenzio. Davanti al gabinetto delle donne. Vorrei correrle dietro e urlare: *Anche a me ha fatto piacere. Davvero.* A fianco della ciotola semivuota dei pomodori essiccati, una ragazza sui sedici anni, con un brillante al naso e una maglietta con una scritta che invita a toccarla, ridacchia. Abbassa lo sguardo su di me, lo rialza e ridacchia di nuovo. Abbasso gli occhi anch'io. I boxer a righe arancioni e blu fanno capolino dai miei pantaloni. Mi guardo intorno. Esibisco scioltezza e tiro su la lampo, rimasta abbassata probabilmente perché tutto di me ascoltasse quella conversazione.

26.

Eleonora mi lasciò la vigilia di Natale di due anni fa.

Erano settimane che non riuscivo a vederla. Esattamente da quando Giuseppe, un giovedì sera, vigilia del ponte di Sant'Ambrogio, entrò nella mia stanza chiamandomi *il mio prezioso collaboratore.*

«Dimmi che c'è, Giuseppe.»

«*Che c'è, che c'è...*» Giuseppe alzò le mani al cielo. «Mi sembri Rita Pavone», cominciò a dimenare le ginocchia. «*Cèchecèchecèchecè.* Non si può nemmeno farti un apprezzamento. Avevi programmi per il ponte?»

«Perché *avevi*?»

«Ah ah ah, Endriu, tu mi farai morire», finse di asciugarsi un occhio. «Comunque non mi hai risposto.»

«Vado via. Porto Eleonora al mare.»

«Ah. Però questo non me l'avevi mica detto.»

«Come non te l'avevo detto?» sbottai. «Ne abbiamo parlato venerdì scorso, in vista del closing di ieri. Se avessimo firmato – e grazie a Dio abbiamo firmato – sarei stato libero.»

«No» disse Giuseppe, sollevando il tappetino del mio mouse e fissandolo in controluce. «Non fraintendermi. Non metto in dubbio la tua parola. Solo non mi ricordo.»

«Mi hai anche detto *ma che cazzo vai a fare al mare a dicembre.*»

«Non ricordo proprio. Comunque, te lo dico ora: ma che cazzo vai a fare al mare a dicembre?»

«Giuseppe, mi vuoi dire cosa sta succedendo?»

«Ma niente», appoggiò il tappetino e, indicandolo, riprese a parlare. «Divertente, il pad intendo. Ci sono tutte le stelline che si muovono. A ogni modo, potrebbe uscire una cosa, una pratica di Michele, ma, guarda, nemmeno te l'accenno. Una cosa veramente eventuale. Non stare a pensarci. Caso mai ne parliamo dopo.»

«Ma...»

«Endriu, mi ascolti? *Caso mai.*»

Giuseppe si allontanò e tornò nella mia stanza dieci minuti dopo tirando un pugno all'aria.

«E vai che si procede» disse.

«Cosa?» chiesi io, smarrito.

«La cosa che t'ho detto.»

«Ma cosa?» ripetei. «Cosa?» e la voce mi uscì più acuta del solito.

«Porca puttana, Endriu, ma non cadermi sempre dalle nuvole. È tutto il giorno che ne parliamo. La pratica di Michele. Io però purtroppo sto scappando in aeroporto, che c'è Carla che mi aspetta coi bambini, che se non li porto via qualche giorno sai le urla, beato te che sei senza famiglia, *be-a-to-te. Anyway*, Michele sa tutto, ti spiega lui. È in riunione, ma tu non stare ad aspettarlo, vai a casa ora, dai, riposati. Domani mattina, poi, vi trovate e lui ti spiega tutto, che io lo so che posso fidarmi di te. Posso fidarmi di te, Endriu?»

Rimasi in silenzio. Una serie di immagini confuse si stipavano nella mia testa, bicchieri infranti, finestre spalancate dal vento, un sacchetto di plastica che penzola da un ramo, bianco, nero.

«Così ti voglio. Carico. Che poi, dai, ma che cazzo vai a fare al mare a dicembre?»

Quella vigilia di Natale, quando squillò il telefonino, stavo fermo davanti alla vetrina di una profumeria e cercavo di scegliere tra una serie di confezioni regalo – bagnoschiuma e crema corpo – dalle strane essenze. Tra le gambe reggevo lo scatolone di un televisore al plasma. Ero riuscito a lasciare lo studio, mi ero inabissato nella bolgia che si affannava per le strade e avevo vagato alla ricerca di un regalo per Eleonora fino a quando, al centro di una vetrina, avevo notato un gigantesco televisore che trasmetteva immagini in diretta – telegiornale di prima sera – sotto alcuni spruzzi di neve finta e una striscia di addobbi argentati: lo scorrimento delle immagini di un terremoto e della devastazione di alcuni villaggi sudamericani garantiva ottima ricezione, sottile nitidezza, eccezionale luminosità priva di sfarfallio.

«Leo» risposi al telefono. «Dimmi una cosa velocissima: ti piace il bagnoschiuma allo *zucchero a velo*?»

«Ti ho chiamato poco fa. Era sempre occupato.»

«O *meringa al limone*. Buono anche questo, no?»

«Chi era?»

Con la mente corsi al facciotto tondo di Pancolari, project manager di una nota società attiva nel campo delle protesi che stavamo assistendo in un'operazione di fusione.

«La mia ex» risposi.

«Ah, la tua ex. Giusto.»

«Eh, lo sai com'è fatta. Arrivano le feste. Puntuale, si sente sola.»

Una pausa.

«Era il lavoro, vero?»

«No, dai, quale lavoro.»

«Era il lavoro, vero?»

Un'altra pausa.

«Sì.»

«Dimmi solo se ti rendi conto del punto a cui siamo arrivati», la voce di Eleonora si era fatta stanca.

«No, che punto?»

«Al punto che ti inventi una telefonata della tua ex – che poi mi piacerebbe anche sapere se esiste questa leggendaria ex che non ti chiama mai – per nascondermi il lavoro. Nel mio mondo le cose dovrebbero andare al contrario.»

«Dovrei farmi chiamare dalla mia ex e poi dirti che è il lavoro?»

«Non fare lo stronzo.»

«Ma, Leo...»

«Ma nulla.»

Ma nulla era la frase con cui Eleonora aveva preso a chiudere ogni nostro dialogo. Era un periodo in cui si sentiva particolarmente soffocata dal mio lavoro. Diceva – facendomi il verso – *urgenza, blackberry, scusa faccio una telefonata, stasera esco tardi magari a teatro puoi andare con Serena, domenica faccio un salto in studio ma solo di pomeriggio, Giuseppe, Giuseppe, Giuseppe.* Io non sapevo cosa rispondere. Abbassavo gli occhi e un po' mi offendevo e non dicevo nulla. Pensavo *fai pure, fai le tue imitazioni se ti diverte, ma cosa ne vuoi sapere tu.*

Continuai a rimanere immobile di fronte alla profumeria e, mentre mi specchiavo nella vetrina, con il televisore in mezzo alle gambe, cominciai a sentire freddo. Un cingalese, al mio fianco, con una macchina fotografica in una mano e un mazzo di rose nell'altra, si dondolava seguendo il motivo di una suoneria. Dall'auricolare il respiro pesante di Eleonora mi riempiva l'orecchio.

«Leo» ripresi. «Era solo una telefonata veloce. Gli auguri. Ecco, ci siamo fatti gli auguri. Vuoi che il cliente non mi faccia gli auguri di Natale? Comunque, mi dici, per piacere, *zucchero a velo* o *meringa al limone*? Anche *lampone* se vuoi. Però è banale, *lampone*.»

«Andrea. Non possiamo andare avanti così.»

«Okay, *cocco* e la chiudiamo qui.»

«Non sto scherzando.»

«Non mi interessa, grazie.»

«Cosa?»

«No, parlo con uno qui che cerca di vendermi delle rose – *Non mi interessa, mi scusi, poi sono al telefono* –, Leo, è stato un periodo difficile, lo so», sospirai e strinsi le ginocchia intorno allo scatolone. «Sotto Natale è sempre così. Adesso comincerò a respirare. Dammi solo un pochino di tempo e vedrai che metterò un po' d'ordine in tutto. Promesso.»

«Sono stanca di *è un periodo difficile.*»

«Ma è così» protestai debolmente.

«Cosa mi hai detto quest'estate? *È un periodo difficile.* Poi mi hai lasciata a Santorini, sei tornato a Milano tre giorni, sei ritornato a Santorini, e il resto della vacanza mi hai mollata in spiaggia, ti sei chiuso nel bungalow a – come dici tu? – *draftare* e chi s'è visto s'è visto.»

«Ma lo sai che se sto troppo al sole poi mi scotto.»

«Andrea», Eleonora si arrese. «Non funziona.»

«Senti, ora però hai proprio rotto i coglioni.»

«Cosa?»

«Sempre l'uomo delle rose.» Presi fiato. «Leo, è la vigilia di Natale. Aspetta di vedere che bel regalo che ti ho fatto. Te l'avevo promesso, ricordi? È uno scatolone enorme. Ti raggiungo tra mezz'ora. Non l'ho impacchettato, però. Lo devo impacchettare? Ma no, va bene anche così. *Nature.*»

«Andrea, io credo che non sia una buona idea.»

«Allora lo impacchetto.»

«*Andrea.*»

«Leo, non ti capisco», mi appoggiai alla vetrina. «Cosa stai cercando di dirmi?»

«Sto dicendo che arriva il giorno che si capisce che è finita» disse in un solo respiro.

«Eh?», barcollai.

«È finita» ripeté Eleonora, con la voce che le moriva nella gola.

«Ma la vigilia di Natale non può essere un giorno così.»

«Mi spiace. Davvero.»

«No, non mi interessa, cazzo.»

«Senti, ma non puoi cacciarlo via 'sto qua, lui e le sue rose della malora?»

«No, stavolta parlo con te. Non puoi fare così. Cosa vuol dire *arriva il giorno*? Okay, e se poi arriva anche un altro giorno e scopri che non è finita? Cioè, sei la mia ragazza, vediamoci, parliamoci, stiamo insieme, pensaci un attimo. Cos'è tutta questa negatività? *Non funziona*, *non è una buona idea*, *non di qui*, *non di lì*... Sei nervosa, Leo. Facciamo così, dimmi solo una cosa: *zucchero a velo* o *meringa al limone*?»

«Sei ubriaco?»

«Ubriaco? Ho bevuto un chinotto prima di uscire dallo studio.»

Mi bloccai. Feci una veloce riflessione e pensai *mi piace*. Forse quella svolta – *Andrea ubriaco* – poteva anche tornarmi comoda. Ce n'era abbastanza per una nuova immagine. Seducente, travagliata, *vincente*.

«Sì» cominciai a farfugliare, grattando la neve finta che decorava la vetrina. «Sono ubriaco. Ho bevuto. Bevuto per non pensare, per non arrendermi. Ubriaco di tutto. È una vita che...»

Il segnale di occupato si impadronì della linea.

«Leo, pronto?»

Tu-tu-tu-tu-tu

«Pronto? Ti amo.»

Tu-tu-tu-tu-tu

«Ti amo...»

Mi voltai verso l'uomo delle rose, che dondolava la faccia fissandomi.

«Mi ha lasciato» gli dissi, incredulo.

L'uomo, stringendo le rose e la Polaroid, continuava a guardarmi ridendo.

«Per sempre» aggiunsi.

«Scatto foto?»

«Si può sapere dove cazzo eri finito?»

La voce di Achille mi riscuote. «E stiamo già a due, questa sera.»

«Eleonora» dico passandomi una mano sulla fronte e scoprendola bagnata. «È» ridacchio senza sapere bene perché «incinta.»

«Okay, sono contento che hai bevuto», Achille batte le mani tre volte. «Senti qua, la banda dello *Studio Illegale* ha deliberato. S'annamo a fa' du' sarti. Stasera massacriamo la notte, *Duchesne*.»

«Cosa?»

«*Duchesne.* Non è quel nome da stronzo che ti sei dato? Annamo, cori.»

27.

Ballano. Tutti ballano. A volte ho l'impressione che stiano chiedendo aiuto. Ma sono pronto a giurare che stanno ballando, solo ballando. La sala è piena. Gli specchi dilatano gli spazi e moltiplicano le persone. Riconosco Giovannino con le mani in aria che scuote il bacino in direzione di Cristina, una ragazza della contabilità, che allarga le gambe e abbassa il sedere fin quasi a toccare terra dandogli le spalle. Un persistente rumore metallico ottenebra le casse dietro di me. «È *techno garage*» mi dice Paola da qualche parte. «Ah infatti mi sembrava» rispondo agitando gli indici per seguire il ritmo. Il dj urla: «Benvenuti nel fondo del trip della notte.» Rispondo anche a lui dicendo: «Grazie», anche se credo che non si stia rivolgendo a me. Siamo all'Armani Privé o al Just Cavalli o al Tocqueville o all'Old Fashion o all'Hollywood e sono seduto su un divanetto e fisso il bicchiere che stringo tra le mani. È quasi vuoto. Sto bevendo un Negroni o un Vodka Sour o un Black Russian o un Americano o un Cuba Libre e la serata procede a gonfie vele. Il divanetto non è in vera pelle. Le luci scaricano lampi a caso sulla folla in movimento. Un paio arrivano su di me e ne sono orgoglioso. Il locale mischia gli stili. Un po' moderno. Un po' postmoderno. Un po' reale. Un po' no. Ci sono un sacco di colonne. Appoggiato a ogni colonna un uomo si guarda in giro e ride fisso. Nonostante sia solo. Nonostante muova nervosamente un bicchiere vuoto in mano. Nonostante sia appoggiato a una colonna. È felice. Vive la notte. Cerco una colonna vuota anche per me. Non ne vedo. Rimango seduto. Le ragazze sono splendide. Hanno parecchia pelle. Mi innamoro ripetutamente ma sono storie poco importanti e ne vengo fuori senza soffrire. I bottoni delle camicie dei ragazzi si slacciano dall'alto al basso a una media di un bottone ogni bicchiere. Un ragazzo si stira ed estrae il telefonino dalla tasca. Uno si guarda la manica della giacca e strappa via un filo. Un altro scruta serio un enorme sedere che non capisco a chi appartenga. Sono felici. Sono tutti felici. Molto. C'è l'atmosfera giusta. Sono molto felice anch'io di essere nell'atmosfera giusta. E allora sbadiglio e guardo anch'io il sedere di una ragazza al bancone. Una biondina, che potrebbe avere quindici anni come trentacinque, grida: «Passami un goccio.» Indico il bicchiere e urlo: «È vuoto.» Mi fissa e dice: «Che cazzo vuoi?» Urlo: «Scusa pensavo dicessi a me.» Dice: «Vaffanculo.» Le sorrido. C'è l'atmosfera giusta. I baristi lanciano bottiglie in aria e le riprendono dietro la schiena. Ogni tanto le bottiglie cadono. A loro non interessa. «Andre ti diverti?» mi chiede gridandomi in un orecchio Elsa, una praticante dal forte accento bresciano. «Porca miseria» rispondo convinto. Mi tira per la giacca. Mi prende le mani. Improvvisa una lap dance intorno al mio bacino. Uno sconosciuto si mette a ballarle dietro. Elsa ne avverte la presenza. Si volta. Cominciano a ballare insieme. Rimango fermo in mezzo alla pista. Agito un po' le natiche. Abbozzo un ballo che ricorda il dimenarsi di un uomo fustigato per una colpa che non ha commesso. Comincio a sudare. Torno al divanetto. È occupato. Hanno portato via anche il mio bicchiere. «Facciamo gli auguri a Giovanna che ieri s'è laureata» grida il dj. «È una *dottoressa*» aggiunge, con arguzia. Parte in onore di Giovanna un pezzo latino-americano. Nicola mi vede. Fa dei gesti. Alza ripetutamente le ginocchia, prima una e poi l'altra, come un maori sui carboni ardenti. Rotea vorticosamente la giacca. Grida: «*Baila adelante baila!*» Indico il gabinetto. *Torno subito.* Esco dal locale. Prendo un taxi. Vado a casa. Mi spoglio. Mi metto a letto. Mi scopro triste. A casa mia non c'è l'atmosfera giusta.

Ti offro un caffè

«Oh, però rimanga tra noi.»
«Certo, per chi mi hai preso?»
«Hai presente Davide? Che la settimana scorsa s'è fatto la trasferta a Berlino per il closing di non so cosa?»
«Davide.»
«Ottocento euro per due ore con una escort.»
«Una troia?»
«Una escort.»
«Minchia. Davide l'ho sempre detto che è squallido.»
«Un coglione.»
«Incredibile.»
«Ah, io ci sono rimasto quando me l'ha detto.»
«*Ottocento euro.*»
«Per due ore.»
«Cioè, per ottocento euro almeno tutto il weekend, altro che due ore.»
«No, be', non esageriamo, per un weekend direi che mille si possono anche spendere.»
«Massimo però.»
«Massimo.»
«Ci andate poi al lago questo fine settimana tu e Caterina?»
«Se riusciamo a piazzare i bimbi dai nonni, un salto lo facciamo volentieri.»

28.

«Scusatemi, ma voi che ora fate?»

«Le cinque e un quarto.»

Boraletti pondera l'informazione come farebbe un questore di fronte a una confessione poco attendibile. Poi si alza, appoggia i palmi sul tavolo della sala riunioni e comincia a dondolare la testa, soddisfatto.

«Signori miei», inala aria con grande dignità. «Ci dobbiamo complimentare con noi stessi. Abbiamo fatto davvero un ottimo lavoro.»

È venerdì – l'ultimo dei tre giorni di riunione programmati – e i movimenti sono stanchi e le parole trascinate. Lo spirito di battaglia di due giorni fa ha lasciato via via il posto a una sensazione di inesorabilità che smorza toni e iniziative. Un lieve torpore si affaccia in ogni gesto. Pieghe e macchie costellano il fascicolo verdolino. Boraletti è ancora in piedi. Chinato sul tavolo, allinea la documentazione sparpagliata davanti a sé e la ficca di forza nella valigetta. Ripone gli occhiali nella custodia, infila la penna nel taschino e si dirige verso l'attaccapanni. Guardo Donato che guarda Emily che guarda il suo legale infilarsi il soprabito.

«Franco» lo richiama Emily. «Si può sapere dove stai andando?»

«Emily. Anzi» dice Boraletti appoggiando il soprabito sullo schienale della poltroncina, «mi rivolgo a tutti voi. Io credo che sia importante capire quando è il momento di fermarsi. Sono stati tre giorni molto intensi e tanti sono stati i passi avanti...»

«Oddio» intervengo dubbioso. «*Passi avanti.* Veramente, non mi sembra che...»

«Scusa, Andrea, è buona norma non interrompere l'interlocutore prima che abbia finito di parlare, ti ringrazio. Dicevo, abbiamo lavorato tanto e bene, e se qualcuno è convinto del contrario», Boraletti si volta verso di me, «non può che dare la colpa a se stesso. E anche Giuseppe, che ci ha lasciati ore fa...»

«Giuseppe» intervengo di nuovo «aveva un altro impegno di lavoro.»

«Adesso» prosegue Boraletti senza ascoltarmi, «è importante riconoscere la necessità di fermarsi e ordinare i pensieri. Troppa carne al fuoco genera confusione e noi la confusione dobbiamo evitarla, ve lo dico per esperienza, soprattutto in operazioni delicate come questa.»

«Franco, io sono d'accordo con te» dice Emily, accomodante, anche se l'inflessione tradisce un certo fastidio. «Però sono solo le cinque...»

«Cinque e un quarto, Emily» precisa Boraletti facendo scattare la chiusura della valigetta. «Cinque e un quarto.»

«Le cinque e un quarto, okay. Sono *solo* le cinque e un quarto», Emily ha alzato il tono della voce, «e sappiamo tutti quanto lavoro ci sia ancora da fare e quanto poco tempo ci sia per farlo. Il primo giorno ho chiesto ai colleghi il massimo impegno, perché il massimo impegno è quello che *noi* siamo pronti a mettere in questa operazione. Siamo tutti stanchi, Franco, tutti. Ma mi aspetto che questo non freni il nostro lavoro. Per cui, ti prego di sederti e continuare.»

«Impossibile», Boraletti si liscia la barba.

«Impossibile perché?» sbotta Emily, visibilmente irritata.

Mi volto verso Donato che segue la scena ridendo, con la testa incassata nel colletto della camicia. Mormora: «Proprio una donna, proprio una donna.»

«Impossibile perché ho una prenotazione alle nove da O'Batti a Santa Margherita e per arrivarci la sua bella ora e mezza ci vuole tutta» risponde Boraletti con la serenità di chi denuncia un destino ineluttabile contro cui è inutile opporsi.

Emily apre la bocca e ne esce solo un soffio. Boraletti si abbassa, le bacia le guance e si raccomanda che, una volta a casa, gli saluti tutta Londra. Mi piego verso Donato e gli domando cosa dobbiamo fare noi. Donato allenta la cravatta, sospira e dice: «Ma sì, tanto.» Poi si alza e si dirige verso l'angolo lontano della sala riunioni e si mette al telefono, mentre Boraletti lascia la stanza muovendo la mano in un largo gesto di saluto.

Rimango seduto con le mani appoggiate sulle cosce, gli occhi fermi su Emily. *Mi ha fatto piacere rivederti*, questo mi ha detto Eleonora. Emily si è chinata e ha staccato l'alimentatore del laptop dalla presa. Ne riavvolge con cura il filo e lo sistema in una delle tasche anteriori della borsa del computer. *Io gli vorrei bene come se fosse mio.* Emily rastrella la documentazione, sistemandola in una cartelletta di plastica, che appoggia sopra il laptop. Chiude la cerniera della borsa. *Con te c'entrava sempre il lavoro.* Emily recupera il trench giallo dall'attaccapanni. Lo infila con movimenti leggeri. Allaccia il bottone di centro. *E questo è un periodo cattivo. O sbaglio?* Emily estrae dalla tasca uno stick di burrocacao e se lo passa sulle labbra. Raccoglie la tracolla del computer e la sistema sulla spalla. Si volta per salutare Donato che, ancora al telefono, guarda in direzione di un piccione che saltella sul balcone e continua a gridare no, muovendo una mano tesa da sinistra a destra. *Ehi, Andrea. Va bene che è passato un po' di tempo.* Emily scrolla le spalle e si volge verso di me. Incrocio i suoi occhi marroni. *Zucchero a velo* o *meringa al limone*?

«Andrea, a questo punto vado anch'io.»

«Emily» dico balzando in piedi.

«Cosa?» domanda, facendo un passo indietro per contenere il mio scatto.

«Eh, niente...» proseguo, impreparato. «Buon viaggio. Ecco.»

«Be', grazie. Ma non parto stasera. Torno in albergo. E domani raggiungo i miei a Mantova. Passo il fine settimana con loro. Però tengo buono l'augurio per domenica sera.»

Zucchero a velo o *meringa al limone*?

«Emily.»

«Sì.»

«Stasera cosa fai?» chiedo con una voce priva di tono.

«Stasera vado a dormire. Non so tu, ma questa tre giorni non è stata esattamente una passeggiata. E nonostante quello che dice Boraletti, non mi sento così ottimista. Credo che il lavoro da fare sia ancora tanto. Troppo, ho paura.»

«Ma no, ma no. Si riesce a fare tutto. Tutto. Giuseppe lo dice sempre. *Devo farlo? Lo farò.*»

«Già», sorride abbassando gli occhi.

Poi perdo il controllo, fino a ora in ogni caso solo precario, sulle mie parole e queste cominciano a fluire senza costrizioni e ad arrivare alle mie stesse orecchie con una modulazione che non riconosco. Mi ascolto con una certa tensione. Faccio il tifo per me. Spero di non deludermi.

«Io ho due biglietti» dico.

«Due biglietti?»

«Eh sì. Due bei biglietti per, ehm... un... un... un concerto fantastico. Programmato da tempo. Però, sai, tra riunioni, mark-up, cose varie, ecco che me n'ero completamente dimenticato. Sì, insomma, avevo pensato di rinunciarci. Ma ora, non so, sono solo le cinque e mezza. Volendo, abbiamo anche tutto il tempo di prepararci. Dico volendo, cioè. Io non mi sono organizzato, all'ultimo, così, non ho, come dire, nessuno con cui andarci. Se tu, se lo vuoi, eh, proprio se ti va, nel senso, di farmi compagnia. Insomma, una cosa tranquilla. Nessun conflitto di interessi.»

Avrebbe potuto fare meglio.

Dentro di me, fulmineo, parte un acceso confronto tra un coro di voci discordi.

Vero, sottoscrivo, avrebbe potuto fare meglio, ma non dimentichiamoci che qui si è improvvisato tutto.

Ma sì, improvvisazione, estro, quello che volete voi, ma tutta questa esitazione proprio non ci doveva essere, i cioè, gli insomma, i se ti va, roba guasta.

Come siete rigidi, io trovo che abbia avuto una buona prontezza di spirito, anche l'invenzione del concerto, forte dai.

Tanto gli dice di no, tanto gli dice di no.

Credo, invece, che la partita sia ancora tutta da giocare.

Okay, ma quella cazzata sul conflitto di interessi poteva risparmiarsela.

Sì, quella sì.

Zitti, zitti, ricomincia.

«Chi?» domanda Emily.

«Come chi?»

«Chi canta?»

Già, chi canta? Voglio vedere adesso cosa riesce a inventarsi.

Qui sarà necessario giocare d'astuzia.

Su, su, diamogli il tempo di pensarci.

Rischio, rischio, vi invitiamo a rimanere sintonizzati.

Tanto gli dice di no, tanto gli dice di no.

«Non posso dirtelo.»

«Non puoi dirmelo? E perché?»

«Eh, per non rovinare tutto.»

«Tutto cosa?»

«La sorpresa, porca miseria. Una grossa sorpresa.»

Emily mi scruta senza nascondere una certa perplessità. Mi gratto una guancia, sistemo la cravatta, mi fisso una spalla.

«Va bene.»

Sul suo viso non c'è traccia di esitazione.

«Va bene?» domando incredulo.

«Se sei proprio da solo.»

«Sono proprio da solo.»

«Va bene. Basta che a un certo punto ti decidi e mi fai sapere qualcosa, anche solo dove devo farmi trovare.»

«Perfetto», tendo l'orecchio ai miei pensieri ma ricevo solo silenzi. «Ah, Emily, un'altra cosa.»

«Dimmi. Però poi lasciami andare.»

Continua a sorridere. Nella stanza, una segretaria sta per portare via il carrello degli stuzzichini, quando Donato le fa cenno di non toccare nulla passandosi, a cerchio, una mano sulla pancia.

«*Zucchero a velo* o *meringa al limone*?»

«Eh?»

«Niente. Lascia perdere.»

«Va bene. Allora siamo d'accordo. Fammi sapere per stasera.»

Emily lascia la stanza. La sento chiedere alla centralinista se è possibile far arrivare un taxi. Poi il suono dei suoi tacchi sul marmo dell'ingresso si fa di nuovo vicino e la sua figura si materializza sulla soglia.

«Comunque *zucchero a velo*.»

«*Zucchero a velo*, *zucchero a velo*» giubilo. «Eh, ma io lo sapevo. Anch'io avrei scelto *zucchero a velo*.»

Dal balcone aspetto di vedere Emily salire sul taxi e allontanarsi e appena l'auto svolta l'angolo mi precipito nella mia stanza. Infilo lo spolverino mentre Nicola mi chiede se ho avuto modo di vedere la presentazione PowerPoint delle donne con la maglietta bagnata. Gli chiedo di farmi un in bocca al lupo. Mi osserva senza capire. Mi risponde di guardare, appena riesco, la presentazione PowerPoint delle donne con la maglietta bagnata.

Milano, cultura e divertimento. Milano, capitale morale. Milano, città cosmopolita. È venerdì sera. Figuriamoci se non riesco a trovare un paio di biglietti per un concerto. Magari qualcosa di internazionale, a Emily farà sicuramente piacere. Oppure jazz, che crea l'atmosfera e ci guadagno perfino un'immagine di classe. Ma anche un gruppo esordiente va bene, qualcosa della nuova ondata britannica, come mi ha suggerito Giovannino. Sono ottimista mentre aspetto il mio turno in coda alla biglietteria della Ricordi di galleria Vittorio Emanuele. Allo sportello mi riceve una ragazza con i capelli rasati e un dragone che le si arrampica lungo il collo.

«Mi dica.»

«Buonasera. Io avrei bisogno di due biglietti per un concerto questa sera. Un bel concerto.»

«Quale concerto?»

«Guardi, non ne ho idea. Quello che c'è. Qualcosa di internazionale, magari. O jazz. Qualcosa di buono, insomma. Tipo la nuova ondata britannica.»

«Uhm, a me veramente stasera non risulta nulla» dice la ragazza stringendosi nelle spalle. «Ci sarebbero i Rolling Stones...»

«*I can't get no paraparaparapà*, perfetti. Due biglietti.»

«... ma i biglietti sono esauriti da mesi. Altro non mi sembra ci sia. Però aspetti che controllo.»

«Senta, va bene qualunque cosa, davvero. La musica, del resto, è bella tutta quando è fatta con passione.»

La ragazza, arricciando il labbro superiore, lascia cadere nel vuoto la mia osservazione. Fissa il monitor, gira velocemente la rotellina del mouse e comincia a muovere la testa da destra a sinistra, lentamente, prendendosi la lingua tra i denti. *No, no, nulla.*

«Guardi» dico. «A questo punto, va bene anche senza passione, la musica intendo.»

«Purtroppo non vedo niente, mi dispiace. Sembra proprio che» la ragazza si interrompe. «No, un attimo. Forse qualcosa c'è. Mi faccia controllare meglio.»

«Qualunque cosa sia la prendo.»

«Ecco. Ecco qui», si lascia andare a un sorriso compiaciuto.

«Compro, compro. Due biglietti.»

«Uhm...», il sorriso si smorza e si piega in una smorfia diffidente.

«Due biglietti, due biglietti» insisto.

«Aspetti.»

La ragazza esita.

«Ne è davvero sicuro?»

29.

«I... *Ricchi e Poveri*?» domanda sbigottita Emily.

«Esattamente.»

«Cioè, *la grossa sorpresa*, quella che non potevi dirmi *per non rovinare tutto*, sono i Ricchi e Poveri?»

«Non male, eh? Revival.»

Sulla parola *revival* il viso di Emily si storce in una lunga progressione di espressioni, fra le quali sceglie di soffermarsi con eccessiva insistenza sulla compassione e sul disprezzo.

«Emily» comando sventolandole i biglietti sotto il naso. «Non lasciarti ingannare dai pregiudizi. Non è da persone, ehm, mature. I Ricchi e Poveri sono grandi, grandissimi artisti, gente che... eh... guarda che i Ricchi e Poveri hanno un repertorio di canzoni incredibili.»

«Tu pensa» dice poggiando le mani sui fianchi. «Tipo?»

«Tipo, che ne so», ci penso su e comincio a intonare: «*Com'è bello far l'amore da Trieste in giù com'è bello far l'amore io son pronta e tu.*»

Emily mi guarda sbigottita.

«Di', ma sei scemo?»

«Perché?» chiedo sincero.

«Perché – primo – questa canzone fa obiettivamente cagare. E poi – ma direi anche soprattutto – *non* è dei Ricchi e Poveri.»

«Ah, non è dei Ricchi e Poveri?» ribatto mentre faccio cenno a un taxi che si sta avvicinando. «Illuminami, allora. Di chi sarebbe?»

«Della Carrà.»

«L'originale, forse. Ma la cover?»

«Quale cover?»

«Non la conosci? Bellissima.»

Emily si guarda in giro e sembra domandarsi se non sia il caso di colpirmi e scappare chiamando aiuto. Approfitto del suo attimo di incertezza, apro lo sportello del taxi e la aiuto a salire, praticamente spingendola dentro.

«*Bevila perché è tropicana ye*» canto. «Anche questa è dei Ricchi e Poveri», e chiudo lo sportello dietro a lei.

Giro intorno all'auto, salgo e mi schiarisco la voce.

«Al Palaconcerti di Cisliano. Grazie.»

O Madonna mia mi sembra sussurrare Emily, ma non ci bado. Il traffico, i cigolii dei tram, i suoni della città, solo un'impressione. Il taxi parte sgommando. Alla guida, un ragazzo con i capelli lunghi, tatuaggi tribali sugli avambracci e le guance pittate con linee parallele rosse, sistema alcune piume colorate sul punto di staccarsi dallo specchietto retrovisore. Mentre serpeggia tra le auto, schizzando tra la corsia preferenziale dei taxi, quella delle auto e talvolta quella contromano, armeggia con l'autoradio e le note di canti di nativi americani, registrate in alta fedeltà, riempiono l'abitacolo. Cullato dai tamburi del cd e dai gemiti bisbigliati dal ragazzo che, con accento calabrese, ci spiega che quello è *un inno al grande amore che lega tutti gli esseri della terra anche quelli molto cattivi e ce ne sono*, trovo il coraggio di spegnere il blackberry.

Improvvisamente, il tassista inchioda e si ferma davanti a un cartellone pubblicitario su cui una ragazza di venti ventidue anni dichiara *ho detto stop alle mie rughe*. Una scritta di un paio di metri sancisce *VIETATO INVECCHIARE*. Il giovane pellerossa allunga la mano sul sedile del passeggero, afferra uno strano oggetto in filo di ferro dalla forma circolare, si volta e me lo mostra.

«È un mandala» dice con voce suadente e comincia a trafficare.

L'oggetto, in sequenza, assume una serie di forme differenti che il ragazzo si premura di elencare secondo una litania che riesce a inquietarmi: *stella... bocciolo... pianeta... rosa... mandorla... stella... bocciolo... pianeta... rosa... mandorla...*

«Sono le combinazioni dell'amore» mi spiega fissando un punto imprecisato in mezzo alla mia fronte. «E allo stesso tempo...»

«Sì?» domando impaziente.

«... e allo stesso tempo è una cura. Una cura dell'anima e dei sogni.»

«Ecco», appoggio entrambe le mani sul mandala. «Allora io la ringrazio per avercelo mostrato. È importante non perdere di vista l'aspetto spirituale, quello proprio più intimo. Però, si sta facendo davvero tardi. Palaconcerti di Cisliano. Per favore.»

«Questo è stato fatto addirittura in Tibet.»

«Tibet *Tibet*?»

Il ragazzo abbassa lo sguardo sulla punta del mio naso. Poi sul tappetino dell'auto.

«Vicino» mormora.

Si volta, senza più aggiungere nulla.

Il Palaconcerti di Cisliano – mi sono informato – non è altro che un capannone rettangolare dove fino a qualche anno fa si producevano i tortellini per una nota catena di supermercati. Poi, un'indagine dei Nas, in seguito al ritrovamento da parte di una massaia di una zampa di topo nella confezione dei cappelletti al grana, ha portato a una denuncia, quindi alla chiusura dello stabilimento e alla successiva riconversione. Il capannone è circondato su tre lati dalla campagna, sul quarto da un largo parcheggio sovrastato dalla tangenziale. Emily e io scendiamo dal taxi vicino a un lampione su cui un ragazzino è concentrato a pisciare. Lo guardiamo perplessi. Il ragazzino alza una mano e ci saluta. Emily si volta verso di me, la testa reclinata, la bocca piegata, le sopracciglia aggrottate. Intorno a noi, alcuni anziani, come morti viventi di un vecchio b-movie anni ottanta, sbucano a coppie dall'oscurità, lentamente diretti verso la biglietteria. Vestiti a fiorellini per le signore, pantaloni di fustagno per i signori.

«*La me scusi*» mi domanda un ometto con una giacca quadrettata che gli scende fino ai polpacci. «*È qui che gh'è el cunsert dei Ricc e Puver? Che mi gh'ho voeja de divertirme e de balà.*»

Ride e agita le piccole mani su e giù come se si muovesse a ritmo di twist.

«Credo... credo di sì» rispondo mentre nella testa sento risuonare *stella... bocciolo... pianeta... rosa... mandorla... stella... bocciolo... pianeta... rosa... mandorla...*

Mi giro a cercare lo sguardo di Emily, ma Emily è scappata avanti, verso un baracchino che vende birra e salamelle. Saluto l'omino, che ora sta dimenando le anche piegato su un ginocchio e la raggiungo. Emily sta pagando due birre. Mi guarda sorridendo.

«Ma sì, dai» dice passandomi una lattina. «Divertiamoci» e corre verso l'entrata del capannone.

«Sì, sì, bisogna divertirsi» confermo col tono di chi ha fatto una grande scoperta e guardo il cielo che si sta spegnendo sopra di noi.

Il Palaconcerti, al suo interno, non si presenta molto diversamente da come si potrebbe immaginare una fabbrica di tortellini. Il pavimento è ricoperto di assi, alcuni faretti scaricano una luce giallognola da sala d'attesa comunale, alle pareti sono appesi i manifesti di recenti eventi che lo hanno visto protagonista (*Franco Bologna e i suoi Vichinghi*, *Serata danzante con i Gemelli Mal d'Amore*, pure un certo *Gigi da Alassio e l'Orchestra New-Melodica*). Sul fondo, oltre a un centinaio di sedie disposte a lisca di pesce, per buona parte ancora vuote, è sistemato un piccolo palchetto rialzato, fasciato da un lungo telo di plastica, con ombre di slogan pubblicitari privi di arguzie creative, didascalici. *Il 20% di sconto sul frigorifero dei tuoi sogni. Abbiamo fatto a pezzi i prezzi al mobilificio Tortona. Compra tutto da Purini.* D'un tratto le luci del capannone si spengono. Solo un grosso faro puntato sul palco accoglie, insieme a un lungo applauso composto, tre individui piuttosto bassi, due uomini e una donna. Si inchinano. Salutano. Mandano baci.

«E questi nani da giardino?» domando contrariato. «Chi diavolo sono?»

«Tu chi pensi che siano?»

«Ah», alzo le mani, «io non lo so davvero.»

«Ma mi stai prendendo per il culo?» chiede Emily mentre le casse cominciano a diffondere una base preregistrata e alcuni palloncini vengono liberati sotto il palco.

«Ma...» realizzo «... ma certo, i Ricchi e Poveri. Chi se no?»

Comincio ad applaudire forte rendendomi improvvisamente conto di avere confuso fino a questo momento i Ricchi e Poveri con i Righeira. Alla mia destra, un uomo distinto, ottant'anni almeno, comincia a battere le mani seguendo un ritmo svincolato da tutto. Alla mia sinistra, due anziane signore si stringono in un valzer. Mi avvicino all'orecchio di Emily che, un passo avanti, sta dondolando la testa.

«Emily. Un piccolo vuoto di memoria. Ma i Ricchi e Poveri, così, indicativamente, cosa cantano?»

30.

«... per cui sono lì in lavanderia che aspetto il mio turno e vedo questa qui davanti a me, cinquant'anni, forse di più, hai presente queste signorotte milanesi? Ecco, così, un enorme cappello, tipo nobildonna del settecento. Le mettono in mano un pacchettino e lei comincia a mormorare: *Ma che roba è questa qui? Oh no, no, no... Sarà mica la mia magliettina?* Apre il fagottino e tira fuori il pigiama di un pigmeo. Caccia uno strillo, poi un altro, sembra quasi che si metta a piangere. *Ma... ma... la mia magliettina... ma no... l'ho pagata più di centododici euro... era la mia preferita... ma no... la mia magliettina...* Il signore della lavanderia replica: *Guardi, signora, che noi non abbiamo colpa, lì è il prodotto che era fatto male, vada al suo negozio, glielo dica, che roba mi avete venduto? Glielo dica.* La signora abbozza un po', però poi comincia a gridare. *Ma io come faccio, non posso mica dimostrarlo, mi diranno che è colpa della lavanderia e io sarò sballottata avanti e 'ndrè, non esiste, proprio no* e vuole che la lavanderia le rimborsi il danno. Al che, arriva anche la moglie del lavandaio. *Assolutamente no, noi siamo stati attenti, lì è il prodotto che gli mettono le marche prestigiose e poi magari sono i bambini della Cina invece che fanno tutto, poveracci, ci vorrebbe l'intervento dell'America, ci vorrebbe, altro che l'Iraq.* La signora non risponde, ormai lancia solo strilli e tira su col naso. È a quel punto che intervengo io e dico *la signora ha ragione*. Il signore della lavanderia mi guarda e non capisce chi sia questo sconosciuto che parla come Salomone. Dico *è giusto che sia rimborsata, ce l'avrete un'assicurazione*. La signora dice *ecco, infatti, l'assicurazione* poi tira ancora su col naso. I lavandai protestano, dicono che loro non hanno colpa e che la signora sta esagerando. La signora grida *vi denuncio*. Io dico *signora stia buona*. I lavandai sbraitano *lo vede che non c'è la volontà di venirsi incontro*. Io ripeto *non mi interessa, la signora ha ragione*. La signora grida di nuovo. La lavandaia sbuffa. Io cerco di parlare col lavandaio. *La signora dev'essere garantita, a prescindere dal fatto che si ponga in maniera antipatica, anzi, guardi, non ho problemi a dirglielo, sta sulle palle anche a me, la signora*. La signora strabuzza gli occhi. *Ma... ma come si permette? Mi lasci fare* dico, *so quello che faccio*. La lavandaia riprende la parola: *Ma noi come facciamo a sapere che quella pezza costa cento euro? Centododici, più di centododici* grida quell'altra. *Anche questo è vero* rispondo io. La maglietta, va detto, faceva effettivamente cagare. Questo però non l'ho detto. Interviene intanto un altro vecchio dietro di me che dice *è il solito modo di trattare gli anziani, prevaricazione, nessun rispetto*. Il lavandaio gli fa notare che ha più anni della signora la quale nel frattempo non smette di gridare. *Giovanotto* mi dice la lavandaia tirandomi per la manica, *venga a vedere l'etichetta. Trenta gradi. Trenta gradi. E io l'ho lavata addirittura a venti. Ma quali venti* sbotta la signora cominciando a strattonarmi per l'altra manica. Il vecchio dietro di me si mette a parlare della resistenza partigiana. Il lavandaio ha le mani tra i capelli. Io prendo le mie camicie, mi divincolo dalla stretta delle due. Li guardo tutti dalla porta. *Ma che cazzo me ne frega a me, ma voi siete tutti pazzi* urlo ed esco.»

Racconto tutto senza fermarmi a prendere fiato, concentrato ad annodare un tovagliolo ed Emily ride con le lacrime agli occhi. Raccoglie un fazzolettino dalla borsa e se lo passa sulle palpebre, facendo attenzione a non rovinarsi il trucco.

«Ma tu...» tenta di dire tra i singhiozzi «... tu non hai occupazioni migliori che andare in lavanderia a litigare?»

«Non so», ci penso su. «Era un sabato mattina. Non è che avessi molto altro da fare.»

Mancano pochi minuti all'una di notte e siamo seduti in una saletta vuota del ristorante pizzeria del signor Aldo. Emily ha finito il sorbetto alla mela verde e ride fissando il lungo cucchiaio appoggiato nel flûte, e tutti i dubbi sull'opportunità di questa serata sembrano lontani, dissolti. Perlomeno da quando, incoraggiati dall'entusiasmo dei pensionati, Emily e io abbiamo cominciato a cantare, in un trionfo di applausi, vestiti fuori moda e giunture scricchiolanti. Emily poi si è messa pure a ballare e io ho provato a seguirla, ma i miei movimenti non dovevano risultare molto diversi da quelli di un prigioniero sottoposto a elettroshock, visto che Emily, trattenendo piccoli sussulti di riso, mi ha fatto cenno di fermarmi e ha cominciato a guidarmi le mani e i piedi finché non è arrivato l'omino incrociato al parcheggio che, scostandomi, l'ha accompagnata in quel giro di twist per il quale si era tanto allenato, guardandomi con un ghigno di sfida in cui ho notato, con un senso di rivincita, l'assenza di un dente.

Alzo un dito per chiedere il conto e scorgo il signor Aldo, semiaddormentato, seduto di traverso su una sedia con il gomito appoggiato allo schienale e la mano che regge la testa pesante. Il signor Aldo è un pizzaiolo egiziano dagli occhi dolci e il suo ristorante pizzeria è il mio rifugio: qui c'è un ingegnere vedovo che, ogni sera, impeccabilmente vestito, mangia primo e secondo e dolce e osserva in silenzio le parole di chi è in compagnia, c'è una coppia sposata che ripete litigi e gag sotto gli occhi del cane («Cinquant'anni e ancora non sono riuscito a mandarti via» «Cinquant'anni e ancora non me ne sono andata»), ci sono coppie di ragazzi e gruppi di anziani che non sembrano appartenere ai propri tempi, e ci sono io che mangio e osservo le decorazioni natalizie che non sono mai state rimosse e le fotocopie ingrandite del *Corriere della Sera* («La pizza che non delude») applicate sulle pareti e il frigorifero Coca-Cola e ordino sempre un sorbetto alla mela verde.

È qui che ho deciso di chiedere aiuto quando Emily, dopo il concerto, mi ha domandato: «E adesso?», e io mi sono reso conto di non avere programmato nulla. Sono entrato nel locale, precedendola, e ho trovato il signor Aldo impegnato a pulire il forno. Ho tossito leggermente e lui ha lasciato lì tutto, si è passato le mani nel grembiule ed è corso a salutarmi.

«Signor Aldo» ho detto, stringendogli la mano. «Lei mi deve aiutare. Lo so che è tardi, ma», mi sono avvicinato per non farmi sentire da Emily, «c'è qui la mia amica che non ha ancora mangiato. E io nemmeno. E, insomma, io non ho idea di dove...»

«Posso fare pizza» ha suggerito, con gli occhi luminosi.

«Be', sarebbe... sarebbe fantastico» ho risposto, continuando a scuotergli la mano.

«Un tavolo per i nostri amici» ha gridato all'indirizzo di un cameriere riccio che stava passando la scopa nella saletta fumatori.

Ed eccoci qui.

«Ci vieni spesso?» mi chiede Emily indicando la sala con uno stuzzicadenti.

«Be' sì» dico stirandomi con una smorfia compiaciuta. «Mi conoscono qui. Amici, amiche, cene, un bel giro.»

Il cameriere riccio si avvicina. Appoggia due bicchierini sul tavolo e li riempie di limoncello.

«Questi li offriamo noi.»

Ne allunga uno a Emily.

«Per la signorina, contro l'influenza.»

E l'altro a me.

«Per il giovanotto, come afrodisiaco.»

Butto giù il mio in un sorso, mi alzo e vado alla cassa a pagare. Il signor Aldo, combattendo la sonnolenza, mi allunga una calcolatrice e mi chiede se posso fare io i conti. Sorride e con un cenno del capo indica Emily. Sorrido di rimando. *Eh eh eh.* Emily ci raggiunge protestando di voler pagare la sua parte e il signor Aldo ne approfitta per presentarsi e complimentarsi per la sua bellezza. Emily si schermisce e ringrazia a sua volta della pizza a forma di cuore e della cortesia dimostrata *anche a quest'ora della notte*, mentre con un ginocchio mi colpisce la gamba.

«Nessuno problema» dice il signor Aldo affabile. «Nessuno problema davvero. Io contento, molto contento di vedere il nostro amico con così bella signorina. Invece che sempre qui solo.»

Emily si volta a squadrarmi.

Io, in silenzio, mi stringo nelle spalle.

Agito la testa.

Faccio segno di no.

Sul taxi l'aria condizionata è altissima. Il tassista, un uomo di mezza età con una camicia arancione a maniche corte, mi domanda perché non c'è più rispetto per la famiglia e, prima che abbia il tempo di rispondere, mi ordina: «Zitto», e tende l'orecchio verso qualcosa che non riesco a identificare. Arriviamo, senza parlare, sotto l'albergo e lo prego di aspettarmi mentre saluto Emily.

«Non lo sente anche lei?» mi domanda distaccato, toccandosi il lobo.

Emily intanto si dirige a passi decisi verso l'entrata, si volta e, congiungendo le mani sul ventre, comincia ad annuire.

«E allora grazie» dice.

Sembra soddisfatta.

«Ehi» dico io e abbasso lo sguardo su un rivolo d'acqua che scende lungo il muro dell'albergo. «Senti, ehm, sono, come dire, sì, insomma, sono... sono stato molto bene, ecco.»

Intorno a noi i suoni della città si fanno ovattati, il traffico, le sirene, lo scroscio dell'acqua del lavaggio strade, il clacson del tassista che cerca di richiamare la mia attenzione, tutto si muove lento, come se trattenesse il respiro di fronte a questo istante, e io fisso Emily impegnandomi in uno sguardo provocante e ho l'impressione che il blackberry stia vibrando anche se sono sicuro di averlo spento.

«Eh?», Emily arriccia le sopracciglia. «Sei... *stato* bene? Stai forse male ora? O ci stai provando?», ride, piegando la testa di lato.

«Ah ah...» comincio a ridere anch'io, meccanicamente. «*Provando*... ah ah... io... ah ah... che sciocca... ah ah...»

«Dai su, vai a casa, che domani si torna in trincea. E non c'è *Mamma Maria* che tenga.»

«*Provando.* Ah ah.»

Emily si avvicina e mi bacia una guancia. Poi si volta, salta nello spicchio della porta girevole e scompare. Rimango fermo, finché il tassista suona una volta ancora, a lungo. Raggiungo l'auto e salgo.

«Piazza Sant'Agostino 18» dico svagato.

«Era anche ora» sbuffa. «Si allacci la cintura, che poi le multe le danno a me.»

«*Provando.* Ah ah.»

Il tassista si gira, un'espressione cupa.

«Senta, me lo dica subito se è ubriaco perché ho appena rifatto gli interni e se mi vomita sul sedile io non rispondo di me.»

31.

È passata una settimana e io sono molto più vecchio, mentre Giuseppe, in piedi davanti a me, scuote la testa. L'atmosfera elettrica, gli orari saltati, il nervosismo diffuso, i sottili atteggiamenti di insofferenza del cliente, il ritardo sui tempi già stretti producono su di lui un effetto alienante. Mi parla dal fondo di un universo di cui non faccio parte, dove il lavoro, l'ascesa, il *success* sono una metafora di qualcosa di molto importante ma ancora da identificare.

«Endriu, io ti vedo apatico. *A-pa-ti-co.* Porca Eva, ci vuole determinazione per arrivare all'obiettivo. In vetta», Giuseppe alza un dito verso l'alto e rimane fermo in quella posizione.

«No, Giuseppe» replico debolmente. «Non è questione di apatia. È che sono giorni che dormo quattro ore a notte. Boraletti non collabora. Donato più che gridare *è allucinante* non sa fare. E poi la *due diligence*, lasciamo stare.»

«Ma lo sapevamo fin dall'inizio che non sarebbe stato facile. Forse non sono stato abbastanza chiaro. Non è un periodo buono questo, affatto, stiamo perdendo clienti e operazioni. Lo sai che le ultime classifiche ci danno al quarto posto in Italia? Io cosa racconto ai miei figli?»

«Dice anche *it's allucinating*.»

«Del resto ci sono mete che non tutti possono raggiungere. Parliamoci chiaro, Endriu, il futuro non è per tutti. Tu lo vuoi un futuro?»

«Ma sì, credo di sì.»

«Dio mio. Come *credo di sì*? Ma tu, ragazzo mio, devi scalpitare, *sì lo voglio*, devi essere vigoroso, spingerti sempre più in là. Perché fuori c'è gente che preme, che si sbraccia. E tu devi andare oltre.»

«Oltre.»

«Certo. *Oltre.* Hai fatto trenta? Fai quaranta, no?»

«Non era trentuno?»

«E allora io parlo proprio a cazzo però.»

Giuseppe lascia la mia stanza e sembra amareggiato. Il cielo di Milano non cede alla primavera e ogni giorno si presenta come la fotocopia sbiadita del cielo del giorno prima. Il fascicolo verdolino, in bilico sulla scrivania, si è ingrossato e non sembra in pericolo di cadere. Io sono stato invitato a pranzo da Giovannino e ho accettato.

«Guarda che figa.»

Giovannino mi colpisce un'anca con il gomito e con il mento prende a indicare una signora al di là della vetrina del bar che sta scendendo da un taxi.

«Dai, Giovannino» gli dico stringendogli le guance e obbligandolo a guardare il banco del bar. «Avrà cinquant'anni, lascia perdere. Scegliamo 'sto panino e usciamo che tutta questa calca comincia a darmi le vertigini.»

«Ma qui cosa c'è dentro?» domanda Giovannino, allungando un dito verso un vassoio, senza curarsi della coda.

«Bresaola di cavallo, lattughino del Piemonte e salsa faraunette» risponde un cameriere calvo.

«Uhm» medita Giovannino. «Può aggiungermi del pomodorino di Falcetto?»

«Pomodorino per il signore. Magari anche una punta di logliolo, se le va.»

«Ottimo il logliolo.»
«Glielo scaldo?»
«Assolutamente.»
Guardo Giovannino, senza parole.
«Oh, qui i panini sono speciali» dice compiaciuto. «Questo posto sta pure sulla Michelin.»
Io non capisco. Non capisco nulla. Mi guardo intorno. Le facce fameliche di uno sciame di professionisti seri si schiacciano sul vetro che separa l'uomo dal sandwich. Gli occhi si scrutano. Le bocche lanciano morsi all'aria. Le mani sono levate al cielo in un giubilo disperato. Alcuni indicano, altri prendono, altri semplicemente si agitano, tutti urlano e comincio a urlare anch'io.
«*Mortadella mortadella.*»
Una ragazza con un cappottino di mucca mi squadra inespressiva e scuote la testa. Riprendo.
«*Mortadella mortadella.*»
Una strana adrenalina mi entra in circolo e acquisto fiducia nelle mie possibilità. Guadagno posizioni, procedo verso il banco, seguo le mie urla.
«Cosa le do?» mi domanda finalmente qualcuno.
«*Mortadella mortadella*» grido esagitato.
«Mortadella non ce l'ho.»
«*Mortadella mortadella.*»
«Oh, mi ha sentito?» comincia a gridare anche il cameriere calvo. «*Non-ce-lab-bia-mo.*»
«Ah, scusatemi. Tacchino.»
«Col tartufo?»
«Se è necessario.»
«Lo è.»
Mi allontano mentre la coda riprende il suo deflusso.
«E a lei, signorina, cosa do?»
«Avete zampe di scimmia?»
«Col pane arabo.»

«Ne prendo tre.»

Ci incamminiamo lungo corso Vittorio Emanuele masticando in silenzio. Un giapponese fotografa un piccione in posa sopra un bidone. Le telecamere di una televisione locale riprendono la vetrina di H&M dove una ragazza in mutande sdraiata sopra un letto di scena legge una rivista. Una signora vestita come il proprio cane si osserva nella striscia specchiante che circonda un bancomat. I giovani si sentono quasi internazionali.

«Hai visto che hanno ceduto il venti per cento del Fondo Camogli?» mi domanda Giovannino.

Lo guardo interrogativo.

Giovannino scrolla le spalle. «C'era sul *Sole* di oggi.» Contempla un paio di ragazzine che escono dalla Skorpion piegate sotto la borsa della palestra e aggiunge distrattamente: «Quelli di Chiomenti. Li hanno assistiti loro.»

«Ah» prendo atto e do un morso al panino.

«Un'operazione complicata» riprende Giovannino. «Insomma, lì c'era in ballo tutta una serie di questioni di...» Si interrompe, ruota la testa, e mormora: «Minchia che figa.»

Mi volto e intravedo, di spalle, una bionda con la schiena scoperta che, su tacchi altissimi, si allontana verso San Babila con passo agitato.

«Dicevo?» si riprende Giovannino.

«Dicevi di un'operazione complicata.»

«Ah, sì. A proposito di operazione complicata, hai visto che Alberto Montini è stato operato? Al cuore.»

«Chi è Alberto Montini?»

«L'ad del Banco Cooperativo di Lodi.»

«Giovannino», mi fermo a fissarlo. «Ma chi se ne frega?»

«Sbagli a fregartene» continua lui senza rallentare il passo. «Non sai quante operazioni ci stanno entrando grazie a Montini. È uno in gamba, con l'occhio sul mercato.»

«Va bene» dico raggiungendolo. «Però mangia il tuo panino.»

«Non so se hai letto dell'andamento dei fondi aperti in questo ultimo mese. Grosse difficoltà. Grossissime.»

«Eh» mi limito a mugugnare.

«Chiaro che poi l'Ecofin si lamenta. È sintomatico.»

«Ma che...»

«Tutta una crisi che viene dagli Stati Uniti, questa. Stagflazione.»

«Giovannino...»

«Saremo schiacciati dalla Cina.»

«Giovannino?»

«Grande Montezemolo.»

«Giovannino» dico alzando la voce. «La fai finita con 'sta litania? Non me ne frega niente. Dei mercati, della Cina, della finanza, della crisi. Niente. Lo capisci?»

Giovannino si ferma a scrutarmi sospettoso.

«Voltati, no?» dice dopo una lunga pausa. «Cosa mi guardi a me? Con tutta la figa che sta passando.»

Riprendiamo a camminare scendendo lungo il corso in direzione di piazza Duomo. Giovannino inghiotte l'ultimo boccone. «*De-li-zio-so*» dice schioccando la lingua. «Si può dire quello che si vuole, ma la qualità non si improvvisa. È un teorema preciso.»

«Ti trovo peggiorato» dico, prendendo le distanze.

«Posso dare un morso al tuo?»

«To'», gli allungo quello che rimane dello sfilatino. «Prendilo tutto, non mi va più.»

«Ottimo.»

«Credo di essermi innamorato.»

Un colpo di tosse scuote Giovannino che assume un'espressione interrogativa mentre i suoi occhi cominciano a illuminarsi.

«Project Treperdue» continuo. «Controparte.»

«Nooo?», gli occhi di Giovannino ora sono in fiamme.
«Siamo usciti insieme prima che tornasse a Londra.»
«E?» mi invita a continuare scuotendomi per la giacca.
«E niente. Siamo usciti e fine.»
«Sì, ma cos'è successo?»
«Siamo stati a» esito «a cena. E poi l'ho accompagnata in albergo. Non cominciare a farti strani viaggi. Non è successo niente.»
Giovannino si fa pensieroso, incantandosi davanti ai busti in lingerie che ruotano su se stessi nella vetrina di Intimissimi.
«E da allora?» dice finalmente.
«Non ci siamo più sentiti. Vabbè, era in copia alle mail, un paio di *conference call*, ma io e lei – da soli intendo – più niente.»
«Davvero», scuote la testa con un'espressione schifata. «Tu non sai come ci si comporta con le donne.»
«Centottantanove, Giovannino» dico portando l'indice alle labbra e facendogli segno di tacere. «Centottantanove.»
«*Centottantanove* cosa?»
«I giorni che non trombi, dichiarazione da te rilasciata. Anzi», guardo la data sull'orologio. «Direi che abbiamo sfondato bellamente il muro dei duecento. A meno che tu non abbia novità da confidarmi, ma dubito. Ne hai?»
Giovannino lascia andare un grugnito.
«Io non so» continuo. «Questa è una ragazza... non so. Mi sento come rinnovato. Da quando è partita io penso solo che non vedo l'ora di rivederla.»
«Quanti anni hai detto che ha?»
«Trenta.»
«Trenta. Ed è già responsabile di un'operazione così?»
«Bah, sembra una molto in gamba. Molto decisa, più che altro.»
«Uhm», Giovannino si accarezza il mento. «Una femminista, dunque. Gran maiala, ma non bisogna dirglielo.»

Lo spingo contro una colonna.

«Io scemo che queste cose le vengo a raccontare a te.»

«E invece hai fatto bene» dichiara con un dito appoggiato sul naso, meditativo. «Bisogna sviluppare una strategia.»

«Pensavo di chiamarla oggi, che sono un po' più libero.»

«No», alza il gomito e mi blocca, senza staccare il dito dal naso. «Non forzare. Bisogna giocarsela bene.»

«Eh, *non forzare*. Non la sento da una settimana.»

«C'è tempo.»

«Tempo?»

«Il guerriero è colui che sa aspettare.»

«Sì, ho capito, ma se...»

«Sotto l'albero di cedro il fior di loto cresce e muore.»

«Ma sei scemo?»

«*Kamasutra.*»

«Mi stai prendendo per il culo?»

«Ma certo che ti sto prendendo per il culo. Mi pari un ragazzino. *Io la chiamo oggi visto che sono libero.* Ti sembra l'atteggiamento con cui si conquista una donna?»

«Cosa c'entra?»

«Tutto c'entra» dice fermandosi improvvisamente davanti al portico della Rinascente. «Dai entriamo che ci sono le profumiere che ti spruzzano i profumi.»

Un'onda di aria condizionata mi fa rabbrividire. Il luccichio degli stand coperti di flaconi e bottigliette mi invade gli occhi. Giovannino si muove sicuro tra le corsie. Lo seguo a fatica.

«Che poi» insisto, cercando di non perderlo di vista, «lei vive a Londra. Okay, non è l'Australia ma non è nemmeno dietro l'angolo. Insomma, sarebbe complicato.»

«Cosa sarebbe complicato?» grida Giovannino infilandosi nello spazio Guerlain dove una ragazza con una frangetta nera gli sorride spiegando che il profumo che ha in mano è da donna.

«Una relazione» rispondo. «Con questo lavoro come si fa a fare programmi?»

Giovannino fa un cenno alla commessa, torna indietro, si alza sulle punte e mi colpisce sulla fronte con le mani a becco.

«Ma che, ti sei rincoglionito?» sbotta. «Stai già a fare piani per il futuro? Ma va', va'. Oh, guarda quelle due. Minchia.»

Seguo il braccio di Giovannino che però, d'un tratto, si muove e indica un punto diverso.

«No, no. Eccola» afferma con un filo di voce, come capitolando. «Quella. Quella sì che è davvero la migliore.»

«Dove?» chiedo in ansia.

«Lì, vicino alla vetrina.»

«Ma, Giovannino» mi giro per guardarlo negli occhi. «È un manichino.»

«Sì. Ma se fosse vera.»

32.

Non vedo dove comincia il salto. Quello che vedo è Giuseppe che oltrepassa la soglia a trenta centimetri dal suolo, percorre con le gambe all'aria un piccolo arco discendente e atterra sulla moquette della mia stanza.

«*Yeah.*»

Rimane fermo per qualche secondo nella posizione in cui ha toccato terra, poi si raddrizza con uno schiocco d'ossa e si aggiusta la cravatta.

«E da giovane dovevi vedere come facevo la verticale, caro il mio Endriu.»

«Dritto?»

«Come un pennone.»

Giuseppe indossa una vaga espressione eccitata che lo scuote in un allegro tremolio. Osserva in sequenza i quattro angoli della mia stanza, poi frena lo sguardo su di me e io mi stringo nelle spalle.

«*Du-bai*» sillaba, stringendo gli occhi in due feritoie e lasciandosi percorrere da un brivido.

«Eh» rispondo senza nascondere una certa perplessità.

«*Si-par-te.*»

La mia faccia deve risultare particolarmente frastornata perché Giuseppe, prima di riprendere a parlarmi, esala un flebile *ma cazzo...*

«Tutto già pensato, deciso, vagliato. Ai piani alti, s'intende.»
«Giuseppe. Vuoi spiegarmi bene dall'inizio?»
«Allora» comincia sbuffando, andando a sedersi sulla scrivania di Nicola che non dice nulla e si limita a prelevare il telefonino prima che il sedere di Giuseppe ci precipiti sopra. «Vediamo di far girare il cervello. Il Project Treperdue non procede bene, lo sappiamo. Non voglio stare qui a dare colpe, ma non stiamo andando bene. Siamo in ritardo su tutte le tabelle di marcia e – non mi interrompere» dice quando alzo una mano per far presente che queste tabelle di marcia erano irrealizzabili fin dall'inizio. «E pare» riprende «che questo abbia fatto incazzare quelli di Dubai, i vertici insomma, e incazzare parecchio. Si sono parlati, pure con Meyon & Tolsen, e hanno deciso: si parte tutti, si va in sede, Dubai, *Du-bai*, lì fino a quando non si chiude l'affare.»
Giuseppe unisce le ultime parole a un largo sorriso che lo illumina.
«Aspetta. Aspetta, Giuseppe. Fammi capire. Tutto questo perché? Insomma, cosa cambia all'operazione una trasferta a Dubai? L'aria di mare? Donato in bikini?»
Giuseppe scuote la testa e mi guarda con condiscendenza.
«Ma perché devi sempre fare il giullare, Endriu? Perché? E comunque, hai colto il punto. *Donato in bikini.* O meglio, in mutande. Saremo affiancati anche da un altro negoziatore, uno di fiducia, *il* negoziatore. La verità è che Donato ormai non conta più un cazzo. Lo lasciano lì, formalmente, appeso a un filo, ma lo stanno esautorando. Che poi, detto tra noi, m'è sempre parso un coglione. Endriu, ti dico una parola sola: *dead man walking.*»
«Sono tre.»
«Endriu.»
«Scusa.»
Giuseppe si rimette in piedi con un balzo e agita le mani in un piccolo ballo.

«Dobbiamo prepararci.»

«E la *due diligence*?» mi azzardo a chiedere.

«Quale *due diligence*?»

«Come *quale due diligence*? *Questa due diligence*» dico sollevando la stampa delle schedine compilate da Tiziano e Mantecato Cristoforis Giorgio a Treviso.

«Ma non hanno ancora finito? Basta, basta, butta fuori tutto così com'è, richiama quei due, sceglilne uno che ce lo portiamo con noi per tutte le varie menate, *cross reference*, *translation*, *clonation of paper*. Mi è piaciuto, sai, *clonation of paper*.»

«Oh, eccoti qui, Giuseppe» dice una voce sottile fuori dalla stanza. «Ti stavo cercando. Dove posso recuperare tutta la documentazione pregressa?»

«Entra, entra» dice Giuseppe, gesticolando in modo teatrale. «Vieni che sono qui con l'ottimo Endriu. Così ti organizzi direttamente con lui, il nostro stallone.»

Cardellini avanza con un blocnotes ancora incellofanato sotto l'ascella.

«Lui che c'entra?» domando freddo, senza smettere di fissare Cardellini.

«No, Endriu, non fare così. Non voglio vederti crucciato. Cardellini fin dall'inizio si tiene informato su questa operazione, che lui è uno che ha grande passione. Ora ha saputo delle nostre piccole difficoltà e si è offerto come ci si offre quando si vede un amico in difficoltà. E cosa facciamo noi? Respingiamo la sua mano? Ricordiamoci la lezione di Santa Madre Teresa di Calcutta.»

«Giuseppe» dice Cardellini andando a mettersi al suo fianco. «Pensa che io e Campi ne avevamo parlato addirittura all'inizio dell'operazione. Poi ancora prima delle riunioni. Gli avevo proposto una mano, una guida. Ma lui, duro come la pietra, ostinato come un mulo.»

«Il nostro Endriu è un orgoglioso. Vero, Endriu?»

Non rispondo. Mi limito a stringere il labbro inferiore tra i denti passando dallo sguardo festoso di Giuseppe all'espressione paga di Cardellini.

«Giuseppe» riesco a dire, finalmente. «Com'è che hai detto? *Dead man walking?*»

«Ma no, Endriu. In questo caso è diverso, noi siamo un *team*. E come in tutti i team un po' di turn-over è necessario. Tenere un centravanti come Cardellini in panchina sarebbe da sciocchi.»

Gonfia le guance assumendo un'aria paciosa e si avvicina al mio orecchio.

«Ma la coppa, Endriu – ti do la mia parola –, sarai tu ad alzarla.»

33.

«Non lo so.»

Al suono di quelle parole, interrompo la digitazione, mi sfrego gli occhi e guardo Nicola, che si dondola nervosamente sulla sedia.

«Cosa?» domando.

«Non lo so.»

«Sì, questo l'ho capito. Ma cos'è che non sai?»

«Te l'ho detto. Non lo so.»

«No, tu hai cominciato dicendo *non lo so*, e dopo io ho chiesto *cosa*. Quindi *non lo so* non può essere una risposta. Cos'è che non sai?»

«Ascolta» dice Nicola indicandosi le labbra. «*Non-lo-so.*»

«Okay. Lasciamo stare.»

Riprendo a picchiare sulla tastiera. Dalla strada lo stridore di un'auto che frena testimonia l'esistenza di un mondo che va avanti.

«Sono stanco.»

Mi interrompo di nuovo. Mi schiocco le dita e osservo ancora Nicola, che ora si arrotola la cravatta come una lingua di Menelik.

«Dai, su. Cosa c'è?»

«Sono stanco.»

«Oddio, Nicola, ho capito. Ma *perché* sei stanco?»

«Non lo so.»

«Ti prego» dico lasciandomi andare sulla poltroncina.

«Non lo so, ti dico. Non c'è un motivo particolare. Semplicemente sono stanco. Tutto questo. Questa stanza. Questo computer.»

«Ma adesso il computer te lo cambiano.»

«Andrea.»

«Scherzavo.»

«Ci penso da un po' ormai. È tutto troppo... troppo assurdo. Sacrifici, rinunce, fatica. Mi chiedo perché, se ne vale la pena, dove sto andando. Andre, io mi chiedo cosa sto facendo, *perché* lo sto facendo.»

Cosa sto facendo? Perché lo sto facendo?

Cerco il cielo notturno attraverso i vetri, ma l'oscurità mi restituisce il riflesso delle plafoniere accese nella stanza e l'immagine sfocata della mia camicia bianca. Probabilmente l'immagine è precisa e sono io a essere sfocato. Una volta avevo delle passioni. Ricordo il mio primo curriculum e la sezione finale in cui elencavo tutta una serie di svaghi, passatempi, divertimenti, raggruppati sotto la dizione interessi extraprofessionali. *Extraprofessionali.* L'epicentro della mia vita si era, tutto a un tratto, spostato. Il lavoro diventava il mio sole, mentre il resto si trovava incasellato alla voce *extra*, un po' come qualcosa di non compreso nel pacchetto, qualcosa da pagare a parte, la seconda bevanda della pensione completa offerta dalla professione. Col tempo, la sezione interessi extraprofessionali si ritrovò scalzata alla seconda pagina di un curriculum che andava allungandosi, abbandonata appena dopo le competenze informatiche. Il pacchetto Office guardava dall'alto quelle che erano ormai diventate un paio di righe striminzite. E ci volle poco, aggiornamento dopo aggiornamento, a ritrovarmi in mano un curriculum che si chiudeva su tre o quattro parole buttate lì senza convinzione, più per estetica che per altro. Oggi la striscia *extraprofessionale* non esiste più. Proprio per una questione di onestà e veridicità curriculare.

«Ehi, ma che fai?» dico tornando dalle mie riflessioni, mentre lo stridio di un'altra frenata viene dalla strada. «Ehi, Nicola.»

Nicola, il grosso ragazzone con l'espressione da killer, il compagno di stanza che riempie l'aria di imprecazioni, piange silenziosamente. Fissa lo schermo del computer senza muoversi, mentre le lacrime gli segnano le guance.

«No, niente, niente» dice asciugandosi la faccia con la manica della giacca, continuando a fissare lo schermo senza muoversi.

«Ehi, Nicola, io scherzavo, non ti volevo prendere in giro, davvero. Lo so che non è facile, alle volte, ma dai, su, insomma, non... non piangere... dai» dico mentre mi alzo e gli appoggio una mano sulla spalla.

«No, scusami, non è per causa tua.»

«E allora che succede?» cerco di dire con delicatezza.

«C'è una cosa.»

«Se vuoi parlarne, sono qui.»

«No, non voglio farti perdere tempo, è tardi, vuoi andare a casa, lo so.»

«Ma dai, cosa vuoi che me ne freghi di questo contratto. Che uomo sarei se non riuscissi nemmeno a trovare due minuti per un amico.»

Amico. Fa una certa impressione sentirmi pronunciare questa parola riferita a Nicola. Eppure sono sincero. Lo scuoto dolcemente, cercando di incoraggiarlo.

«Valentina» dice.

«Valentina cosa?»

«Mi ha lasciato.»

«Ah» grido puntandogli un dito contro. «Ecco, eccolo. Lo sapevo. Sotto questa pellaccia da imbecille si cela un Casanova. Lo sapevo io che avevate una storia, l'avevo capito. Che stronzo, non dirmi nulla per tutto questo tempo.»

«Nessuna storia.»

«Mi hai appena detto che ti ha lasciato.»

«Non è che mi ha proprio lasciato. Abbiamo parlato. Mi ha detto che sono un bravo ragazzo ma non vuole complicazioni, è una segretaria, io un avvocato, e insomma, non se la sente, è una situazione che non sta bene, e poi non prova i miei stessi sentimenti.»

«Non capisco. Scusa se mi permetto, ma c'è stato qualcosa tra voi?»

«Siamo usciti un paio di volte.»

«E...?», muovo una mano in tondo per sollecitarlo.

«E niente, lei era coi suoi amici.»

«Ma almeno vi siete baciati?»

«Non c'è stata l'occasione.»

«Insomma, mi stai dicendo che piangi per la fine di una storia con una che nemmeno hai baciato.»

«Era gentile, carina, c'era qualcosa tra noi, io lo sentivo.»

«Cazzo, Nicola, non è che se una non ti prende a bastonate vuol dire che ti ama.»

«Questo lo dici tu.»

Soppeso le parole. Sento che potrei puntualizzare qualcosa, ma mi domando che senso avrebbe farlo. Non voglio prenderlo in giro. Non voglio umiliarlo. Ora vorrei solo vederlo sorridere.

«Dai Nicola, fanculo Valentina, fanculo questo posto» dico sbattendo il fascicolo verdolino sulla scrivania. «Domani io parto. Ma appena torno organizziamo un'uscita con gli altri. Prendiamo, usciamo, ci divertiamo. Senza lavoro, senza pensieri. E vedi che si sistema tutto.»

«Grazie, ma credo che non sia così facile.»

«Ma sì, dai. Guarda, sai cosa facciamo? Andiamo a ballare.»

«No, proprio no.»

«Ma come no? Com'è? *Baila adelante baila*» dico e alzo le ginocchia cercando di imitare l'esibizione di Nicola che mi aveva riempito gli occhi la settimana scorsa. Devo sembrare uno psicopatico sotto l'effetto dell'efedrina, perché vedo Nicola sogghignare.

«Fermati Andre» dice, scuotendo la testa. «Te lo dico col cuore. Se hai una dignità, fermati.»

Ci guardiamo.

Una pausa.

Poi scoppiamo a ridere.

Fuori, le auto continuano a frenare.

Ti offro un caffè

«Alla fine con tuo marito come siete rimasti?»

«Lui si prende la casa in montagna e io l'appartamento qui a Milano.»

«Be', dai, tutto sommato è quello che volevi.»

«Ci mancava che facesse anche storie.»

«In effetti, va detto che è stato un po' stronzo.»

«Un po' molto. Passi essere tradita, ma con una commessa della Coop.»

«Con quelle divise di plastica coi pallini.»

«No, quelle sono le divise del Pam.»

«Quelle della Coop come sono?»

«No, devo dire belline.»

34.

... prega per noi peccatori,
adesso e nell'ora della nostra morte.
Amen.

Giuseppe ha aperto una mano e, facendo alcuni calcoli sottovoce, ha contato sulle dita fino a quattro.

«Dunque» ha detto. «Senza stare ad arrivare in anticipo come dei poveracci al loro primo volo, direi che se arriviamo in Malpensa per le undici siamo a posto.»

L'orologio davanti all'ingresso partenze dell'aeroporto segna le undici in punto quando scendo – il cuore in gola e lo stomaco nei calzini – dall'auto che lo studio ha messo a disposizione per accompagnarci in aeroporto. Donato, Giuseppe, Cardellini e io. Ci siamo trovati sotto l'albergo di Donato dove una Bmw nera ci aspettava. Donato ha preso posto di fianco all'autista, un ragazzone con la faccia buona, stretto in un completo nero in cui sembrava fosse stato avvolto in fretta e furia, mentre Giuseppe, Cardellini e io ci siamo sistemati sui sedili posteriori. Al primo semaforo rosso, Donato ha sbuffato. Al secondo, si è voltato e ha chiesto l'ora. Al terzo, ha fatto un gesto secco della mano in direzione del ragazzone con la faccia buona. Il ragazzone non ha detto nulla, è sceso e ha bussato leggermente al finestrino dalla parte di Giuseppe. Anche Giuseppe allora è sceso, ha fatto un giro intorno all'auto ed è andato a sedersi al posto che prima occupava Donato, il quale, sistemata la cintura, con la mano sinistra accarezzava il volante mentre con la destra aggiustava lo specchietto. L'immagine riflessa sorrideva, con occhi spiritati. Da quel momento, circondato da un groviglio di clacson, ho chiuso gli occhi e, fino all'arrivo in aeroporto, ho alternato preghiere a pronostici sul numero di necrologi che avrei collezionato sul *Corriere della Sera. Lo studio Flacker Grunthurst and Kropper si stringe nel dolore della perdita di Giuseppe Sobreroni, padre amorevole, marito affezionato, equity partner performante, tragicamente scomparso nell'adempimento dei suoi doveri. Lascia due figli, una moglie e quattro operazioni. (Con lui, un collaboratore.)* Tutta la mia vita, invano, cercava di scorrermi davanti agli occhi, con il rischio di annoiarmi.

«Ora» dice Donato, lisciandosi i capelli con una mano, «questa è solo una macchinetta, tutta apparenza, zero rombo. Ma dovreste vedermi, per dire, sulla Z4 Roadster. Altra storia, altre ruote quelle. Figuratevi che pettino i rom ai semafori. La velocità è un'attitudine prima che un piacere. Dico bene, Giuseppe?»

«Dici benissimo, Donato. I rom sono gli zingari?»

Tiziano, che Giuseppe non ha voluto viaggiasse con noi per una questione di ruoli, in coda al check-in si agita cercando di richiamare la nostra attenzione. Sventola una mano nell'aria come se dovesse difendersi da un attacco di api.

«Sono arrivato un po' prima» dice accaldato. «E mi sono subito messo in coda tenendovi il posto. Guardate che fila.»

Donato lo trafigge con un'occhiata glaciale, che poi trascina su Giuseppe. *Ma chi è questo coglione? Chi è il pirla che l'ha portato?* Giuseppe, decifrati i dubbi di Donato, converge su di me proseguendo il silenzioso dialogo. *Eccolo il pirla, eccolo.*

«Tiziano» dico a bassa voce. «Lascia perdere la coda.

Abbiamo biglietti di business class. Lo vedi quello sportello libero? Business queue. È lì che dobbiamo andare.»

«Grande.»

Tiziano corre verso la signorina bruna con la coda di cavallo seduta al terminale dietro al bancone su cui impera l'insegna *Emirates*. La ragazza lo accoglie con un ampio sorriso contrattuale, mentre Tiziano, nella posa di uno dei sonnambuli di Edward Hopper, appoggia un gomito sul bancone. Indossa un elegante abito blu fresco di confezione e un paio di affusolati mocassini di vernice. Prima che si allontanasse ho fatto in tempo a notare la camicia diplomatica a sottili righe nere con cifre ricamate e l'appariscente cravatta gialla. I capelli, annegati sotto un molliccio strato di gel, sono appiattiti e ravviati all'indietro. Un pizzetto sottile, tratteggiato con la precisione di un dottore commercialista, aggiunge pochi mesi ai vent'anni scarsi che dimostra. Mi torna vicino esibendo incredulo il pass per la business lounge room che gli è appena stato consegnato.

«Tiziano» domando. «Ma come diavolo ti sei conciato?»

«Io, oggi, comincio una nuova vita.»

Oh, Dio mio.

«Ah, Andrea» aggiunge, rovistando nella tasca dei pantaloni. «Prima che mi dimentichi. Volevo chiederti, mi rimborsano anche questo?»

Mi piazza davanti agli occhi uno scontrino.

Totale euro 7.20.

Grazie e arrivederci.

«Mentre vi aspettavo» prosegue, «ho preso un cappuccino, una brioche, un succo di arance rosse e un pacchetto di Chloralit.»

«Be' sì... Sì. Rimborsano anche questo.»

«Grandissimo.»

Ripiega con cura lo scontrino e lo infila in uno scomparto interno del portafoglio. Prima tappa di un viaggio chiamato *rimborso spese.* Lo guardo con un principio di amarezza.

Assolte le pratiche di check-in e superati i controlli, ci dirigiamo verso la lounge room. Donato e Giuseppe, parlando fitto, precedono il gruppo. Cardellini cammina a testa bassa, concentrato su pensieri che preferisco non conoscere. Tiziano mi corre dietro fedelmente, distraendosi solo per seguire con lo sguardo un gruppo di hostess che ci affiancano per un tratto prima di scomparire nel fondo di una scala mobile.

Nella lounge room regna un'atmosfera di benessere imprenditoriale in cui i carrelli colmi di valigie trascinati lungo i corridoi, le code alla cassa del bar, il sottofondo di famiglie in partenza con il nonno che tossisce, i seggiolini in plastica, gli uomini delle pulizie che fanno alzare i piedi per passare con lo straccio lasciano il posto a un eldorado di connessioni wireless, poltrone in velluto rosso, vassoi di croissant, bricchi di succo di mango e ananas, diffusione di musica di secoli passati. Prendo posto su un divanetto e prelevo dal tavolino un giornale a caso. Tiziano si guarda in giro e scopre il buffet.

«Ma porca vacca» esplode. «Guarda. Potevo fare colazione qui invece di spendere sette euro per un cappuccino in mezzo alla gente.»

Lo guardo con un incremento di amarezza mentre fa per avviarsi a spiluccare ancora qualcosa.

«Tiziano» lo richiamo. «Guarda che poi sull'aereo ci viene servita un'altra colazione.»

Tiziano si ferma. Sembra confuso.

«Siamo in business» aggiungo.

Si illumina. Mi guarda con l'occhio ammirato di chi riconosce nel suo vicino un attore famoso o, perlomeno, una velina di non troppi anni fa e corre a sedersi accanto a me. Annuisce, continuando a fissarmi, poi mi domanda quanto spesso mi trovo a viaggiare per lavoro. Imposto una maschera a caso pescata nel repertorio delle espressioni *non-è-poi-così-importante* e lui, quasi schermendosi, mi confessa che è la sua prima volta in business class.

«Eh Tiziano...» dico io, senza aggiungere altro, e torno a leggere il giornale aspettando, con una certa impazienza, che venga chiamato il volo.

Sull'aereo, scopro di essermi sbagliato: non *business class*, viaggeremo in *first class*, una categoria superiore di cui non sospettavo l'esistenza. Donato, con l'atteggiamento di un maestro sufi pronto a concedere ai propri discepoli un'esperienza mistica che per lui rappresenta la routine, guida Giuseppe fino allo spazioso vano dell'aeromobile dove sono sistemate, a due a due, una decina di poltrone, a distanza di qualche metro le une dalle altre. Con un semplice sistema di pulsanti – ci spiega Donato – all'occorrenza si può anche sollevare il poggiapiedi e abbassare lo schienale, trasformandole in letti veri e propri.

«Per dormire» dice. «Ma anche per farsi una sana trivellata» e scoppia a ridere e tossire.

«Donato, Donato» ripete Giuseppe. «Quante ce ne potremmo raccontare io e te. Quante» e vanno a sedersi vicini.

Cardellini estrae dalla borsa un fascio di documenti, chiede dove può attaccare la presa del pc e si sistema accanto a un arabo con tunica e turbante.

Guardo Tiziano. Lo sfarzo della cabina, con la sua dotazione di televisori, telefoni, tavolini, tappeti, si riflette nei suoi occhi lucidi.

«Qualcosa da bere?» gli domanda una sottile ragazza dai tratti mediorientali, riportandolo temporaneamente a una realtà da cui si sta allontanando a grandi passi.

«Co-cosa...» incespica. «Cosa avete?»

«Quello che preferisce. Cocktail, vino bianco, vino rosso, liquori, champagne...»

«*Champagne*» ripete incredulo.

«Vuole dello champagne?» domanda la ragazza, impassibile.

«Io...»

«Un bicchiere o la bottiglia?»

Tiziano rotea la testa, senza equilibrio, allungandosi sulla poltrona. Negli occhi esibisce un meraviglioso vuoto.

«Cominciamo con un bicchiere» riesce a dire alla fine.

Poco dopo allungo anch'io la mia poltrona, quando Tiziano blocca con amorevole presa il polso di una hostess bionda con lo chignon e le mostra il suo sorriso più splendente.

«Ci sta» è l'ultima frase che sento prima di assopirmi.

L'aeroporto di Dubai è un labirinto di duty free shop e scale mobili, luci e tapis roulant organizzati in strutture in cui anche il più nascosto degli angoli sembra essere stato passato al vaglio di una schiera di designer affetti da una rara forma di gigantismo visivo. Registro solo alcune confuse istantanee mentre cammino rapidamente, insieme al gruppo, sulla scia di un uomo – nero il completo, nera la camicia, nere la cravatta e le scarpe – che ci guida attraverso corridoi e porte che sembrano aprirsi solo per noi. L'uomo ci aspettava ai piedi della scaletta dell'aereo, vicino a una limousine bianca parcheggiata dietro alla navetta che attendeva i passeggeri comuni. Ci ha fatti accomodare nell'auto, e abbiamo percorso i cinquanta metri che ci separavano dai locali dell'aeroporto mentre Donato ci spiegava che eravamo *ospiti* e gli ospiti devono essere trattati con riguardo e, pertanto, non ci sarebbero stati né code né controlli ma solo un cesto di frutta refrigerante da consumare nella *Emirates rest area* dove avremmo aspettato che altri, al posto nostro, espletassero le trafile burocratiche. Tiziano si è arrischiato a chiedere notizia del suo bagaglio e, in risposta, ha ricevuto una grassa risata.

Mentre fatico a tenere il passo dell'uomo in nero che guizza tra valigie e carrelli, noto, sotto una grossa palma nei pressi dei gabinetti, qualcosa di familiare nella sagoma di un uomo anziano che piroetta faticosamente su se stesso, trascinandosi dietro una voluminosa sacca di tela e la tracolla del pc.

«Ingegnere» comincio a gridare. «Ingegner Carugato.»

L'uomo interrompe il suo volteggio, inseguendo la voce.

«Qui. Ingegnere. Qui», mi allontano dal gruppo, raggiungendolo.

«Avvocato. Avvocato Campi. Mi ricordo di lei» dice sbilanciandosi, mentre stringe con forza la mia mano. «Ma diamine, che fortuna incontrarla. Progetto Treperdue, vero? Anch'io, anch'io. Meyon & Tolsen ha voluto tanto che partecipassi anch'io. Mi hanno detto *ingegnere lei non può mancare, lei è il nostro faro*, così hanno detto, *faro*. Non le dico che dannato viaggio che ho fatto. Ma lei ora mi deve aiutare, che io non riesco a capire dov'è il ritiro bagagli. Questa è una bolgia infernale, *orco dighel.*»

«Venga ingegnere. Venga, intanto, che le presento i compagni d'avventura.»

Mi volto e chiamo Giuseppe prima che scompaia dentro a un altro corridoio. Giuseppe tocca il gomito di Donato, il quale a sua volta, con un fischio, ferma l'uomo in nero. Il gruppo torna sui suoi passi.

«Donato. Giuseppe. Questo è l'ingegner Carugato.»

«Il grande Carugato» prorompe Donato. «L'uomo Meyon & Tolsen. Ho sentito molto parlare di lei, sa. E in toni lusinghieri. Ci servirà la sua esperienza quando saremo partner. Mitico Carugato.»

«Suvvia, suvvia», Carugato si ritrae. «Lei è troppo generoso. Avremo comunque modo in questi giorni di...»

Donato non ascolta più, ha già invertito la marcia e sta tornando verso l'uomo in nero che, con lenti movimenti, controlla l'orologio. Giuseppe, dopo aver stretto la mano dell'ingegnere come fosse un dovere di cui avrebbe fatto volentieri a meno, mi afferra per la giacca e mi trascina con sé.

«Ci vediamo nei prossimi giorni» faccio in tempo a urlare, prima che l'ingegnere scompaia dietro a un gruppo di giapponesi che seguono un ombrello chiuso sopra la testa del capocomitiva.

«Bagagli, dov'è il ritiro bagagli?» sono le parole agitate e lontane con cui l'ingegnere ricambia il mio arrivederci.

Riprendiamo la nostra corsa. Sono in coda al gruppo. Davanti a me Tiziano, appeso al telefonino, trattiene a fatica le parole. Capto frasi isolate della conversazione. *Appena sbarcati. Tutto benissimo. Caviale iraniano, mamma. Cioè, non puoi immaginare.* Svoltando sotto un cartellone *Luxury Welcomes You*, siamo travolti da uno sciame di gambe nude e di seni gonfi che si ammassa sul tapis roulant che solca l'ampio tunnel fino alla *Emirates rest area*. Venti, trenta, cinquanta ragazze. Alte, bionde, tornite. Alcune sbadigliano, altre si rifanno il trucco, c'è chi sghignazza, chi rovista nella borsa, chi telefona. Bellezze che riposano sulla certezza di esserlo.

«Minchia. Minchia. Minchia. Minchia» scandisce ritmicamente Giuseppe, mentre, uno dopo l'altro, gli esemplari sfilano davanti ai suoi occhi.

«Nuovo carico» dice Donato annuendo. «Russia direi. Forse Ucraina.»

«Siamo fortunati» aggiunge uno dei due, probabilmente entrambi.

Sul lato opposto, alcuni arabi, in ginocchio su vecchie stuoie, sono immersi nella preghiera, chinati in direzione delle ragazze verso una Mecca posta molto al di là. Tiziano, due passi avanti a me, non si fa sfuggire nulla. Chiude la telefonata.

«Okay» dice indicando gli arabi in ginocchio. «Capisco il

culto della gnocca. Però qui si esagera, dai. Questi gesti così plateali.»

Passo il trolley dalla mano destra alla sinistra e, con il palmo della mano libera, lo colpisco con un coppino secco sulla nuca.

«Tiziano» dico. «Almeno tu. Te lo chiedo come piacere personale.»

Sulla seconda limousine che ci accompagna in albergo, Donato ci prepara alla meraviglia verso cui siamo diretti – il Dionysus' Ivy Hotel – la gemma tra gli alberghi di proprietà della Zeus Investments, dove la nostra delegazione e quella Meyon & Tolsen avranno l'onore di essere ospiti. L'auto si ferma davanti a un'enorme pianta scolpita con le fattezze di un gigante dalla cui coscia spunta un bambino con piccole corna arricciate.

«Ecco» dice Donato, spalancando le braccia davanti alle nostre facce. «Ci siamo. Quello che l'uomo può fare. Un'onda nel deserto. L'oro nella sabbia. Il lusso che si fa natura.»

«Figa» conferma Giuseppe.

35.

Mi sveglio perché gli altoparlanti hi-fi incassati nel muro sopra il letto cominciano a diffondere una canzone molto dolce che non conosco e che ripete ossessivamente che *niente sembra lo stesso alla luce*. Fatico ad aprire gli occhi e a capire dove mi trovo. Perlustro la zona rivoltandomi tra i guanciali e scorgo una libreria di metallo carica di libri d'arte e di fotografia, uno scrittoio color avorio su cui è acceso un Mac, un cactus di un paio di metri, una catasta di cuscini contro la parete di fronte, tre poltroncine gialle intorno a un tavolino barocco, alcuni cubi neri, un acquario, e, quando intercetto la sagoma di un narghilè davanti a una grande vetrata illuminata dai raggi del sole che filtrano dalle imposte, ricordo tutto e vorrei tornare a dormire. Allungo un piede di lato e faccio per scendere dal letto. Continuo a scorrere sul materasso senza trovare la fine, poi mi sollevo e osservo la distesa di lenzuola su cui ho dormito e cerco di indovinarne le piazze. Faccio una doccia sotto getti multidirezionali in un largo spazio coperto di morbidissima astroturf. Ripenso alle ultime parole di Donato – «E ora andate a letto, domani alle otto ci vediamo nella hall, vi porto sull'Olimpo» – ed esco dalla stanza.

Nella hall il via vai è senza controllo: gessati a righe sottili si accavallano a tailleur scuri che sfilano seguendo il ritmo dei tacchi sul porfido, giacche sportive si agitano dirette verso la golden breakfast room, divise da facchino trascinano borse e borsoni, occhiali da sole si fermano a fissare i soffitti ricoperti di rampicanti, i telefonini emettono suonerie spiritosissime, i blackberry sputano e-mail notturne come gettoni da una slot machine, un numero crescente di valigette si lascia trascinare fino a scomparire all'interno di auto dai vetri scuri, alcuni trolley si riposano negli angoli, i foulard assistono distaccati, mentre un paio di calzoncini sotto una maglietta del Re Leone vagano sperduti seguendo il ruscello artificiale che attraversa la sala e chiamano la mamma. Mi accomodo sul divanetto, accanto a un uomo che sfoglia un quotidiano che gli nasconde interamente il busto. Indossa pantaloni di lino e mocassini senza calze, le gambe accavallate. Il giornale è di un rosa inconfondibile.

«Giuseppe», gli tocco un ginocchio. «Sei tu?»

L'uomo abbassa i fogli.

«Endriu. Eccoci qua.»

«Dio mio, Giuseppe» dico alzando le mani sulla testa. «Hai visto che hotel?»

«Sì, carino. Non so se hai letto, si è infortunato Kakà.»

L'Olimpo promesso da Donato è il Mall of the Gods, un'area aperta 24 ore al giorno per 365 giorni all'anno e spalmata su 1.000.000 di metri quadrati e 7 livelli, che, con un totale di 2.000 negozi, colleziona le più importanti griffe del mondo, 1 cinema da 18 sale, 3 casinò, 1 parco giochi acquatico e 9 piscine, 1 zoo, 3 piste da sci, 2 moschee, 1 chiesa e qualche miliardo di prodotti: semplicemente il più grande centro commerciale del mondo. L'intera struttura ha la forma di un quarto di luna i cui contorni si frastagliano in piccoli ricci. Cammino a bocca aperta tra pareti decorate a mosaico, soffitti di stucchi, fontane i cui zampilli, colpendo alcuni speciali pannelli dorati, producono liquide melodie, vetrine che si aprono su oggetti che brillano, e poi marmi, cristalli, riflessi, scale mobili trasparenti, pagode appese alle pareti, statue, alberi, ornamenti egizi, indiani, giapponesi, persiani. Giuseppe, con una bandana legata intorno al collo, cammina a fianco di Donato che allunga le mani a destra e a sinistra indicando negozi, attrazioni, affari, bellezza, ed esprime concetti quali *esperienza unica dell'acquisto*, *piacere sottile del possedere*, *AmEx*.

Tiziano scatta fotografie fino a che un uomo con una tunica verde pisello gli strappa di mano la macchina. Donato, con un gesto che sembra riempirlo di gioia, estrae uno speciale pass, si batte la mano sul petto e ci indica all'uomo con la tunica, che annuisce e si allontana.

«Questione di sicurezza» spiega. «Ma finché ci sono io con voi, voi siete re. Come me.»

Cardellini segue il gruppo a distanza. Stringe nella mano un fascio di fogli su cui continua a fare annotazioni, lanciando ogni tanto un'occhiata a un peluche a forma di Hummer o a un sosia di Michael Jackson che distribuisce caramelle ai bambini o a una modella sopra un cammello. Poi mi raggiunge e, continuando a fissare avanti a sé, comincia a parlarmi.

«Ho finito di studiare tutti i documenti.»

Mi volto a guardarlo e accelero.

Cardellini mi affianca di nuovo, cercando di tenermi dietro.

«Tutti» dice. «Ho cominciato in aereo e ho finito stanotte in albergo.»

«Bravo Cardellini. Ma adesso zitto, non ti distrarre, che se troviamo quel famoso shampoo antiforfora ci penso io a regalartelo.»

«Sei spiritoso tu, Campi» continua. «Dobbiamo parlare.»

«Non credo.»

«Io dico di sì. Dobbiamo darci da fare a sistemare un po' di cose.»

«*Un po' di cose* cosa?» domando fermandomi davanti a una composizione floreale che ritrae Apollo che scarrozza il sole di fronte ai gabinetti.

«Ne ho già parlato con Giuseppe» risponde Cardellini tirando dritto.

«Cosa gli hai detto?» gli chiedo dopo un attimo di esitazione, correndogli dietro.

«Non te la prendere», ride Cardellini. «Sei giovane, è normale che tu faccia degli errori.»

«Di quali errori parli?» domando, cercando, senza riuscirci, di rimanere calmo. «Cosa sei andato a dire?»

«Oh, guarda» esulta Cardellini correndo verso una vetrina piena di batuffoli di cotone. «Uno chador Dolce & Gabbana.»

Faccio per fermarlo ma vengo bloccato da Donato che, davanti a una porta bianca che proibisce l'accesso ai non addetti, armeggia con un walkie talkie. La serratura scatta ed entriamo in un lungo corridoio color pistacchio che dà sulle stanze dell'amministrazione del centro commerciale. Donato sembra nervoso mentre, passando davanti alle porte aperte, distribuisce saluti. Arriviamo al banco di una reception che, grazie al pass di Donato, superiamo senza problemi e, infine, in una piccola hall dove veniamo fatti accomodare su alcuni divanetti in pelle.

«Okay» mormora Donato, stringendosi le ginocchia. «Credo che siate già al corrente del fatto che per quest'ultima fase di negoziazione saremo affiancati da un, ehm, collega.»

Donato non riesce a nascondere il suo smarrimento e a me tornano alla mente le parole di Giuseppe. *Appeso a un filo. Dead man walking.* Guardo Cardellini che legge i suoi documenti con gli occhi socchiusi e provo un brivido.

«Rashid, si chiama» aggiunge Donato, senza avere la possibilità di dire altro, perché dalla porta davanti a lui, preceduto da uno strano odore di zenzero, esce un uomo poco più alto di un metro e sessanta, sui cinquant'anni, carnagione olivastra, pochi capelli tinti nero petrolio, strizzato in un abito stropicciato arancione.

«*Let's go*» dice l'uomo con una voce impastata, e sulla bocca di Donato il sorriso si fa metallico.

36.

Magari erano andati al cinema e prima ancora a fare la spesa e mio padre indossava la salopette di jeans, quella sporca di vernice e minio, e mia madre un vestito leggero, sicuramente leggero, considerato che doveva essere estate, fine estate se non ho fatto male i conti, cinema e poi cena, anzi, cinema e poi casa, non sono mai stati tipi molto notturni, o forse non erano andati da nessuna parte, a casa tutta la sera, a guardare uno sketch di Carlo Verdone o un film con John Wayne – mio padre va matto per John Wayne, mia madre meno, ma si siede a fianco a lui sul divano e si addormenta – il divano, può essere che tutto sia cominciato lì, una testa appoggiata sulla spalla, una mano sulla gamba, e poi da cosa nasce cosa, ecco, questo davvero mi incuriosisce: *cosa hanno fatto, quel giorno, i miei genitori, prima di concepirmi?*

«Allora avvocato?»

Devo proprio ricordarmi di chiederglielo.

«Avvocato?»

Chissà.

«Avvocato Campi...» ripete Boraletti infastidito.

«Sì?» rispondo sgranando gli occhi.

«Pregandoti di prestare attenzione, domando: sei d'accordo?»

«Ma sì. Direi di sì» rispondo guardandomi attorno per cercare conferma negli occhi di Giuseppe e tornando poi alle mie riflessioni, mentre Boraletti ricomincia a svolgere la matassa dei suoi argomenti.

La delegazione Meyon & Tolsen è atterrata non più di un'ora fa. Tra sbadigli, stiracchiamenti e schiocchi d'ossa, erano già disposti intorno al tavolo in cristallo al centro della sala riunioni che l'hotel ci ha messo a disposizione, quando li abbiamo raggiunti di ritorno dal Mall of the Gods. Donato ha spalancato la porta agitando un polso in aria.

«Milleseicento euro. Ditemelo voi se questo non è un affare. Un Daytona originale a milleseicento euro. Io non dico nulla. Lascio parlare i fatti.»

Boraletti, al centro della delegazione, ha abbozzato un saluto poco convinto, rimanendo ancorato alla poltroncina. Alla sua destra un ragazzo secco – tale Nathan – si è alzato, schizzando come un toast al giusto punto di cottura, e si è presentato come chief di un qualcosa che nessuno di noi ha capito, troppo occupati ad asciugarci la mano dopo la stretta. Alla sinistra di Boraletti, una bellissima ragazza non faceva nulla per nascondere le gambe che, attraverso le trasparenze del cristallo, non ho potuto fare a meno di passare sotto la lente di una lunga serie di approfondite occhiate. Ho sorriso, poi ho deglutito, poi ho sorriso di nuovo, mentre Cardellini, piegandosi verso di lei, domandava: «E tu sei Emily, vero? Cardellini, piacere.»

«Cardellini come?» ha domandato Emily.

Cardellini ha avuto un attimo di esitazione.

«Sì, giusto. Ehm, Valerio. Valerio Cardellini.»

«Valerio?» sono intervenuto io. «Tu ti chiami Valerio? Ma dai. Cioè, hai un nome. Tu pensa. Valerio. Valerio Cardellini.»

«Andrea» ha mormorato Emily, in tono di rimprovero, e mi ha pizzicato un braccio. «Come stai?»

Ha accompagnato la domanda con una coppia di baci e

io ho sentito che diventavo rosso sotto gli sguardi interrogativi di Giuseppe e Donato, le cui gomitate non mi sono sfuggite.

«Bene» ho risposto. «Tutto bene. Io... io non vedevo l'ora di...» e mentre cercavo le parole ho sentito la mano di Giuseppe appoggiarsi sulla mia spalla e ho visto Emily sgusciare via prima che lui riuscisse a stringere anche lei.

«Eccoli qui, ancora insieme» ha detto Giuseppe sorridendo compiaciuto. «Ma quant'è bello vedere i giovani che fanno carriera. E poi c'è chi parla di crisi dei valori. Ma per piacere. Io vi guardo e», ha scosso la testa, «mi commuovo. Su, su, bando agli indugi, andiamo ad acchiappare il futuro.»

Come da tradizione, la riunione ha preso avvio da una lunga introduzione di Boraletti, proclamata in un idioma probabilmente usato nei ristoranti di kebab nei sobborghi di Londra. Boraletti si torce con grande difficoltà tra la smania di declamare i suoi pindarici voli legali e l'uso problematico della lingua inglese, che la presenza nuova di Rashid e Nathan ha reso ora necessario. Ed è proprio Rashid a spezzare sul nascere ogni velleità: ascolta in silenzio per qualche secondo, la faccia corrucciata, poi scuote la testa e sputa sul tavolo un *sorry?* che fa letteralmente tremare Boraletti.

«*U like, ehm, Udine*» dice Boraletti. «*N like Napoli, F like Firenze...*»

La riunione procede senza grossi sbalzi.

Zeus Investments: Donato, all'apparire di Rashid, si è come eclissato, mugugna tra sé mentre gira la ghiera dell'orologio in un lugubre scricchiolio che accompagna la riunione; Giuseppe entra ed esce dalla stanza con la scusa di telefonate urgenti che non può rinviare; Cardellini prende appunti frenetici, mordendosi ripetutamente il labbro; Tiziano, nell'atteggiamento di uno scolaro nella foto di classe, semplicemente non si muove.

Meyon & Tolsen: Boraletti continua a mostrarsi internazionale, usa parole complicate che riesce a storpiare grazie a uno sconsiderato uso degli accenti, dice *yeah yeah* ogni volta che qualcuno lo interrompe e ogni tanto alza le mani e fa il gesto delle virgolette; Nathan segue con attenzione lo svolgimento della riunione arricciando la cravatta bordeaux a righe verdi; l'ingegner Carugato, su richiesta, esibisce grafici, statistiche, torte colorate; Emily gioca con un piccolo pupazzo a forma di alce.

È Rashid a incuriosirmi: il temuto negoziatore, dopo l'accenno di aggressività, se ne sta ora silenzioso in un angolo con le mani sotto le ascelle e gli occhi vispi continuamente fissi su Boraletti.

«Torniamo un attimino alle condition precedent» dice Boraletti, passando improvvisamente all'italiano. «Clausola quattro punto cinque romanino due letterina effe. Mi segnalava giustamente Nathan che sarebbe il caso di sostituire *farà in modo* con *impiegherà ogni sforzo...*»

«*Reasonable...*» interviene Nathan. «*Reasonable effort.*»

«Esattamente – *thank you Nathan* –, ogni *ragionevole* sforzo eccetera. Mi pare più corretto. Sarebbe un pochino esagerato pensare che noi ci si accolli un impegno del genere.»

«Aspetta Franco» dico appoggiando i polsi sul tavolo con un atteggiamento che giudico molto professionale. «Così, però, da obbligazione di risultato convertiamo tutto in obbligazione di mezzi.»

«Esattamente. Ripeto: mi sembra esagerato procedere altrimenti.»

Apro il fascicolo verdolino e comincio a scartabellare. Fotocopie commentate, fogli a quadretti pieni di annotazioni, appunti strappati da blocnotes. Trovo la pagina che cercavo.

«No, Franco, un attimo. Questa è una clausola che abbiamo già concordato. Il ragionamento era stato lo stesso – lo ricordo bene – ma alla fine avevamo pattuito di precisare meglio gli obblighi cui la vostra banca è tenuta lasciando però la clausola come obbligazione di risultato. Me lo sono proprio segnato, guarda», comincio ad agitare una facciata sgualcita. «Non ci interessa lo *sforzo*, vogliamo il *risultato*.»

«Ma Nathan giustamente...» prova a replicare Boraletti.

«Nathan» lo interrompo «deve prendere atto del punto a cui siamo arrivati con le negoziazioni. Se procediamo così, Franco, finisce che ricominciamo tutto da capo.»

Mentre parlo, comincio a notare dei movimenti strani dalla parte di Rashid, che si contorce sulla sedia come se qualcosa dentro di lui spingesse per uscire. Si alza e mi viene vicino. L'odore di zenzero diventa insopportabile.

«*What?*» è la sola parola che sussurra.

Espongo il punto, riassumendo la richiesta di Boraletti, le remore di Nathan, l'accordo già raggiunto a Milano, e l'espressione di Rashid, a mano a mano che parlo, si diluisce in una smorfia di disgusto, mentre inspira rumorosamente dalle narici. Con grande fatica comincia a roteare la sua enorme massa fino a incontrare davanti a sé, all'altro lato del tavolo, lo sguardo in attesa di Boraletti.

«*You*» grida, puntandogli un dito contro. «*Never, never, never*» sono le urla che fanno seguito, rimbombando nella sala, accompagnate da un'eco che pare interminabile. Poi afferra dal portamatite davanti a me una matita color oro e, tenendola stretta tra indice e medio, col pugno colpisce il piano del tavolo, spezzandola a metà. Emily, esterrefatta, indietreggia sulle rotelle della sedia e scambia una rapida occhiata con Nathan. Boraletti è pallido e si aggrappa ai braccioli. Donato non vuole rimanere fuori dalla partita e, rientrando in possesso della sua vivacità, si volta verso di me.

«Ha ragione» mormora. «Eh sì che ha ragione.» Fa una pausa. «Anche se – a dirla tutta – che palle. Qui mi pare che stiamo a fare le pippe agli elefanti. *Farà in modo... ogni ragionevole sforzo...* Ma chi se ne fotte.» Si volta verso

Nathan: «*Do you understand?* Pippe agli elefanti. *Masturbating the elephants*» e prende a muovere le braccia tese, dall'alto al basso, come a lucidare un cannone.

Nathan cerca lo sguardo di Boraletti che, ancora pietrificato dalla reazione di Rashid, non muove un muscolo, poi di Emily, che sbatte le palpebre incredula, e infine guarda me. Io scuoto la testa: niente, davvero nulla di importante, modi di dire, *Italian idioms*. E intanto Rashid mi ha afferrato con una mano e con l'altra agguanta un lembo della giacca di Donato e indica la porta, cominciando a trascinarci con sé. La delegazione Zeus Investments lascia la sala e la prima seduta di negoziazione si conclude.

37.

Ora di cena. Rancori e ostilità sono stati spazzati via da un senso di appetito che accomuna e rende fratelli. Donato, lontano da Rashid, è tornato l'uomo di sempre, allegro, spumeggiante, incline a una gioiosa ostentazione di preminenza sociale. Ha organizzato una cena collettiva a nome della Zeus Investments per dare il suo ufficiale benvenuto a tutti gli ospiti in trasferta, delegazione Meyon & Tolsen inclusa. Appuntamento alle otto nella hall, quattro taxi per percorrere poco più di duecento metri. Poi, su altrettanti kart, veniamo scarrozzati lungo una bava di terra ellittica che si allunga nel mare fino a un ristorante circolare posto sopra un grosso faraglione artificiale.

Non perdo d'occhio Emily. Allontano un cameriere e mi precipito ad accompagnare la sedia mentre lei si accomoda a tavola e non mi accorgo che Donato e Cardellini l'hanno circondata andando a sedersi l'uno a destra e l'altro a sinistra. Cardellini le riempie il bicchiere d'acqua e Donato, allungandole il menù, pronuncia alcune parole francesi che non riesco a decifrare.

Mi sforzo di apparire impassibile e prendo posto anch'io all'ampio tavolo tondo. Osservo Donato che, come una professoressa che scorre il dito sul registro e sale e scende godendo dei respiri sospesi degli alunni, posa lo sguardo sui crostacei che s'affollano nell'acquario al centro del salone indicandoli a un cameriere chinato che fatica a seguire la direzione segnata dal dito.

«Quello, poi quello, e quello là, quello laggiù, no, non quello, quell'altro, sì, esatto, quello che sta nascosto, ha l'aria di essere succoso, quello lo faccia bollire per me.»

Il ristorante («Location per palati raffinati che non si fanno fottere facilmente») offre tutto il necessario per costringere al disagio l'avventore: forchette e coltelli e cucchiai e bicchieri di fogge mai viste, stoviglie sottili di porcellana rosa, un piccolo paralume a ogni postazione, sedie rigide in bambù, menù elettronici pieni di led lampeggianti, camerieri contrattualmente vincolati a non capire.

Giuseppe è l'unico a conservare la sua naturalezza.

«Bel posticino» dice guardandosi lentamente in giro. «Raffinato, ma non pretenzioso. Un pelo kitsch, ma quel kitsch che non dà fastidio.»

«Anzi» dice l'ingegner Carugato e poi deglutisce sotto i nostri sguardi perplessi.

Giuseppe fa roteare il vino nel calice e se ne porta una goccia alla bocca. La rumina con lo sguardo perso tra i raggi di un lampadario pieno di luce e infine trangugia.

«Ecco, forse il vino non è il massimo.»

«Ma questo è solo per sciacquarsi la bocca» si affretta a giustificarsi Donato.

«E allora via, sciacquiamo» urla Giuseppe. «Cin cin?»

«Cin cin!» rispondiamo in coro.

Una selva di bicchieri si alza al soffitto, sguardi si incrociano, tintinnio di cristalli.

«*Cin cin* in giapponese vuol dire pene» dice l'ingegnere, ancora con il calice alto, stretto nella mano che trema, e la perplessità dei commensali si fa biasimo.

La cena procede, le portate sfilano, l'atmosfera si rilassa e l'iniziale irrigidimento cede il passo a un clima da compagni di scuola che si rivedono dopo anni. L'ingegnere ferma un cameriere e chiede la ricetta delle capesante, che sua moglie tende ad *asciugarle*. Cardellini spazzola aragoste e annuisce a ogni frase gettata in tavola. Tiziano pigia sulla tastiera del telefonino, inviando bollettini su quella che, a giudicare dalla sua faccia, è più un'allucinazione da droghe sintetiche che una cena tra colleghi. Boraletti tace e cerca senza successo di farsi portare dell'acqua senza bollicine. Giuseppe e Donato raccontano di trasferte in cui *sì che ci si divertiva, ma per davvero*. Nathan tamburella le dita sul tavolo e ripete le parole in italiano che riesce a captare. Io bevo vino, attratto unicamente da Emily che, in un abito lucido di seta viola, mangia composta dosando le parole e i sorrisi, destreggiandosi tra le attenzioni di Donato e Cardellini.

«Emily» cerco di intromettermi. «Le hai assaggiate queste? Ottime» e con un cucchiaino raccolgo un gruppetto di mazzancolle e faccio scivolare inavvertitamente il guscio di una cozza sui pantaloni. Comincio a balbettare, poi mi scuso di qualcosa e tampono la gamba con un lembo del tovagliolo. Sorrido inebetito.

Sulla tavola continuano a scorrere vassoi sui quali castelli di pietanze – gamberoni come cornette del telefono, vasche d'ostriche, composizioni di verdure intagliate in forma di animali mitologici, trionfi di marmellate cinesi, alcune piume in oro – danno la misura di un fasto troppo ben confezionato per essere oggetto di proletarie valutazioni morali. Intanto i discorsi, improntati a una neutrale professionalità, si deteriorano ben presto con il via vai delle bottiglie e l'innalzamento del tasso alcolico nel sangue dei commensali.

«Per me le donne si dividono in cinque categorie, e chiedo scusa alla signorina Emily se sarò un po' sboccatello. *Cesso*, *cesso potabile*, *potabile*, *figa*, *figone*. E poi ci sarebbe anche una sesta categoria, *la Schiffer*. Se una donna è *la Schiffer* per me vuol dire che è il massimo, ma lì siamo proprio fuori gara. Poche sono le donne che si meritano la categoria *la Schiffer*. E se mi venite a dire che la Schiffer, quella vera, ha fatto il suo tempo, be', sappiate che la bellezza non ha tempo e che la Schiffer, quella vera, mette sotto pure la Campbell.»

«I politici sono tutti uguali. Tutti uguali. E non lo dico per qualunquismo. Pensate – dico per dire – al logo della Mondadori, casa editrice di destra, lo sappiamo tutti. Ora ruotatelo di novanta gradi e cosa ottenete? Ve lo dico io cosa ottenete: il logo della Feltrinelli, casa editrice di sinistra. Metafora precisa.»

«Ma voi che avete studiato legge, com'è che funziona tecnicamente questa cosa dell'ora legale?»

«Avete notato che Topolino è uguale a Minnie? Togliete sopracciglia e abiti, e sono proprio uguali. E pure Paperino con Paperina, Trudy con Gambadilegno. È come se la Disney veicolasse un messaggio razzista, *moglie e buoi dei paesi tuoi*. E non dico che sia sbagliato, badate bene.»

«Ho sentito che qui a Dubai c'è un locale dove uno entra e trova una selezione delle donne più belle del mondo. *Very beautiful women*.»

«Se mi dici *footing* o *jogging* io già ho capito se hai studiato in America o in Inghilterra. Colpo sicuro.»

«Voi dite che un limoncello è possibile averlo?»

«Madame Maîtresse si chiama. Il locale, intendo.»

«Bim bum bam cose.»

Una danzatrice del ventre – il caposala ci informa che si tratta di Miss Libano 2006 – accompagna con movimenti sinuosi l'avvicinamento del carrello del dolce della casa – una piramide di datteri, yogurt e formaggio sommersa da rivoli di caramello – davanti al quale Giuseppe, i cui occhi lucidi dichiarano più di mille gesti impacciati il livello di ebbrezza, ha un momento di indecisione. Si guarda intorno spaesato, poi torna a fissare la cima della piramide, finché si lascia andare a un lento mormorio, rivolto più a se stesso che alla compagnia.

«Il celestino» sussurra stringendo forte il tovagliolo. «Troppo tempo ci metteva a stendere quel dannato celestino.»

Dopo un sorbetto alla cannella, una bottiglia di acquavite di zucca e un giro di lamponi colti direttamente da alcune piantine in vasi di vetro consegnate a ciascuno degli ospiti, facciamo ritorno in albergo.

Prima di salire le scale mobili che portano alla reception, Giuseppe si blocca.

«Noi» dice appoggiando una mano sulla spalla di Donato «ci fermiamo qui fuori a fumarci un sigaro per salutare questa mille e una notte araba.»

Una scintilla gli attraversa gli occhi mentre ci congeda con un rapido gesto, mi assesta una pacca sulla spalla e accenna uno svogliato baciamano nei confronti di Emily.

Il gruppo si sfalda e io trattengo Emily, facendole segno di aspettare che gli altri si allontanino.

«Emily» dico. «Non starai pensando davvero di andare a dormire?»

«Sai com'è», guarda l'orologio. «Sono le due di notte. Sono sveglia da ieri mattina alle tre. Il volo. E la vostra bella idea di farci cominciare la riunione appena atterrati. E poi pure la cena sociale. Cominciavo a temere il falò sulla spiaggia e Giuseppe con la chitarra.»

«Le due, le tre» esclamo con un accento giovane. «Siamo a Dubai, Emily. Dubai.»

«Sì» conferma con aria assente. «Esatto. Siamo a Dubai per chiudere l'affare. E domani alle otto saremo di nuovo in riunione.»

«Alle... otto?» chiedo sorpreso. «Ah.»

«Alle otto», sbadiglia. Apre la borsetta e comincia a rovistare. «Dunque? Andiamo a dormire?»

«Ma no» cerco di protestare mentre Emily si dirige verso gli ascensori. «Lo sai che qui a Dubai è capodanno ogni giorno? Botti, coriandoli, felicità.»

«Che piano?» mi domanda mentre pigia il pulsante di chiamata ed estrae la tessera magnetica della sua stanza.

«Sesto» rispondo abbassando lo sguardo.

«Io quinto», solleva una mano. «Mi concede l'onore di accompagnarmi?»

«Pronti» esclamo, alzando il gomito e porgendo il braccio.

Dietro di me, Tiziano si schiarisce la voce e si accoda.

«Non sapevo che Giuseppe fumasse» dice stirandosi mentre entriamo in ascensore e Donato e Giuseppe, dietro di noi, scompaiono dentro un taxi.

Very beautiful women penso.

Madame Maîtresse.

«Ogni tanto» rispondo. «Quando è in compagnia.»

38.

La musica lounge diffusa nel salone della prima colazione è la stessa che riempie l'attesa nelle cornette dei telefoni dello studio Flacker Grunthurst and Kropper, sonorità che comunicano distensione, quiete, fiducia nella ripresa dei mercati. Ai tavoli, manipoli di rispettabili uomini d'affari consumano brioche di pasticceria e formaggi scelti, con l'aria annoiata che si impone a chi ha confidenza con certi ambienti di lusso ma non intende farlo pesare. Noi – delegazione Zeus Investments – siamo stati apparecchiati a un tavolo sul quale la scritta *reserved* campeggia come i cartelli dell'alta tensione sui tralicci. Donato è l'ultimo a raggiungerci. Si presenta con gli occhi ancora incrostati dal sonno, il lembo sottile della cravatta che spunta dalla giacca chiusa.

«Donato carissimo» lo accoglie Giuseppe. «*Bonjour bonjour.*»

Sorride, picchiettando sull'imbottitura della poltroncina al suo fianco.

«Siediti, Donato. Siediti qui vicino a me. Unisciti al banchetto dei vecchi leoni.»

Donato annuisce, lasciandosi sfuggire una risatina, prima di riprendere la sua espressione accigliata.

«*One long coffee for my friend*» grida Giuseppe verso una

divisa bianca ben stirata all'interno della quale si rintana un filippino.

«Parecchio *long*» biascica Donato, prima di lasciarsi andare a un altro sbadiglio.

L'atmosfera è rilassata. Tra l'aroma di pane appena sfornato e il tintinnio dei cucchiaini nelle tazzine, nessuno sembra preoccuparsi della nuova sessione di negoziazione. Dove eravamo rimasti? Parolacce, se non ricordo male. E grida, pugni sul tavolo, una matita spezzata. Che altro? Ah, un dito puntato. *YOU*. Nessuno ci pensa: Cardellini taglia della frutta in cubetti piccolissimi che si infila in bocca uno dopo l'altro; Donato e Giuseppe si scambiano alcuni strani sguardi appagati; Tiziano svuota voracemente un piatto da cui traboccano pasticcini, salumi, bocconcini di carne coperti di sugo e spezie, frutti di mare. Si guarda in giro.

«Una domanda» dice all'improvviso, cercando di richiamare l'attenzione di tutti. «Ma negli acquari l'acqua è dolce o salata? No, perché vedo quell'acquario là in fondo e mi domando, cioè, quello mi pare proprio un rombo, e però quell'altra che nuota vicino sono sicuro che è una carpa. O no? Come funziona?»

Giuseppe deglutisce l'ultimo sorso di caffè facendosi sfuggire un risucchio. Cardellini lavora di fino sopra un ananas. Dal buffet proviene un rumore di cristalli in frantumi, seguito da una voce che urla: «*Sorry, my fault.*» Donato, versando dello zucchero nella tazza, senza alzare la testa mormora: «*Sorry* il cazzo.» Io spalmo della marmellata di castagne su una sfogliatina di kamut.

«Magari sbaglio. Forse» si risponde da solo Tiziano, colmando il silenzio.

«Sì» dice Giuseppe. «Forse.»

Al tavolo riprende il lento suono di mandibole in movimento, finché Giuseppe fa per alzarsi. Col sedere a mezz'aria sembra valutare un pensiero, poi subito si risiede, appoggiando una mano sulla spalla di Donato.

«E allora Donato, *Donatone*. Che mi racconti? Com'è andato, stanotte, il *closing*? Su, su, dammi il tuo *feedback*.»

«Il *closing*?» chiede Donato, aggrottando la fronte.

«Il *closing*, Donato. Il *closing*» ripete Giuseppe, ammiccando goffamente. «Abbiamo portato a casa il *target*?»

«Ah» dichiara Donato. «*Quel closing...*», un bagliore gli riempie gli occhi. «Diciamo bene, via. Poteva andare meglio, però, a voler essere sincero.»

«Anche a me, Donato. Devo dire che anche a me poteva andare meglio. Ma, a mia discolpa, devo aggiungere: un'operazione condotta su alti livelli. E non è sempre facile mantenersi su certi standard, eh. Questo devi concedermelo, Donato.»

«Assolutamente, Giuseppe. Altissimi livelli, altissimi. Certo, un prezzo di acquisizione importante, va detto, ma anche notevoli *assets* in ballo.»

Lo scambio di battute è rapido, fluido, accompagnato da risatine e allusioni. Tiziano va dietro al dialogo confuso e incuriosito. Si avvicina al mio orecchio.

«Ma di che operazione stanno parlando? Io non ne sapevo nulla.»

«Tiziano, porca puttana, ma lo fai apposta?»

«Cosa?»

«*Assets*, *prezzo*, *closing*. E aggiungi pure Madame Maîtresse. Davvero vuoi farmi credere che non capisci di cosa stanno parlando?»

Negli occhi di Tiziano si dipinge la buona fede più candida. Lo guardo e lo smarrimento che gli scopro sulla faccia che si sposta da destra a sinistra mi impedisce di approfondire la questione.

«Comunque» dico, «l'acqua è salata o dolce a seconda dei pesci che si devono allevare. Quella, infatti, secondo me non è una carpa. Se no, non potrebbe stare nell'acqua salata. È una questione di ossigeno, credo.»

«Ah, ecco» tira un sospiro. «Mi sembrava.»

«Buongiorno signori» ci distrae una voce paciosa alle mie spalle.

Mi volto e rimango abbagliato dalla luce che entra dall'ampia vetrata che circonda il salone. Muovo la testa fino a farmi scudo con la piccola sagoma che si staglia controluce. A poco a poco i contorni si chiariscono. L'uomo sfoggia un abito di taglio antico ma molto raffinato, tela grossa, blu vetro. Sulle prime ho difficoltà a riconoscere la figura che, con una spontaneità che non si addice alla ricercatezza dell'abito, si avvicina al nostro tavolo.

«Buongiorno ingegnere» attacca Donato. «La vedo in formissima.»

«Altro che in formissima» si aggiunge Giuseppe. «Lei è un bocconcino, ingegnere, se lo lasci dire. *Un vero bocconcino.* Uomo di mondo eh? Mannaggia a lei.»

L'ingegner Carugato si schermisce, senza riuscire tuttavia a nascondere il suo compiacimento. Con un paio di colpetti della mano toglie dell'invisibile polvere dal risvolto della giacca e aggiusta la pochette.

«È di mia moglie» dice. «Il merito, intendo. Che lei si lamenta sempre del mio abbigliamento. *Il fustagno* mi dice, *sempre questo fustagno verde, mi pari un boscaiolo, mi pari, guarda che tu sei un laureato.* E stavolta ha voluto prepararla lei la valigia. Ma che volete, io cerco di essere comodo, che è la sola cosa che conta. Però, stamattina ho fatto questo pensiero, che in questi posti bisogna sapersi adeguare, che non siamo mica a casa nostra. E questa volta devo proprio dire che la mia Luisa ci ha visto giusto.»

«C'ha visto giusto sì» concorda Donato, alzandosi di scatto. «Però, ingegnere – devo proprio dirglielo –, vedo alcuni dettagli che non mi piacciono, che non funzionano, stonano. C'è questa pochette, per dire, che è davvero un po' da provinciali. Da parvenu.»

L'ingegnere muta espressione, perdendo all'istante ogni brio.

«Mi scusi?» domanda incerto.

«Un parvenu» si associa Giuseppe, «un arricchito, un cafone, un Briatore qualunque. Lei mi insegna, ingegnere, che si può comprare l'eleganza ma non c'è prezzo per lo stile. Che poi a me Briatore non mi dispiace neanche.»

L'ingegnere sbanda. La fierezza da toro con cui si era avvicinato alla tavola cede di fronte alle banderillas che Donato, spalleggiato da Giuseppe, conficca nelle sue eleganti carni. Donato, ora, è a poco più di un passo.

«*Devil's in the details*» sentenzia e allunga una mano, afferra il lembo di fazzoletto bianco che spunta dal taschino della giacca e tira. Il sibilo secco di uno strappo, e Donato si trova ad agitare all'aria una pezzuola sdrucita.

«Era...», l'ingegnere ha un'aria disarmata. «Era finta» conclude, come chiedendo scusa.

Donato si volta a guardare Giuseppe. Si osservano in silenzio. Poi scoppiano a ridere.

«Lei è davvero un mito» dice Donato e getta la pochette nel bricco vuoto del succo di pompelmo.

L'ingegner Carugato si allontana ingobbito, dirigendosi verso il tavolo Meyon & Tolsen, che da quando mi sono seduto continuo a tenere d'occhio. Non appena scorgo Emily alzarsi per dirigersi al buffet, mi sollevo di scatto, faccio un giro largo intorno alla sala e, sbucando da dietro una colonna, la sorprendo davanti al boccione dello yogurt.

«Sai perché rido?» chiedo appoggiandomi al tavolino.

«Veramente non stai ridendo.»

«Ah, eh, no» balbetto, «facevo per dire.»

Emily sorride, appoggia la scodella di vetro che teneva tra le mani e si ferma a guardarmi.

«E dunque, perché dovresti ridere?»
«Perché so a cosa stai pensando.»
«Ah sì?»
«Assolutamente.»
«Sono tutta orecchi.»
«Tu stai pensando alla cena di ieri sera e a tutte le cene del genere alle quali sarai costretta a partecipare qui a Dubai se non prendi provvedimenti *im-me-dia-ti.*»
«E scommetto che tu avresti la soluzione.»
«L'hai detto.»
«Sentiamo, allora. Stavolta quale sarebbe la proposta?»
«Cuochi giapponesi giocolieri.»

39.

Se qualcuno mi avesse detto che avrei passato le successive nove ore di riunione inseguendo i miei pensieri come bombi in un campo, curioso di vedere dove sarebbero andati a posarsi ma facendo attenzione a tenermene ben lontano, mentre Giuseppe e Cardellini impostavano una serie di passaggi uno-due per sbaragliare la difesa pericolante di Boraletti, ancora scosso dalle possibili reazioni di Rashid...

Se qualcuno mi avesse detto che, alla fine dell'incontro, Emily avrebbe salutato tutti scusandosi per il fatto che quella sera sarebbe stata impegnata a preparare una serie di slide in vista di una presentazione in Meyon & Tolsen e non avrebbe fatto parte della simpatica brigata e poi si sarebbe avvicinata a me chiedendomi dove si trovava quel posto – *quale?* – quello dei cuochi giapponesi giocolieri...

Se qualcuno mi avesse detto che un anziano cuoco giapponese con un lungo e sottile pizzetto diviso in due, i cui estremi andavano a legarsi agli orecchini, ci avrebbe servito pesce alla piastra facendo volare coltelli nell'aria con la noncuranza di un vecchietto che lancia le briciole di pane alle anatre, mentre io raccontavo a Emily della volta che avevo partecipato alla convention dello studio organizzata per celebrare i successi passati e stendere le strategie del nostro futuro, sotto lo slogan non proprio originale di *Il futuro è solo un passo - Just do it*, e di sabato mattina, con numerosi altri professionisti, in polo e pantaloni eleganti ma sportivi, con la faccia eccitata dei bambini in gita, mi ero messo in moto per raggiungere la meta, tra le mani il programma dei lavori e nella mente un pensiero: *magari stasera mi faccio quella del secondo piano*, e mi ero trovato in un *esclusivissimo* casolare nella campagna toscana che si era rivelato non così esclusivo quando avevamo scoperto di condividere gli spazi con una delegazione di una banca d'affari internazionale che aveva scelto la stessa destinazione negli stessi giorni con gli stessi obiettivi di fidelizzazione e che a ogni delegazione era stata assegnata la propria sala conferenze, e alle quattordici i delegati bancari si erano adunati nella sala Leonardo e alle quindici noi ci eravamo raccolti nella sala Galileo, che per l'occasione il nostro managing partner, Francesco Persecati, aveva ribattezzato *Sala Diabolik, per fare simpatia, ma soprattutto*, e qui aveva fatto una pausa per creare tensione, *autoironia*, ed era seguito un applauso, *troppo simpatico*, *fortissimo*, *è il capo*, *sempre una nuova*, *cool*, e dopo tre ore di discorsi celebrativi e motivazionali io ero uscito turbato e avevo deciso di saltare il tea break per farmi una doccia e stavo seduto in accappatoio ai piedi del letto e mi fissavo nella specchiera che ricopriva l'armadio e cercavo di metabolizzare quanto avevo appreso, ripetendomi *tu, tu tra essere e avere non ti sei accontentato di essere, tu hai scelto di più, tu hai scelto di essere un libero professionista, amministratore del tuo futuro, artefice del tuo successo nel lavoro, con il lavoro, per il lavoro, sacrificio uguale potenziamento, una strada in salita su ciottoli di soddisfazioni, guideline del destino, noi, l'orgoglio di esserci, la fierezza di appartenere a un meccanismo perfetto, stai dando il tuo meglio?, domandatelo ora!, un successo con i best regards, prestigio, against the competition, against all issues*, e improvvisamente ero in piedi e stavo correndo verso il gabinetto, in preda a un violento spasmo, e mi sistemavo sulla tazza e mi lasciavo andare, in balia di una feroce aggressione intestinale, e ripensavo al pranzo toscano tradizionale consumato prima dell'inizio dei lavori della convention, al formaggio stagionato, alla marmellata di peperoncino, alla salsiccia semicruda, alla pignatta di fagioli e ripensavo, soprattutto, a Francesco Persecati che diceva *against all issues* e ancora oggi mi domandavo la causa di tutta quella evacuazione...

Se qualcuno, poi, mi avesse detto che Emily avrebbe riso, riso tanto, e mi avrebbe fatto notare che parlo sempre di lavoro, e io mi sarei scusato, un po' vergognandomi, ma Emily avrebbe risposto che no, a lei piace, perché ho un modo *diverso*, un occhio *diverso*, e quindi ci saremmo alzati e saremmo tornati in albergo e avremmo continuato a ridere anche quando, scorgendo Donato e Giuseppe seduti sulle poltrone della hall dell'albergo a sorseggiare del cognac in attesa della fuga notturna, avremmo proceduto a salti da una colonna all'altra, nascondendoci, fino a farci inghiottire dall'ascensore, dove ci saremmo guardati negli occhi mentre, al di là delle pareti trasparenti, la città precipitava sotto di noi...

Se qualcuno, infine, mi avesse detto che saremmo arrivati sulla soglia della mia stanza e lì avrei abbassato gli occhi fino al momento in cui Emily avrebbe detto *be', stavolta non mi dici che sei stato bene?* e io avrei risposto *no che stavolta non lo dico* e sarebbe stata Emily ad abbassarli e a sussurrare *allora lo dico io* e poi, attraverso una serie di frammentarie immagini – un lungo bacio, lo scatto di apertura della porta della stanza, un reggiseno che fatico a slacciare, una mezza dozzina di cuscini da gettare a terra per farsi spazio sul letto, movimenti sempre più impazienti e poi più lenti e poi più veloci e poi ancora più lenti –, mi sarei trovato sdraiato a guardare verso i riflessi che l'illuminazione notturna della città proiettava sul soffitto della stanza, mentre il braccio liscio di Emily si appoggiava mollemente sulla mia pancia...

... ecco, se qualcuno mi avesse detto tutto questo, io semplicemente non ci avrei creduto.

Però avrei detto *eh, magari.*

«Cosa?» mormora Emily.

«Scusa?» chiedo, rotolando fuori dai miei pensieri.

«Cosa stavi dicendo?»

«Io? Cosa stavo dicendo? Non stavo dicendo niente.»

«Hai detto *eh, magari.*»

«Ah, no, no. Stavo respirando. L'aria condizionata. Mi è venuto il raschio.»

Passo una mano tra i capelli di Emily, cercando di pettinarli.

«Sono troppo corti» dice. «Non stanno dove li metti.»

«Tu fammi provare.»

Riprendo a far scorrere la mano ed Emily avvicina la faccia, appoggiandosi alla mia spalla. Ha un buon profumo. Emette un paio di mugolii e chiude gli occhi. O almeno così credo. Dalla mia posizione non sono in grado di vederle il viso, ma sono sicuro che ha chiuso gli occhi, e sta sorridendo. Allungo la mano verso il lontanissimo carrello di frutta lungo il bordo del letto nel tentativo, che va a vuoto, di afferrare un dattero. Dai finestroni aperti soffia un filo di vento che gonfia leggermente i bordi delle tende. La stanza in penombra nasconde le sue eccentricità. Sembra più piccola, meno sfarzosa. Le rifiniture degli armadi assomigliano ora a difetti del legno, le poltroncine, sotto lo strato di velluto giallo, si piegano in forme anonime da seggiole Ikea, i quadri alle pareti non sono molto diversi dai poster strappati dalle pagine centrali di una rivista da sala d'aspetto. Nient'altro che una villetta sul lago d'Iseo. Solo il letto continua ad apparire enorme, lasciandomi la strana sensazione di esserci improvvisamente ristretti. Emily, a guardare le proporzioni, in questo momento potrebbe non essere più alta di un portaombrelli.

«A cosa stai pensando?»

«Che sei alta come un portaombrelli.»

«Ah, grazie. Ben gentile.»

Le prendo una mano e la bacio.

«Non vorrei sembrare, come dire, inopportuno. Però mi guardo intorno e penso che tutto questo è completamente privo di senso. Questo letto, ad esempio. Per di più con te dentro. La mia vita non è proprio così. Insomma, altro che datteri e aragoste, io a Milano mangio la pizza con Arturo.»

«Chi è Arturo?»

«Eh, Arturo. Arturo te lo devo presentare. Andreste d'accordo. E sì che lui è uno di gusti difficili.»

Emily si alza, appoggiandosi su un gomito. Mi scruta interrogativa. Continua a sorridere. Poi ripiomba sulla mia spalla.

«Com'è che sei finita a Londra?» domando continuando a seguire i giochi di luce sul soffitto.

«Carriera.»

«*Carriera?*» ripeto sorpreso.

«Guarda che non è una parolaccia. Carriera. Occasioni. Opportunità di lavoro. Quante ragazze di trent'anni hai conosciuto che...»

«Donne.»

«Cosa?»

«*Donne* di trent'anni. Non *ragazze*.»

«Ah, sei divertente tu, eh?» dice pizzicandomi un braccio. «Comunque, quante ne hai viste di trentenni, *femmine*, in Italia, raggiungere posizioni – e qui se fai battute ti spezzo una gamba – che siano paragonabili a quelle raggiunte dalle coetanee all'estero, Londra, per esempio?»

«Sì, credo di capire cosa intendi. Giuseppe di collaboratrici donne non ne ha mai volute. Dice sempre: *bisogna distinguere tra donne colpose e donne dolose.* Credo che sia una frase di Karl Kraus, ma in bocca a Giuseppe tutte le frasi suonano in un modo un po' particolare, come popcorn nel microonde.»

«Giuseppe è solo uno dei tanti. E nemmeno dei peggiori.»

«Così sei partita.»

«Quattro anni fa» dice, facendosi più vicina. «Tu invece?»

«Ah, io a Londra ci sono stato otto volte. Tutte per lavoro. Mai visto nulla. Cioè, prima di partire mi compro ogni volta una guida nuova, la *Lonely Planet*, la *Clup Guide*, la *Touring Club*, la *Routard*, le ho tutte. Ho pure una piantina disegnata con la penna rossa da Eleonora con l'indicazione di un negozio di borsette che... Eleonora è... era... lasciamo perdere. Poi, però, tutto va sempre in un altro modo. Salgo su un aereo. Atterro. Prendo un taxi. Finisco in un albergo con i gabinetti più grandi del mio salotto. Faccio colazione con i salamini e il formaggio gommoso. Entro in qualche sala riunioni. Ci sto dentro per un paio di giorni. Ritorno in albergo. Riprendo l'aereo. Torno a casa. Qualche volta mi mando le cartoline da solo.»

«Fatto?»

«Direi di sì.»

«Intendevo, tu come sei finito nel tuo studio? Perché lo fai, il tuo lavoro?»

«In che senso?»

«Passione per il diritto? Soldi? Successo? Ci sarà un motivo.»

«E perché me lo chiedi?»

«Non so» dice, fermandosi a riflettere, come se cercasse le parole giuste. «Non dai la sensazione di essere, come dire, molto soddisfatto di quello che fai. Anzi, sembri proprio insofferente. Ti comporti come se fossi in un recinto.» Emily si stira. «A Londra, allo zoo, c'era un muflone che si chiamava Jimmy. Tale e quale a te.»

Questa volta sono io a pizzicare il braccio di Emily.

Poi sbuffo.

«Non è così semplice.»

«Come no? Basta chiedersi *perché* pausa *lo* pausa *faccio.*»

Sospiro e divento pensieroso.

«Vedi, quella sensazione che dici tu, insomma, di sentirsi in un recinto, è vero, un po' mi capita. Ma non è sempre stato così», mi sistemo il cuscino sotto la testa. «Qualche anno fa era diverso, mi sembrava di avere mille possibilità davanti. Poi le cose sono cambiate e io non me ne sono nemmeno reso conto. Non so» faccio una pausa, «alle volte sono convinto di essere destinato a qualcosa di più grande, altre volte mi basterebbe essere destinato a qualcosa di più piccolo.»

Emily sembra valutare qualcosa.

«Non hai mai pensato di lasciar perdere?»

«Eh, per fare cosa?»

«Come *per fare cosa*? Qualcosa che ti piaccia. Io Jimmy lo capivo, ma tu, se non sei soddisfatto, puoi anche scegliere di cambiare.»

«Te l'ho detto, non è così semplice. In studio, o allo zoo, come preferisci, mi pagano bene, ho il mio prestigio, una crescita professionale. Insomma, qualcosa di concreto. E poi cambiare...» prendo un respiro «... io non saprei nemmeno da dove cominciare a cambiare.»

«Ah, ma cosa fare dopo è un problema successivo», Emily si solleva e mi guarda con un'espressione buffa e saggia allo stesso tempo. «Prima si risolve il problema attuale, poi si pensa a tutto il resto. *Never trouble trouble Till trouble troubles you For if you trouble trouble You'll only double trouble And trouble others too.*»

«Bello. Un altro mantra. Io conosco *ti che ti tachet i tac.*»

«È una filastrocca, o una canzone, non so» dice lasciandosi cadere sul letto. «Dice di non preoccuparsi di un problema finché non è il problema a farsi vivo. Non faresti che aumentarli, i tuoi problemi.»

«Uhm, sì» dico masticando il pensiero. «Sono d'accordo. Poi domani, però, la filastrocca me la ripeti, vero?»

«Promesso.»

«Buonanotte Emily.»

«Buonanotte Andrea.»

Una lunga pausa.

«Ma Jimmy, che fine ha fatto?»

«Diventato pazzo. L'hanno abbattuto.»

40.

Accendo il televisore: menù *Music & Sounds*. Faccio scorrere una lista di categorie, *rock*, *rap*, *blues*, *adult listening*, *new wave*, *strumentale*, *techno*, *speedcore*, *gabber*, *suoni di mare*, *suoni di foresta*, *silenzio artico*, *canti curtani*, *acufalie* eccetera. Seleziono il titolo e alzo il volume. *Ta-tta-tta-ra-tà. Ta-tta-tta-ra-tà.* Dai finestroni aperti si fa largo la luce di un sole levigato e ultramoderno. Fasciato in una vestaglia di seta rinvenuta nella cabina armadio da cui ciondola un cartoncino plastificato che recita *Take me with you - Just pay $ 450*, mi dirigo verso il bagno. Muovo i piedi al ritmo dei fiati che infuriano dalle casse ai lati dello schermo.

Start spreading the news
I'm leaving today
I want to be a part of it
New York New York...

Rileggo il bigliettino scritto da Emily prima di scappare nella sua stanza per prepararsi per la riunione di oggi: *Non voglio svegliarti visto che dormi come un bambino. E russi come un tricheco. ;-)*

Penso *no, ma quale tricheco, stavo respirando, l'aria condizionata, mi è venuto il raschio*. Il messaggio si interrompe così, con l'immagine del mammifero. Quando ho allungato una mano e ho scoperto il vuoto nella parte di letto dove era rimasta a dormire Emily, ho sentito una fitta di panico. Mi sono girato su un fianco e ho lanciato un'occhiata annebbiata alla stanza e mi sono sentito subito più tranquillo: Emily era seduta allo scrittoio con la penna in mano, le sole mutandine indosso. E pochi secondi dopo non aveva più nemmeno quelle. Ci penso ora, guardando la mia immagine riflessa nello specchio del bagno, la faccia coperta di schiuma da barba, i capelli sollevati sulla nuca, gli occhi da totano sulla brace. Io. Emily. È successo davvero?

I want to wake up in the city that never sleeps
To find I'm a number one, top of the list, king of the hill
A NUMBER ONE...

La golden breakfast room trabocca di voci e movimenti. Alla terza brioche che addento, Giuseppe appoggia la grossa tazza di caffè nero e si schiarisce la voce.

«Di', com'è che hai tutta questa fame oggi?»

«Sono di buonumore.»

Giuseppe mi squadra con circospezione.

«Ma chi? Tu? Di buonumore? Endriu, che mi stai combinando? C'è qualcosa che mi nascondi?»

«No, perché? Non posso essere di buonumore?»

«Certo, certo. Però, insomma, hai sempre quest'aria da balena che si è arenata sulla spiaggia. Bah, lasciamo perdere. Piuttosto, che ci facevi ieri dietro le colonne a saltellare e ridacchiare come un posseduto?»

Un piccolo sussulto mi spinge il caffè nel naso.

«Io? Dietro le colonne? No, no, no» comincio a ripetere, affondando senza motivo un dito in una scodella di panna sopra un carrello spinto da un cameriere. «Ieri sono stato in camera, tutta la sera. Non stavo bene. Lo senti che ho un po' di raschio?»

«Raschio? Endriu, ma come parli? Che roba è il raschio?»

«Ma Donato dov'è?» provo a cambiare discorso.

Giuseppe soffia verso la piantina al centro del tavolo.

«Donato è con Cardellini. Vedo che non hai letto le mail di stanotte. Andiamo bene. Comunque, ricapitolo: Rashid ha un incontro con i suoi e la riunione di oggi è stata spostata alle quattordici. Abbiamo la mattina libera.»

«E gli altri?»

«Il praticante non l'ho visto. Cardellini ha chiesto a Donato di accompagnarlo al Mall of the Gods. Dice che vuole comprare un tappeto.»

«Un tappeto? Ma se Cardellini non è capace nemmeno di distinguere tra una strada asfaltata e un giardino inglese. Giuseppe, tu puoi anche difenderlo, l'esperienza, l'abnegazione, quello che vuoi. Ma quel ragazzo è un leccaculo di proporzioni epiche.»

«Uhhh», Giuseppe piega la testa di scatto. «Che puzza insopportabile, mamma mia. Puzza di valori in decomposizione. *Leccaculo*, e cosa vuol mai dire *leccaculo*? Sei un ragazzo sveglio, Endriu, e allora io mi chiedo perché ti perdi ancora dietro a queste minchiate. Cos'è questa purezza, tutta questa dignità, che stai sempre lì a difendere? E che è? Ascolta me, tu sei troppo legato a parametri vecchi, avariati, putrefatti. Scrollare, sfoltire. Il mondo è andato avanti e tu mi pari un giapponese che è rimasto da solo sulla sua isoletta senza che nessuno l'abbia informato che la guerra è finita. Te lo dico io allora, ascoltami bene: *la guerra è finita.* Torna in mezzo a noi, Endriu. Torna. E comincia pure tu.»

«A comprare tappeti?»

«A essere contemporaneo.»

Giuseppe accompagna l'eco delle ultime parole alzandosi in piedi. Si passa il tovagliolo sulla bocca e lo getta sul tavolo.

«Be', ciò detto, io vado in sauna, a ritemprare queste vecchie ossa. Quattordici precise, mi raccomando.»

«Quattordici precise.»

«Ah, Endriu?»
«Cosa?»
«Sbaglio o c'era qualcuno con te a saltellare tra le colonne?»

Sono sdraiato sul letto e inganno il tempo in attesa del ritorno di Rashid e della mia quotidiana iniezione di sfiducia in un mondo migliore. Seguo distrattamente le immagini colorate e fluide che popolano lo schermo appeso alla parete dopo aver cercato inutilmente di spegnerlo. Una domanda – la stessa che da ieri notte si affaccia nella mia testa – comincia a ronzare di nuovo con insistenza: *perché lo fai?*

Allungo una mano verso il comodino, prendo il telefono e digito un numero.

«Ohi, Andrea» squilla una voce che stento a riconoscere. «Sei già stato inculato da un cammello?»

«Bene, sei tu. Ciao Giovannino.»

«E certo che sono io, chi volevi che fosse?»

«Non so. Ti sento malissimo. Hai la voce ingollata.»

«Lascia perdere. Mi prendi in un momento particolare. Sto sotto la scrivania di Nicola.»

«E che ci fai sotto la scrivania di Nicola?»

«Sono qui con Antonio. Nicola è in riunione. Gli svitiamo una ruota della sedia.»

«Mi sembra giusto. Senti Giovannino, dimmi una cosa.»

«Spara.»

«Tu, *perché lo fai?*»

«Per vederlo col culo per terra.»

«Idiota, non parlo della ruota della sedia. Tutto questo. Intendo il lavoro, gli orari, le rinunce... Perché lo fai?»

«Ma che razza di domanda è?»

«Così. Una curiosità. Non ti pesa? Non credi che...»

«Senti, ascolta un po'. Che vorresti fare? Pulire il culo ai galli?»

Resto interdetto.

Mi gratto una tempia.
Pulire il culo ai galli.
Non è affatto un bel mestiere.
D'un tratto, mi sento sollevato e tutto acquista un suo senso superiore.
Giovannino, all'altro capo del telefono, intanto, grida alla volta di Antonio.
«Vuoi venire a darmi una mano che se entra qualcuno potrebbe fare domande sul fatto che sto qua sotto?»
«Dai, Giovannino» intervengo. «Sei alto un metro e una carruba. Compri le cravatte dei bambini per evitare di avere un boa che ti arriva alle ginocchia. Chi vuoi che si accorga della differenza?»
«Fottiti.»

Alle due siamo in riunione e dieci minuti dopo siamo già arenati nella discussione della *black ball clause*. Cardellini sfoglia rumorosamente alcuni documenti e ogni tanto indica alcune parole a Giuseppe che annuisce controvoglia. Boraletti si consulta con Nathan. Io cerco gli occhi di Emily ed Emily i miei.
«Ma sì» dico d'impeto picchiando una mano sul tavolo. «*Don't trouble trouble trouble...* no, aspettate... com'è?»
Sono investito da uno scroscio di sguardi interrogativi. Solo Emily abbassa gli occhi, trattenendo un sorriso.
«Endriu» bisbiglia Giuseppe, «che cazzo stai dicendo?»
«Non lo so» rispondo e rivolgendomi a tutti aggiungo: «Ma sì, insomma, cioè, non fasciamoci la testa prima di rompercela.»
Giuseppe si avvicina.
Il suo bisbiglio è un trapano.
«Te la rompo io la testa, se non ti dai una regolata. Io vorrei sapere a te cosa t'è successo stanotte. Tutto 'sto buonumore, le minchiate...»

«Un attimino, un attimino» interviene Cardellini, dall'altro capo del tavolo. «Un attimino solo.»

E intanto gli attimini sono già tre penso io, o forse lo dico, visto che tutti si voltano verso di me.

«Il collega Campi è un pochino impreciso come al solito» prosegue Cardellini. «Quello che sta cercando di dire è: noi dobbiamo considerare la *ratio* che sorregge la clausola in questione. *Rationale* in inglese.»

Gli occhi di Donato si illuminano.

Senti brutto pezzo di merda, shit in inglese vorrei alzarmi a dire ma Giuseppe mi appoggia la mano sul braccio nell'atteggiamento di una ragazzina che ha scoperto di volere i popcorn mentre i titoli di testa cominciano a scorrere sullo schermo.

«Endriu» sussurra, improvvisamente mellifluo. «Intanto che risolviamo questo punto, fammi un favorone, visto che Tiziano non si sa che fine abbia fatto, fai stampare tu una decina di copie di questa side letter. Così, quando la dobbiamo discutere, ecco che tutti hanno, belle sotto gli occhi, le mie osservazioni.»

Mi mette in mano due fogli spiegazzati su cui risaltano la scritta *Allegato 8.1* e una serie di glosse sui bordi e appunti sparsi come *W Milan M Inter*, e io mi alzo.

«Gentilissimo» dice Giuseppe mentre mi allontano.

Gli occhi della sala mi seguono e io mi sento come un abito passato improvvisamente di moda.

Prima che porta e stipiti si serrino dietro di me, mi arriva la voce di Cardellini.

«Perfetto. Intanto noi possiamo pure procedere. Dove eravamo rimasti? *Where we were?*»

«*Uèuèuè.* Ah ah ah» dice Donato, picchiandosi una guancia. «Divertente.»

41.

Dubai non è stata progettata per passeggiare.

Nell'esclusiva zona dove sorge il Dionysus' Ivy Hotel, le strade non sono altro che larghe tangenziali punteggiate di alberghi, casinò e Atm point. Nessuna piazza, nessun monumento, nessun pub con i tavolini all'aperto. Un immenso quartiere di periferia urbana illuminato a giorno.

Cammino da solo, seguendo i lampioni. Cartelloni pubblicitari continuano a darmi il benvenuto nel benessere. Lo schizzo di una fontana mi bagna la camicia. Sopra un gigantesco schermo che domina una struttura in metallo – potrebbe essere una banca come una moschea – scorrono le immagini di una famiglia che gioca a golf: il bambino, sotto lo sguardo divertito della sorellina, manda la pallina nella sabbia del bunker, il papà gli sorride benevolo senza fargli pesare il tradimento delle sue aspettative, la mamma, sullo sfondo, gode di alcuni privilegi che il filmato non specifica.

Schivo un gruppetto di giapponesi, protesi verso la strada per fermare un taxi. Un tizio di colore, alto, molto magro, in doppio petto blu costellato di bottoni d'oro, mi viene incontro. Si appoggia a un bastone, ma sembrerebbe poterne fare a meno. Recita ad alta voce alcuni passi della Bibbia e, mentre si avvicina, alza ulteriormente il tono, scandendo bene le parole. *Il mio Dio è il Dio di Abramo, di Isac-*

co e di Giacobbe. La fine del mondo è vicina. Venerdì. Venerdì tutti dovremo rendere conto. Venerdì. Ha enormi occhi sporgenti, spalancati su di me.

Scrollo le spalle.

«Mi pento» dico infilandomi in bocca una gomma alla liquirizia. «Davvero.»

«No!» grida. «Non pentirti, fratello. *Do not repent.* Dio non è misericordioso con chi si pente. Dio non è misericordioso affatto. Dio è vendicativo.»

Svolta a sinistra e scompare dietro una siepe. Per un po' continuo a vederne le mani agitate in aria e a udire frasi sconnesse. *Do not repent. Do not repent. La fine del mondo. Venerdì.* Ma oggi, che giorno è?

Avevo in mente una serata diversa.

Alla fine della riunione, dopo aver cercato di arginare alla meglio gli assalti di Cardellini, ho preso in disparte Emily e le ho fatto la mia proposta: ci saremmo liberati del gruppo con una scusa qualunque, avremmo mangiato qualcosa di veloce e poi l'avrei portata in un locale sulla costa dove il cartellone prometteva *il più grande spettacolo al mondo di mentalismo, escapologia e magia araba.*

«Magia araba» le ho ripetuto. «Cioè, ti rendi conto? Che roba è la magia *araba*? Segano in due un cammello? Io dico che ci sarà da divertirsi.»

Emily ha farfugliato qualcosa. *Fare il punto, Meyon & Tolsen, mi spiace, fare il punto, fare il punto.* Mi ha salutato con un bacio, mi ha chiesto di scusarla, poi ha promesso che l'indomani sarebbe stata con me tutta la sera. Ho rilanciato e ho chiesto tutta la notte. Ha sorriso, ha provato a dire qualcosa, poi si è ammutolita e mi ha baciato di nuovo.

Mi sono sentito spaesato. Passare la serata in camera, quando fuori stava pulsando *il cuore del futuro* – credo di averlo letto sulla brochure dell'albergo –, era da escludere. Cosa avrei raccontato al mio ritorno? *Ero a Dubai, ho dor-*

mito. Nicola avrebbe anche potuto accettarlo. Ma Giovannino no, lui non me l'avrebbe perdonato.

Ho raggiunto Tiziano, seduto su una poltroncina della sala riunioni a ordinare i documenti in alcune cartelline trasparenti su cui applicava dei post-it con scritto *DO NOT TOUCH*, e ho riesumato il mio programma: qualcosa di veloce per cena e magia araba. Tiziano ha cominciato a ringraziarmi con foga, poi però, con una faccia tra il dispiaciuto e l'entusiasta, mi ha confidato di avere già organizzato la sua serata: aveva lasciato un bigliettino alla caposala della golden breakfast room – una bella ragazza mulatta che Donato aveva più volte fatto oggetto di sguardi esplorativi – dandole appuntamento per le nove al ristorante thailandese dell'albergo.

«Cercherò di tenere alta la bandiera italiana» ha detto mettendosi una mano sul cuore.

Giuseppe e Donato non hanno nemmeno ascoltato la mia proposta.

«Saremo nel deserto» ha detto Donato. «Abbiamo prenotato un giretto notturno sui quad. Eh, Giuseppe? Scommetto che alla prima duna, massimo seconda, ti ribalti.»

«Sogna, Donato, sogna. Ti faccio mangiare tanta di quella sabbia che nel gabinetto poi ci trovi dei castelli.»

Coinvolgere Boraletti, l'ingegner Carugato o Nathan era fuori discussione, considerate le disposizioni di Donato che ci proibiscono di frequentare la controparte senza la sua supervisione. E se Emily può valere il rischio di un'eccezione, non mi sento di poter dire lo stesso degli altri tre.

Un ultimo potenziale compagno: Cardellini.

Ho soffocato ogni moto di spregio e, spinto dalla curiosità, ho sondato il terreno.

«Ehi, Cardellini» ho detto sfilandogli di mano gli appunti della riunione. «Sembra che tutti stasera abbiano qualcosa di speciale da fare. Impegni pure tu?»

Cardellini mi ha squadrato come una sagoma che gli avesse appena coperto il sole, poi si è aperto in un sorriso giallo e, con una strana smorfia, ha cominciato ad annuire. Ha alzato una mano a uncino e l'ha fatta roteare.

«Ho i miei movimenti stasera» ha dichiarato alzandosi in punta di piedi per cercare di recuperare gli appunti.

«Ecco» ho detto facendo cadere i fogli sul tavolo. «Allora magari ci facciamo un bello shampino prima di uscire, eh?»

Cammino tra cantieri in fermento, muri in erezione, andirivieni di bisarche. Uno stuolo di operai sfila lungo le assi dell'impalcatura che circonda lo scheletro di un edificio che si allunga vertiginosamente verso il cielo. La sera è calda, piena di possibilità. Inalo aria. Mi chino. Slaccio le stringhe e le riallaccio. Penso che potrei fermarmi a prelevare. Poi, ho un'idea.

Mi fermo, ci penso su, mi giro e faccio rotta verso l'albergo.

È quasi mezzanotte.

Se mi affretto, magari il fioraio della hall è ancora aperto.

Emily.

Quanto ci può volere a *fare il punto*?

Mi infilo nell'ascensore dell'albergo con un mazzo di fiori bianchi di cui non conosco il nome. Pigio il tasto del piano, i numeri sul display crescono, insieme con la frequenza del mio battito cardiaco. Le porte si spalancano e mi accorgo di sapere il piano, ma non il numero della stanza. Non serve. La risatina nervosa che viene dalla mia destra appartiene a una sola, inconfondibile, persona. Non riconosco tuttavia la voce maschile che le parla. Tenendo una mano sulla fotocellula dell'ascensore, mi allungo oltre le porte facendo attenzione a non mostrarmi. Guardo. Poi ricaccio immediatamente la testa nell'ascensore e schiaccio il pulsante 0, una due cinque volte, tremando, e mi appiattisco contro lo specchio e inspiro e comincio ad andare giù. Quello che sento nella testa è il *clic* di un interruttore, mentre la mente ripropone in loop i pochi fotogrammi dell'immagine che ho appena visto: Emily estrae la tessera magnetica dalla piccola feritoia e fa scattare la serratura, apre la porta ed entra nella sua stanza. Cardellini la segue.

42.

Prima il destro, poi il sinistro.
Di nuovo il destro.
E adesso ancora il sinistro.
Raccolgo tutta la mia concentrazione per portare avanti i passi, uno dopo l'altro, senza direzione, rapidamente. Scorrono al mio fianco, come gli sfondi posticci che accompagnano le automobili in fuga nei film anni cinquanta, i ciclopici complessi in vetro e acciaio, i resort, le file di palme lungo le strade, le limo rosa, i mosaici, le fontane, gli affari, gli uomini, tutta la speciale normalità.
Prima il destro.
Poi il sinistro.
Un'esplosione improvvisa mi spinge ad alzare lo sguardo. Una pioggia di lucine viola e verdi invade il cielo, riflettendosi nelle vetrate dei palazzi. Un sibilo, e subito una nuova scia gialla si stende ad arco sopra la mia testa fino a scoppiare in una cascata di stelle rosse crepitanti che scendono lentamente a terra, lasciandosi dietro uno strascico di piccoli nastri di luce tremolanti. Nel giro di pochi secondi, la notte deflagra nei fuochi d'artificio. Osservo i lampi accendersi e spegnersi, alle mie spalle risuonano le risate di una coppia, dai finestrini aperti di un'auto arrivano i bassi di una vecchia canzone dei Pet Shop Boys, un cane abbaia.

Prima il destro.

Poi il sinistro.

Come sono arrivato fino a qui?

C'è stato un tempo in cui ero solo un praticante, pieno di cravatte blu.

Svolgevo la pratica forense in un piccolo studio legale non molto diverso dalla maggior parte degli studi legali italiani. Per un pugno di euro al mese passavo le mattine in tribunale impegnato nelle attività più varie: stavo in coda ore per iscrivere a ruolo una causa, mi facevo insultare da una volgare obesa della cancelleria della sezione XIII, leccavo e appiccicavo decine di marche da bollo e poi ci pestavo sopra un timbro, cercavo fascicoli andati perduti aggrappandomi a scale pericolanti stretto nell'abitino di Valentino con cui mi ero laureato, rimuginavo. Poi, al rientro in studio, ancora fotocopie, preparazione di fascicoli, compilazione di decreti ingiuntivi e numerosi altri lavoretti per i quali, più della laurea, mi sarebbe stato utile l'alcol. E mi andava ancora bene. I racconti degli ex compagni di università riportavano bollettini sconfortanti: chi faceva la spesa per il suo *dominus*, chi gli lavava l'auto, chi gli accompagnava i figli a scuola.

Suvvia, suvvia, cerchiamo di non esagerare. Intorno a me, erano tutti pronti a storcere occhi e bocca. *C'è gente che lavora in miniera* avrebbe detto mia madre. E finì per dirlo davvero. Ogni volta che, scoraggiato, cercavo una sponda ai miei sfoghi, inclinava la testa, alzava un dito e si limitava a pronunciare una parola sola: *Sulcis.*

Un giorno, lasciando il posto sull'autobus a un'anziana con un braccio rotto, cominciammo a parlare. La signora si mostrava interessata al mio lavoro e io cominciai a illustrarle la mia condizione. Poi, alla fermata di fronte al Policlinico, la vecchia si avvicinò alle porte, mi guardò un'ultima volta con l'espressione di chi sta per starnutire e, prima di scendere, disse: «Voi giovani siete dei smidollati.»

«Semmai *degli*» risposi.

«Dei smidollati» urlò.

Io volevo di più.

Mi misi alla ricerca dello studio in cui fare il salto e cominciai a sostenere colloqui su colloqui.

La prima volta che ho messo piede da Flacker Grunthurst and Kropper mi sono sentito sopraffatto da una penetrante sensazione di disagio: le porte a vetri che si aprivano dieci secondi prima del mio passaggio; l'impersonalità dell'arredamento; la freddezza della receptionist che mi aveva accolto dicendomi: «Si metta là», senza alzare gli occhi o rivolgermi un gesto qualunque per cui *là* poteva anche essere il gabinetto; le piccole telecamere agli angoli delle pareti; riviste come *Capital*, *Millionaire*, *Finanza e Mercati* disposte a ventaglio sul tavolino davanti alle poltrone; il silenzio nervoso che ronzava nei locali; quell'aura di prestigio prêt-à-porter spalmata su ogni centimetro quadrato di un posto che voleva comunicare messaggi tipo: *Qui alla professionalità diamo del tu.*

Ma io volevo fare il salto.

(*Avvocato Campi*)

Io volevo di più.

(*Avvocato Campi*)

Di più.

«Avvocato Campi. *Orco dighel.* Si fermi.»

«Ingegnere» esclamo sorpreso, voltandomi. «Ma... ma lei che ci fa in giro per la città? A quest'ora poi, tutto trafelato, sudato.»

«Io», l'ingegnere si guarda in giro spaesato. «Io non lo so. Sono uscito dopo cena. Volevo fare delle foto, che mia figlia maggiore mi ha regalato questa macchina qui, guardi se non è un gioiellino. Mi sono avventurato e...»

«... e non è più riuscito a trovare la strada per tornare in albergo» termino la frase, sforzandomi di sorridere.

L'ingegnere allarga le braccia, imbarazzato.

«Questi palazzi si somigliano tutti.»

Abbassa un istante lo sguardo sulle scarpe. Poi subito si risolleva, fiero.

«Ma no, ma no, non lo dica nemmeno» riprende battendosi il petto con i pugni. «Si figuri se a noi del Veneto posti come questo ci mettono in difficoltà. A me, poi, che ne ho viste così tante. Lei lo sa quanti anni ho io? Sessantanove ne ho, e guardi qui che bei muscoletti che ho ancora, frizzanti. Cosa vuole che mi metta in difficoltà questa città, qui è tutto fumo negli occhi. Napoli. Quello sì che era davvero un posto esotico. Quando ci sono stato con la Luisa in viaggio di nozze. Parlo degli anni sessanta.»

«Va bene, va bene» dico alzando le mani. «Non volevo insinuare nulla. In ogni caso, se ha voglia di farmi compagnia...»

«Sì, sì. Io seguo lei.»

L'ingegnere, nonostante le punte di eccentricità, sa essere un interlocutore piacevole. Mi riempie di parole, di storie. Mi racconta gli anni dell'infanzia, le corse nei prati e le difficoltà del dopoguerra, la moglie conosciuta sui banchi di scuola alla quale si divertiva a tirare i sassi, il militare e poi l'università contro il parere del padre che lo voleva carraio come da tradizione di famiglia, il matrimonio nel cascinale dei nonni e le due figlie *una più bella dell'altra*, la carriera e i nipotini. Storie noiose, storie uguali a quelle di migliaia di altre persone, storie che mi sembrano le sole che valga la pena di ascoltare. La scansione lenta, impastata, della voce dell'ingegnere le colora di un'espressività antica. Lo seguo con attenzione, come quando ascoltavo mio nonno raccontarmi la fiaba del fagiolo magico – quella dove un orco che non faceva altro che starsene tranquillo nella sua casa tra le nuvole veniva prima derubato e poi ammazzato da un bambino che comunque avrebbe vissuto felice e contento –, e, come allora, cerco di non pensare a cosa può nascondersi dentro l'armadio, sotto il letto, dietro le tende.

«Venga, ingegnere» dico alla fine, porgendo il braccio. «S'è fatto tardi. È meglio tornare.»

«Eccoci.»

Ci avviamo verso il Dionysus' Ivy Hotel.

Dai locali notturni, uomini circospetti escono affiancati da ragazze molto più giovani e alzano la mano verso la fila dei taxi, con discrezione. Un tale al telefono, in disparte, grida in un italiano tonante: «No Giorgia, questa che dici delle troie è tutta una scusa. Solo una scusa. Non ci si lascia per colpa delle troie.»

«Avvocato» dice l'ingegnere congiungendo le mani. «Le voglio dire grazie. Detto *inter nos*, prima mi ero, come dire, non proprio perso, un po' smarrito ecco, quello sì. È che avevo in mente di seguire il palazzo a forma di – però non me lo faccia dire – come punto di riferimento, quello davanti all'hotel, ma poi mi sono girato e improvvisamente mica l'ho più visto.»

«Anche lei si sente fuori posto, eh?»

«Ma quale fuori posto, noi in Veneto non abbiamo paura delle novità, dell'esplorazione.»

«Via, ingegnere.»

«Sì, forse sì. Un pochino fuori posto, sì. Ma sarà per via di questo vino un po' così, poco armonico.»

«Comunque non si preoccupi, ingegnere, nessun fastidio», alzo gli occhi verso lo skyline. «Guardi, il palazzo che dice è là. E poi, a essere sincero, mi ha fatto piacere incontrarla. Ne avevo, come dire, bisogno. Non è stata una serata facile questa.»

«Lei è un bravo ragazzo, avvocato, se lo lasci dire.»

«Io...», mi stringo nelle spalle. «Io la ringrazio.»

«È sicuro di essere milanese?»

Nella stanza buia, chinato sul trolley, cerco la confezione di aspirine. Nella testa la sensazione è quella di una biglia che gira in tondo premendo contro il cranio alla ricerca di un varco. I suoni arrivano attutiti, porte che si chiudono, la suoneria di un telefono, una risata. Ingoio una pastiglia accompagnandola con del rum preso dal frigobar. Mi butto sul letto, ancora vestito. Fisso le bocchette dei rilevatori antifumo. Penso all'ingegnere disperso per le strade di Dubai a guardarsi in giro in cerca di un enorme pisello di acciaio e cristallo. Rido. Rido forte. Fino a piangere.

43.

In quarta elementare la maestra mi invitò a lasciare l'aula e ad andare a sedermi in corridoio. Lezione di storia – *le cinque giornate di Milano*. Non ero riuscito a trattenermi e avevo sussurrato al mio compagno di banco, Alessandro Merloni, testa piatta, occhi da gufo triste: «*Cinque giornate*, noi milanesi, anche in guerra, guai a rinunciare al fine settimana.» Poi scoppiai a ridere, da solo. La maestra lasciò la frase a metà e cominciò a osservarmi.

«Campi. Adesso fai ridere anche noi.»

Arrossii e mi chiusi in un imbarazzato mutismo e fu Alessandro Merloni, sollecitato dall'insegnante, a riferire la battuta.

«Non l'ho capita» aggiunse.

«Non c'è niente da capire» disse la maestra e diresse il mento alla porta.

Mortificato nell'orgoglio e nell'umorismo, mi alzai sotto gli sguardi perplessi dei miei compagni e lasciai l'aula. In quell'istante pensai che un bambino capace di farsi rispettare, uno come Cacciapuoti Ivan, tre volte bocciato in terza elementare, baffi spessi, manageriale predisposizione all'umiliazione del più debole, uno come Cacciapuoti Ivan si sarebbe alzato col petto gonfio, avrebbe varcato la soglia senza voltarsi e sarebbe andato dal bidello Martino a farsi raccontare le barzellette sporche, aiutandolo a portare il secchio d'acqua giù dalle scale a mano a mano che passava lo spazzolone. Ma io non ero come Cacciapuoti Ivan, io provavo vergogna a stare seduto nel corridoio, io non ero capace di muovermi fuori dal recinto, io ero fatto per rispettare le regole. Rimasi seduto qualche minuto, che mi sembrò infinito, poi bussai alla porta.

«Maestra» chiamai senza guardare. «Posso rientrare, per piacere?»

«Vai al tuo posto, va'.»

Non so cosa la vita abbia riservato a Cacciapuoti Ivan. Io sono diventato un avvocato d'affari e da allora credo di non avere mai smesso di chiedere se potevo rientrare.

Quarto giorno? Quinto giorno di riunione? Forse addirittura sesto. Sulle facce intorno al tavolo è impresso quel misto di rassegnazione e familiarità che è tipico delle prolungate sessioni di negoziazione. Siamo ostaggi costretti a condividere uno stesso destino e anche i ruoli, così ben definiti all'inizio, si sono offuscati. Di certo rimane solo che esistono una delegazione Zeus Investments e una delegazione Meyon & Tolsen, ma trovarsi dall'una o dall'altra parte ormai non fa più molta differenza. L'aggressività che ci vedeva contrapposti è stata sostituita da una condiscendenza che non dà ugualmente risultati: frasi come *su questo punto non siamo disposti a trattare* sono state rimpiazzate da altre come *noi vi capiamo, ma cercate di capirci anche voi.*

Rashid, da parte sua, non sembra preoccupato, segue paziente lo svolgersi delle riunioni, come un cane in posizione che aspetta un segnale che tarda ad arrivare.

Sul quaderno, intorno alla data di oggi, disegno un piccolo cerchio.

«E questo perché è importante?» dice Cardellini riallacciandosi a un discorso che mi è sfuggito. «È importante perché qui non si tratta di un semplice allegato. Signori miei, stiamo parlando del *patto parasociale*, procedure decisionali all'interno del consiglio di amministrazione.» Cardellini è infervorato, agita le mani, si colpisce il petto. «Il nostro codice, il nostro galateo. E, se mi passate l'ardire, il *Kamasutra* dei joint venture partner.»

Emette una risata incontrollata, storta, che suona come un meccanismo che si inceppa, poi si volta a cercare l'approvazione di Giuseppe che gli restituisce un cenno di fastidio.

«Ah» replica Boraletti, «lei lo chiama *Kamasutra*? Forse adesso mi è chiaro perché ho la sensazione che, comunque la si guardi, state cercando di incu...»

«Franco» lo interrompe Emily. Poi si rivolge a Cardellini e un'espressione scura le indurisce lo sguardo.

«Cerchiamo di metterci meno simpatia e più professionalità. Siamo in grado?»

«Emily, noi vi capiamo, ma cercate di capirci anche voi.»

Le schermaglie riprendono. Giuseppe avanza una proposta. Boraletti discute fitto con Emily, poi scuotono la testa entrambi. Non c'è accordo. Comincio a colorare il cerchio intorno alla data tracciando piccole righe diagonali.

Emily mi ha baciato.

Mi ha fermato prima che entrassi nella sala, mi ha tirato per un braccio dietro a uno dei cespugli scolpiti che arredano il corridoio, si è alzata sulle punte e ha poggiato le labbra sulle mie e io non so cosa fare. Vedo le premesse, limpide: Emily, il Project Treperdue, le mie ambizioni, mi è stato portato via tutto – tutto – e ora non resta che dedurre le conclusioni, il prossimo passo, cosa ci si aspetta da me. E io non so cosa fare. Ci fosse un Giuseppe, un Donato, ora, a dirmi quali sono le disposizioni, le istruzioni, le decisioni del board – *the best way to proceed* –, fosse anche la mia vita nient'altro che un'operazione in cui limitarsi a eseguire le direttive che altri, più qualificati di me, hanno deliberato.

«Emily, Emily, Emily» sta cantilenando Cardellini. «Io da te mi aspetto un po' di ragionevolezza.»

«La ragionevolezza» risponde secca Emily «impone che questo capoverso sia stralciato. Senza se e senza ma.»

Cardellini alza le mani in segno di resa, simulando un notevole sforzo.

«Va bene. Volete stralciare?», comincia a battere le mani sollevate. «E allora stralciamo. A patto che...»

Si dice che gli ubriachi sperimentino la sensazione di osservarsi dall'esterno, ascoltandosi biascicare, vedendosi caracollare, accompagnandosi sulla strada di casa tra soste e cadute. È quello che capita a me quando, a metà della frase di Cardellini, annebbiato dai fumi di una rabbia inedita, vedo il mio corpo che si alza, si volta verso la figura protesa di Cardellini, allunga un braccio e gli afferra il colletto della camicia. Cardellini, sollevato dalla sedia, scruta i miei occhi con meraviglia. E lì dentro c'è tutto: il fascicolo verdolino, i caffè, le cravatte, i taxi, gli alberghi, le notti, i vuoti, e poi non c'è più niente. Ed è allora che il mio braccio destro si piega all'indietro e, improvvisamente, come l'arco teso di una balestra, scocca verso il mento del collega.

Un colpo secco e il corpo di Cardellini corre dietro la traiettoria disegnata dalla mascella, barcolla e finisce sul carrello delle vivande. Il brik del succo d'arancia gli si rovescia addosso, seguito da un paio di insalate e un mezzo melone. Colgo alcune frammentarie istantanee dal mondo che mi circonda, la faccia sconvolta di Boraletti, il ghigno curioso di Donato, la smorfia disinteressata di Giuseppe, le mani sulla bocca di Emily, un applauso di Rashid e, in mezzo alle altre immagini, compare anche il sorriso di Cacciapuoti Ivan. Annuisce.

44.

«Endriu, Endriu, Endriu. Il mio pavoncello finalmente ha mostrato la coda. Ma io l'avevo capito, Endriu, che tu sei un gladiatore. Un combattente. Tu aspettavi solo la miccia. E poi *budubudubum*.»

Giuseppe mi ha raggiunto nella mia stanza e si è accomodato sulla poltrona davanti allo scrittoio, una gamba sul bracciolo. Ha appena finito di parlare e sta mimando una serie di montanti. Seduto sul bordo del letto, osservo le mie nocche diventare viola.

«Però, forse hai un pochino esagerato» prosegue. «Cardellini ha sbagliato, quella clausola non era certo da stralciare, ma da qui a colpirlo ce ne passa, o no? Anche se devo dire che Rashid ha apprezzato, altroché. Avrebbe preferito un colpo anche a Boraletti, che lui Boraletti proprio non lo può vedere, ma anche così dice che ha gradito. S'è divertito, insomma. Finalmente ci ha visto il carattere, l'energia della passione professionale.»

«Giuseppe» replico sgranchendo le dita, «mi sembra evidente che non ho colpito Cardellini per la clausola.»

«Quella stessa energia che ci permette di essere uno studio leader nel mercato internazionale.»

«Giuseppe, mi stai ascoltando?»

«Che poi con Cardellini ci ho appena parlato io. È un

ragazzo sportivo, non dobbiamo preoccuparci. Mi ha assicurato che procederemo tranquilli con l'operazione, vele spiegate e vento in poppa. Poi il resto, denuncia, processo, sono beghe vostre, che vi risolvete tra voi. La vita è bella.»

Giuseppe allunga una mano verso il vassoio della frutta, afferra il coltello e comincia a pelare un kiwi.

«In ogni caso» farfuglia con la bocca piena, «grande Endriu. Grande. L'energia della passione. Questo lo devo proporre come nuovo slogan. *Studio Flacker Grunthurst and Kropper - L'energia della passione.* Comunque per settecento euro a notte questi kiwi fanno veramente cagare.»

Il campanello della stanza comincia a suonare. Giuseppe si alza e va ad aprire. Lo sento parlare a bassa voce e tornare sui suoi passi.

«Endriu, ci vediamo giù in sala riunioni, che non voglio che Boraletti pensi di salvarsi così per oggi. Sta barcollando. Finché non cade, noi non lo si molla.»

Poi si scosta e dietro di lui compare Emily.

«Ti lascio a lei. Mi raccomando» continua con un sorriso. «Emily è la nostra controparte. Non me la mettere al tappeto. Sai quanto ci costerebbe di parcella?»

Emily attende che Giuseppe lasci la stanza, poi si avvicina.

In piedi, silenziosa, mi squadra.

«Tu sei pazzo» dice di botto, con tono rabbioso. «Si può sapere che t'è successo?»

Continuo a rimanere seduto. Fisso le stringhe delle scarpe: sono allacciate male, i fiocchi non sono simmetrici, rischio di inciampare, o comunque che si slaccino, devo passare ai mocassini, è un po' che ci penso, mocassini, oppure fibbia.

«Allora?» mi sollecita Emily. «Mi vuoi guardare in faccia? E soprattutto mi vuoi spiegare che diavolo t'è preso?»

Sollevo la testa e mi scontro con il suo sguardo. Nella

determinazione che le riempie gli occhi, fa capolino una scintilla di tenerezza.

«Cosa mi è preso, mi domandi? Cosa mi è preso, *a me*?»

«Non sono io ad aver fatto volare Cardellini a suon di ceffoni fino a mandarlo a fare compagnia alle paste, mi pare.»

«Era uno.»

«Cosa?»

«Il ceffone. Era solo uno. Ed era un pugno, non un ceffone.»

Torno a fissare le stringhe. Le tempie pulsano seguendo l'accelerazione dei battiti del cuore, quella scatola impazzita che picchia e sembra sul punto di esplodere.

Prendo un lungo respiro.

Deglutisco.

«Io non ce la faccio più, Emily» dico e la mia voce suona stranamente quieta. «Davvero, non ce la faccio più. E sì che ero convinto di averci fatto il callo, da un pezzo. Pensavo di essere fuori da tutto questo, lontano, indifferente. La verità, invece, è che non ce la faccio più.»

Emily si avvicina. Mi appoggia le mani sulle spalle, premurosa.

«Andrea, mi spieghi cos'è successo?»

Le afferro i polsi e, lentamente, levandoli dalle mie spalle, glieli appoggio lungo i fianchi.

«Non mi toccare, Emily» sibilo. «Non mi toccare.»

Emily esita. Apre la bocca. Poi la chiude. Indietreggia.

«Vi ho visti» dico.

«Chi hai visto?»

«Tu e Cardellini, ieri sera, vi ho visti.»

Un brivido la scuote.

Poi sulla sua faccia compare un sorriso.

«E cosa avresti visto?» chiede con un tono tenero e fastidioso insieme.

La stanza si oscura improvvisamente e ho l'impressione che qualcuno bussi alla porta. Taccio.

«Okay» dice Emily, sedendosi accanto a me. «A Milano, dopo una delle nostre riunioni, quel giorno che poi sei scappato all'aperitivo, ho conosciuto Cardellini. Mi ha detto che anche lui si stava interessando al Project Treperdue, che stava chiudendo un'altra operazione ma presto si sarebbe unito al gruppo, e io ho pensato *okay cosa me ne frega, organizzatevi un po' come volete*. Poi non ne ho più saputo niente. Finché non me lo sono ritrovato davanti qui a Dubai.»

Cerco di concentrarmi sui miei muscoli facciali che sento sciogliersi in smorfie più o meno plausibili.

«Da allora ha cominciato a starmi addosso» prosegue Emily. «S'è fatto sempre più insistente. Battutine, frasette, e-mail.»

Emily sembra fermarsi a pensare, raccoglie le mani sulle gambe e abbassa gli occhi.

«L'altra sera, la sera che io e te siamo usciti, mi aveva chiesto di andare a cena con lui. Ho rifiutato naturalmente, ma il giorno dopo è tornato alla carica. Io...» esita e lascia andare un sospiro «... ho pensato che non avevo voglia di mettermelo contro, di stare sulla difensiva. Insomma, sarebbe stato più facile concedergli 'sta cena e chiuderla lì.» Emily si rabbuia, poi mi appoggia una mano sul braccio e mi guarda negli occhi. «So badare a me stessa.»

«L'ho visto entrare nella tua stanza.»

«Perché *è* entrato nella mia stanza.»

La guardo e credo che i miei occhi supplichino spiegazioni.

«Mi ha chiesto di entrare. *Fammi vedere che stanza hanno dato a quelli della controparte* ha detto.»

«Ma certo, naturalmente. Un argomento invincibile.»

«Un argomento idiota.»

«Tanto idiota che non c'hai messo molto ad aprire la porta e...»

«E a farlo entrare, sì.»

Scuoto la testa, senza parole.

«E a cacciarlo trenta secondi dopo» aggiunge Emily, ora visibilmente adirata. «È bastato dire *ora via*, prenderlo per le spalle e spingerlo fuori. E lui rideva come un imbecille e ripeteva *di cosa hai paura di cosa hai paura* ed era già dentro l'ascensore.»

Ascolto senza protestare e cerco di immaginare il ghigno di Cardellini mentre le mani di Emily lo spingono fuori da una stanza che io non ho mai visto e le immagini sfumano.

«Avrei dovuto dirtelo, forse» mormora Emily. «Ma questa è una cosa che devo gestire io, senza bisogno di consultarti o di chiederti il permesso.»

«Che poi adesso capisco tutto» dico proseguendo un discorso che ho cominciato nella mia testa.

«Tutto cosa?»

«Tutto. Tutto. Ad esempio perché una come te ha accettato di uscire con uno come me.»

«Cosa vuoi dire?»

«Ma sì. I Ricchi e Poveri, la pizza di Aldo, i giocolieri giapponesi. Figuriamoci. A una come te, bella, brillante, in carriera, la city... Proprio una balena spiaggiata. Lo sai che Giuseppe ha detto che io sono una balena spiaggiata? È una bella immagine. Precisa.»

«Che... cosa stai insinuando?» il tono di Emily si è alzato. «Io sarei uscita con te per chiudere questo contratto? Tu dimmi, credi davvero a una cazzata del genere?»

«Emily. Io non lo so più a cosa devo credere.»

Emily si avvicina. Ne sento il respiro. La sua voce si fa debole.

«Andrea. Da un granello di sabbia stai tirando fuori una montagna. Okay, mi spiace, ti ho mentito. Solo, era una cosa che dovevo risolvere da sola. Hai una vaga idea di quante volte possa capitare di trovarsi faccia a faccia con un Cardellini qualsiasi? Te lo dico io: tante. Si impara a gestirli. Potevo mandarlo affanculo, dirgli che non sarei mai uscita con uno come lui, suggerirgli di buttarsi sotto un treno, e cosa avrei ottenuto? Che me lo trovavo contro pure sul piano personale oltre che professionale.»

«Lo fai sembrare addirittura giusto.»

«Sai che c'è, Andrea?» esplode. «Non tutti siamo come te. Ognuno ha i suoi modi di lottare. Vuoi fare quello con l'anima immacolata? Liberissimo. Ma se cerchi di farmi sentire sporca perché ho preso per il culo un ometto che pensa che tutto gli sia dovuto in forza della sua posizione, allora ti informo che sei fuori strada.»

«Come posso pensare che tu non abbia fatto lo stesso con me?»

«Andrea. Io con te sono venuta a letto.»

«Ripeto. Come posso pensare che tu con me sia sincera?»

Emily abbassa gli occhi. Sembra, d'un tratto, profondamente stanca.

«Devi avere fiducia in me.»

«Fiducia? Emily, sono un avvocato, cazzo. Io fondo la mia vita sulla mancanza di fiducia negli altri.»

Emily alza gli occhi e li ficca nei miei. L'espressione fiera non ha cedimenti. Piccoli tremolii delle pupille, le mani chiuse, le mascelle dure.

«Andrea, ascolta. Non ti sto prendendo in giro. Non sto giocando. E anche a Milano, se sono uscita con te, non era per tenerti a bada o per ottenere chissà quale vantaggio. Con te...»

Emily si interrompe e questa volta sono sicuro che qualcuno ha bussato alla porta.

Mi alzo e vado ad aprire.

Una piccola signora dietro un carrello carico di lenzuola ride e non dice nulla. Con un gesto la invito a entrare.

«Andiamo» dico rivolgendomi a Emily. «Pulizie.»

Emily scuote la testa senza abbassare gli occhi.

Poi si alza, mi supera e si allontana senza voltarsi.

Mi metto una mano sulla fronte, chiudo gli occhi e per qualche secondo riesco a non vedere niente.

Dal fondo del corridoio: alcune urla.

Cardellini è appoggiato a una parete e sta schiacciando sulla guancia una piccola sacca di ghiaccio.

«Eccolo» grida agitando una mano aperta nella mia direzione. «Eccolo. Assassino. Ma se pensi che sia sufficiente per fermarmi, ti sbagli di grosso. Vedrai, conoscerai la fibra di Cardellini.»

Accenno uno scatto pigro facendo finta di inseguirlo e Cardellini si volatilizza sulle scale di sicurezza.

45.

Il segnale che Rashid aspettava per dare inizio alla furia è arrivato. Lo scopriamo nel corso di quella che sembra solo l'ennesima, burocratica, mattinata di negoziazione.

Dopo una cena solitaria consumata nella mia stanza e una notte passata a scomporre e ricomporre immagini di me che colpisco Cardellini, di me che vengo fotografato, di me che stringo mani, di me che scompaio, stamattina ho saltato la colazione, sono sceso direttamente in sala riunioni e sono andato a sedermi a metà del lungo tavolo, posizione da cui potevo dominare l'ingresso. Lentamente, ho visto la stanza popolarsi: una processione di individui che entravano, mi vedevano, abbassavano gli occhi, si schiarivano la voce e andavano a sedersi sulle poltroncine più lontane dalla mia, e io sono riuscito a rimanere fiero, spensierato, completamente inanimato.

Cardellini è entrato scortato da Giuseppe, esibendo un largo cerotto color carne sulla guancia sinistra. I due sembravano rigidi nella loro aria rilassata e ridevano della parola *transattivo*, che continuavano a ripetere spezzandola a metà. Giuseppe si è seduto accanto a me, tenendo Cardellini all'altro lato. Fissando davanti a sé una monumentale caffettiera che sfiatava, ha detto, parlando attraverso le mascelle serrate: «Provate a combinare qualcosa di storto oggi e...», ha lasciato la frase in sospeso e ha cominciato a muovere la testa come se seguisse una melodia. Poi ha sollevato i palmi delle mani dietro la nuca, si è disteso contro lo schienale e ha sorriso ripetendo: *transattivo.*

Emily è entrata per ultima.

Sembrava nervosa. Evitava di guardarsi intorno. Ha appoggiato il laptop sul tavolo urtando una bottiglietta d'acqua che ha cominciato a rotolare fermandosi sul bordo del mio blocnotes. Sono rimasto a fissarla, imbambolato, stringendo le ginocchia, del tutto incapace di concepire un'azione. Dopo qualche secondo, una mano si è allungata sopra la mia spalla, e Donato ha raccolto la bottiglietta e l'ha lanciata a Nathan, sbuffando. Mentre Nathan versava dell'acqua nel bicchiere di Emily, ho chiuso una mano a pugno, ho stretto forte e ho colpito un bracciolo.

La riunione entra nel vivo.

Black ball clause.

Un calcolo non torna, un'osservazione di Donato, un dubbio di Giuseppe. Boraletti, in piedi davanti alla finestra, si apparta con Nathan ed Emily. Dopo un breve scambio di bisbigli, Boraletti si volta e pronuncia poche parole, in italiano: «Su questo punto proporrei di tornare più avanti. Com'è? *Later.*»

Un brusco movimento ci spinge a girarci verso l'angolo in cui Rashid fino a quel momento se ne stava seduto mangiando edamame. L'uomo è in piedi. Stringe nelle dita tozze il bordo dello schienale della poltroncina. Gli occhi, pieni di ferocia, sono puntati su Boraletti.

«*It's a shame*» comincia a gridare. «*A shame, a shame, a shame.*»

Rashid avvicina a sé la poltroncina. Poi, di scatto, come se ne fosse rimasto improvvisamente ustionato, la scaglia di lato. La poltroncina, con un colpo secco, si schianta contro la parete, rimbalza e si rovescia a terra. Un bracciolo, spezzatosi, si avvicina roteando ai miei piedi.

«Rashid» dico con un filo di voce. «*Please.*»

«*It's a shame*» urla scuotendo la testa sollevata verso il soffitto.

«*Okay, okay*» dico. «*A shame.*»

Rashid torna immediatamente a inchiodare Boraletti ai suoi sguardi, poi alza un braccio sulla testa e per un istante ho paura di quello che sta per succedere, ma Rashid si limita ad abbassare il braccio in un impacciato gesto indirizzato alla porta.

Tutti fuori.

Il corteo della delegazione Zeus Investments sfila verso l'uscita nel silenzio elettrico che domina la stanza. L'ingegnere, come ipnotizzato, cerca di accodarsi ma Nathan, appoggiandogli istintivamente una mano sulla spalla, riesce a trattenerlo e, mentre noi legali andiamo a riunirci nella stanza di Giuseppe in attesa di istruzioni, Rashid si fa seguire da Donato e scompare in una saletta sul fondo del corridoio che non avevo mai notato.

«Il board» esordisce Donato, dopo averci raggiunti. «L'avevo detto. Io l'avevo detto. Si sono incazzati. Tutto il consiglio di amministrazione della Zeus s'è incazzato. Hai voglia se s'è incazzato. L'hanno pure scritto sul verbale della riunione: *ci siamo incazzati.* E hanno ragione, hanno. Dicono che a quest'ora tutto – sapete cosa significa *tutto*? – doveva essere già chiuso, finito, in inglese *the end.* E pure da tempo. Siamo una società seria, c'è un bilancio da approvare, ci sono poste da annotare, c'è un business plan, ci sono gli investitori, le banche. Porca puttana le banche», Donato alza le mani come se cercasse di aggrapparsi al lampadario, ma siccome non ci arriva le congiunge in una preghiera.

«Ma io dico» prosegue, «quanto tempo ci può mai volere, porco cazzo, per buttare giù un contratto come ce ne sono mille? *Un. Contratto.* Quanto tempo? Giuseppe, io voglio da te una risposta. La pretendo.»

La voce debole, lo sguardo basso, i fremiti continui, la giacca improvvisamente troppo piccola, tutto nella figura di Donato contraddice il furore delle sue parole. La verità è chiara a tutti: Donato non conta più nulla, è stato fatto fuori, il Project Treperdue tolto dalle sue mani. Forse le parole non sono state proprio queste, probabilmente il responsabile formale rimane lui, ma la faccia in pezzi con cui ha fatto il suo ingresso nella stanza e ha proseguito nel suo soliloquio porta addosso i segni del colloquio privato con Rashid, come le sagome disegnate col gesso sull'asfalto dopo gli incidenti.

Donato ci ha comunicato la decisione ufficiale: un ultimatum, settantadue ore di tempo per chiudere il contratto. In caso contrario, l'affare salta, e noi con lui.

«*It's allucinating*» ha detto alla fine ma era evidente che non ci credeva più nemmeno lui.

Giuseppe, dopo che Donato ci ha informati delle direttive emanate dalle alte sfere e della deadline, ha congedato Tiziano trattenendo me e Cardellini, con una logica dirigenziale secondo cui la colpa di ogni errore non può mai fermarsi a metà della scala gerarchica ma deve rotolare, giù, fino ai gradini più bassi.

«Il cazzo» esordisce.

Cardellini, con lo sguardo basso, palpeggia il cerotto, lasciando andare alcune smorfie di dolore sempre diverse. Io, appoggiato al bordo di un tavolino, getto l'occhio a una rivista abbandonata tra una bottiglia semivuota di Bombay e due mezzi pompelmi. Grandi piscine, lunghi scivoli, onde artificiali, donne dal fisico panoramico. Un grosso cerchio rosso tratteggiato a pennarello circonda il nome dell'attrazione.

«Il cazzo che l'affare salta» dice Giuseppe, in piedi, con le mani allacciate dietro la schiena. «Il cliente è nuovo e importante. Non possiamo perderlo. Vi ho lasciato libertà di organizzazione, sono stato un po' in disparte e questo è quello che avete saputo darmi in cambio. *Questo*. È la vostra autonomia? Bei professionisti davvero», Giuseppe slaccia le mani e le batte in un fiacco applauso. «E – porca puttana – se non avete ancora capito con chi abbiamo a che fare, a quali livelli stiamo lavorando, guardatevi intorno una volta per tutte. Qui parliamo di un colosso mondiale. Ci chiedono di chiudere in settantadue ore? E noi chiudiamo in quarantotto.»

«Giuseppe» intervengo. «Stanno bluffando. Lo sai come sono i clienti. Non credo che...»

«Vedrai, Endriu» mi interrompe. «Vedrai come blufferò io quando si tratterà di parlare di partnership e prospettive, di aumenti, vedrai.»

Torno a guardare il parco acquatico sul dépliant e mi pare di capire che sia il più grande del mondo.

«Ora precederemo così» dice Giuseppe con tono imperativo. «Ci chiudiamo in riunione e non ne usciamo più finché non abbiamo finito. *Fi-ni-to.* Non ci saranno più pranzi, cene, libere uscite, cazzi e mazzi. Non ci sarà più niente di niente. *Do you understand?*»

«Sì» rispondiamo in coro.

«E quello, Endriu, te lo puoi levare dalla testa.»

«Cosa?» domando senza capire.

«Quello, il parco acquatico. Io ci vado perché ho già i biglietti, ma sarà l'ultimo sgarro alla regola.»

46.

Sono le otto di mattina e la lunga sessione finale sta per avere inizio.

Grande assente: Donato, rientrato a Milano per partecipare alla comunione del figlio.

«Sono occasioni che un padre non può mancare» ha detto mentre ci stringeva la mano nella hall dell'albergo in attesa del taxi. «Che povero il mio Giulio col babbo sempre lontano cresce senza un punto di riferimento. E poi li vedete i risultati, il *Grande Fratello*, la droga, l'omosessualità, le coppie di fatto, i sindacati.»

Ho ricambiato la stretta e ho pensato alla comunione del *povero Giulio* e alla vera ragione dietro la partenza di Donato. Donato parla del figlio con lo stesso rammarico di chi ha perso una puntata della sua fiction preferita ma è riuscito comunque a registrarla. C'è tempo per il *povero Giulio*, c'è sempre tempo. La verità è un'altra: Donato sente puzza di fallimento e lui, che la sua dose di rabbia araba l'ha già subita, ora si chiama fuori. Rashid è salito sul trono? Che sia Rashid a condurre la battaglia finale. Che sia Rashid a cadere.

«Ragazzi miei» ha detto sventolando una stampa dei biglietti aerei. «Toccata e fuga. Ho già prenotato il volo di ritorno. Due giorni e sono di nuovo qui con voi e firmo tutto l'ambaradan. Vi porto dell'ottimo Bardolino per festeggiare. Dai, ragazzi, dai. *Go on.*»

«Posso capirlo» mi ha confidato Giuseppe dopo che Donato è stato inghiottito dal taxi. «È vero, per lui la barca è già affondata da tempo. Ma stare lì fermo, proprio ad aspettare di affogare, questo no. Posso capirlo.»

Rashid se ne sta rintanato nel suo solito angolo, gli occhi a fessura, le mani nelle tasche. Cardellini prende un analgesico, avendo cura che tutti se ne accorgano. Giuseppe, a peso morto sulla poltroncina, prende un grosso respiro di un'aria che sa di bufera. Tiziano mi ha confidato che la caposala non si è presentata all'appuntamento, poi si è seduto in disparte e si è chiuso in un disarmante silenzio. Dall'altra parte, Boraletti schiocca le dita e le mascelle. Nathan si pulisce la cravatta arancione da alcune briciole. L'ingegner Carugato legge e rilegge gli allegati tecnici, asciugandosi il sudore con dei pezzi di carta igienica che estrae dalle tasche della giacca.

Emily.

Emily è seduta di fronte a me.

Dal giorno del nostro litigio, a parte le schermaglie su clausole e paragrafi, non abbiamo più parlato. Io non l'ho cercata ed Emily ne ha preso atto. Nascosta dietro al laptop, increspa la fronte, butta giù alcuni appunti, non mi vede.

«Se siamo d'accordo, possiamo pure cominciare» dice passandosi una mano sulla testa. «Prima chiudiamo questa storia e meglio sarà per tutti.»

«Bravissima Emily» sottoscrive Giuseppe con uno sforzo di ottimismo che gli gonfia la vena sulla tempia sinistra. «Questo è lo spirito che ci dovrà animare. Uno spirito selvaggio, uno spirito guerriero. Una è la meta, una la strada che... che...», Giuseppe vacilla. «Ma sì dai, cominciamo. E che Dio ce la mandi buona», ripiomba sulla poltroncina e si asciuga una goccia di sudore.

Si fa la conta degli *outstanding points*. Ci sono da rivedere gli adempimenti *pre-closing*, la clausola di *deadlock*, *reps and warranties* e un numero che non smette di crescere di altri articoli, allegati, documenti. E naturalmente la *black ball clause*.

«Vedrete che un passo dopo l'altro facciamo tutto.»

«Facciamo tutto, assolutamente. Basta solo mettersi lì. Presenti. Capaci. *Proactive*.»

«Mettersi lì. Concordo. Con decisione.»

«Qualcuno però ha una pastiglia per il mal di testa?»

«Bevi un po' di Campari che ti passa.»

Se un osservatore esterno – uno che avesse davvero poco da fare – si fermasse a guardarci, avrebbe la sensazione di assistere a un film a velocità raddoppiata, gesti repentini, parole veloci, di un tono più alte del normale, piccoli scatti incontrollati, invecchiamento precoce.

Rimango seduto e seguo il movimento del sole fuori dalla vetrata.

Lo vedo alzarsi sul mare. Alle 11.00 mi acceca. Alle 14.00 il chiarore è caldo e uniforme. Intorno alle 17.00 una luminosità rarefatta si diffonde nella stanza. Alle 20.00 qualcuno chiede se non sia possibile accendere la luce. La luna appare all'angolo alto della finestra intorno alle 22.00 e scompare da quello destro alle 00.27. Il parallelepipedo di cielo di fronte a me è completamente buio quando Rashid smonta dallo scranno e ci congeda.

Il lavoro prosegue nella mia stanza, dove aggiorno il documento con le modifiche concordate in riunione. Sfoglio gli appunti della giornata e mi sembrano vecchi di giorni, di mesi, e provo a ricordare il momento in cui li ho scritti ed è come ripescare istantanee sepolte nel tempo. Alle 3.50 esco sul balconcino della stanza. Mi appoggio alla ringhiera. Il clima comincia a farsi soffocante e, mentre dal bagno mi giunge lo scroscio dell'acqua che riempie la vasca, getto uno sguardo in basso verso la piscina, poi mi allungo sul mare, sollevo gli occhi al cielo, mi volto, guardo la luna che ora si è spostata sopra la città. Scopro con sollievo di non avere pensieri.

Il secondo giorno è la precisa replica del primo.

Il sole sorge, se ne va su e giù per il suo arco, scompare. Un ciclo di indifferenza e metodo che è ben più di un'allegoria. Nella sala, cominciano a circolare svogliati pessimismi, *non si fa*, *non si chiude*, *salta tutto*, *deal breaker*, *Dio*. Io parlo, chiedo, interrompo, replico, scuoto la testa, annuisco, mi arrabbio e faccio quello che è giusto e cerco di ricondurre tutto a una logica.

Sopravvivere a riunioni di questo tipo non sarebbe poi così difficile. Alienarsi. È sufficiente alienarsi, come se non stesse davvero succedendo, e comunque non a me. Girare la penna tra le dita, tratteggiare nature morte sulla colonna bianca dei contratti, immaginare dialoghi con persone che ridono, schizzare piccoli cartoni animati sugli angoli in basso del quaderno, sfogliarli rapidamente e vedere faccine che si aprono in un sorriso, cerchi che si espandono, la figura di un uomo che fugge fino a diventare una piccola macchia sulla pagina, ma questa volta no.

Questa volta è diverso.

Sarà la pressione di questa mia prima grossa operazione gravida di responsabilità – (*Emily*) – sarà la lontananza da casa e la caduta in questo Regno di Oz dove ogni promessa rimane disattesa – (*Emily*) – sarà la stanchezza che ho accumulato nelle ultime settimane – (*Emily*) – e, sì, sarà

Emily, la presenza di Emily, l'assenza di Emily. Niente, nella sua voce, nei suoi occhi, nei suoi gesti, porta un segno di quello che c'è stato. Una fotografia che si sta sfocando. Professionalità, distacco, *ringraziamo per la proficua collaborazione e auguriamo ogni più felice successo.* È forte Emily, determinata, e io continuo a ripetere *ma sì ma sì ma sì* e improvvisamente sento che sto vagando per luoghi che non conosco e sbaglio direzione e mi perdo. Sento che dovrei chiedere scusa, ammettere qualcosa, perdonare, farmi perdonare. Ma sento anche la stessa rabbia, la stessa delusione, perché Emily non ha saputo essere diversa, come speravo. O forse sono io che non so essere diverso, come credo: un soldato in trincea che grida che si arrende ma non è disposto a mollare il fucile.

Se solo sapessi uscire dalle metafore.

47.

Le ore cadono sotto i colpi delle lancette del grosso orologio di corallo che domina la sala. Le clausole vengono modificate, i paragrafi sistemati, i blob riempiti. I documenti prendono forma mentre noi, specularmente, la perdiamo.

«Endriu» dice Giuseppe passandosi il dorso della mano su una guancia. «La barba.»

«La barba?» ripeto.

«Non ti sei fatto la barba» spiega debolmente.

«Lo so, Giuseppe», mi stringo nelle spalle. «Stamattina non riuscivo ad alzarmi.»

«Eh, io ti capisco. Però questi sono cedimenti.»

«Cedimenti? Giuseppe, credimi, non...»

«Endriu» mi interrompe facendo cadere una mano sul tavolo. «Ho tanti insegnamenti ancora da darti. Permettimi di farlo.»

Il blu del cielo è sempre lo stesso, una lastra senza difetti, un prodotto di pregiata manifattura. Le facce intorno al tavolo osservano con espressione interrogativa le proprie mani impegnate ad allineare fotocopie, scorrere appunti, tamburellare la penna sul bracciolo della poltroncina, grattare convulsamente un'ascella. Le bocche sparano gli ultimi fiacchi colpi e un pensiero si diffonde mentre il lavoro si fa via via più frenetico: stasera sarà finita, qualunque sia l'esito, stasera sarà tutto finito. I voli di ritorno sono stati prenotati, le valigie giacciono sul pavimento delle stanze riempite a metà, qualche cartolina senza indirizzo riempie le tasche interne delle giacche, c'è chi ha già telefonato a casa per farsi venire a prendere, Linate, mi raccomando, non Malpensa, hai segnato?

Poi, come sempre succede, tutto trova la sua strada e gli accordi vengono stretti in nome di interessi superiori che non sono tenuto a conoscere e non c'è bisogno di fare altro che scorrere le pagine del contratto una dopo l'altra finché un silenzio ansioso e dilatato riempie la stanza e io, puntando un dito sull'ultimo foglio, dico: «Il fax. Che fax indichiamo per le comunicazioni a Meyon & Tolsen?»

«Il fax?» domanda Boraletti senza capire davvero.

«Il fax è come il telefono» sospira Emily. «Solo con il venti al posto del dieci finale.»

«Venti al posto del dieci» ripeto meccanicamente. «Che altro manca?»

Il silenzio diventa un velo ed è impossibile capire come si è arrivati alla fine.

«Non saprei» risponde Boraletti guardandosi in giro. «Può essere che...»

Una pausa.

«Che abbiamo finito?»

Sono le otto di sera quando Tiziano, con una chiavetta nella mano, viene spedito alla reception a stampare, stampare tutto. Guardo Giuseppe, guardo Boraletti, guardo tutti. *Ce l'abbiamo fatta* penso distrattamente e non so che espressione assumere.

«Carissimo collega» dice Boraletti rivolgendosi a Giuseppe mentre si alza e si avvicina al carrello delle vivande. «Dimmi cosa ti posso offrire mentre aspettiamo che torni il ragazzo.»

«Collega carissimo», Giuseppe alza le mani. «Prima firmiamo. Poi sarò io a offrirti un brandy e un sigaro originale cubano. Tabacco sopraffino. Centoventi euro. Ma prima firmiamo.»

«Ecco, Giuseppe» intervengo con un tono inquieto che non era nelle mie intenzioni. «A proposito di firma. Tra i soggetti in delega, come sai, l'unico a disposizione è Donato.»

«Ma certo» conferma Giuseppe. «Giusto che sia lui a firmare. A mettere il sigillo a questo passo di conquista dell'Occidente. Il nostro Donatone. A proposito, dov'è?»

«Ecco, appunto», spalanco le braccia. «Non è ancora rientrato.»

Giuseppe mi lancia un'occhiata severa.

«E il telefono è spento da ore» aggiungo senza controllare un tremolio nella voce.

Giuseppe alza un dito, fa per dire qualcosa, poi si ferma.

Seguono alcuni minuti in cui si passa dalla enumerazione spensierata di ipotesi fantasiose a una più nervosa presa d'atto della situazione. Si legge la procura con cautela, si azzardano decisioni, ci si guarda con diffidenza.

«Magari ha perso l'aereo» dice qualcuno.

«Avrebbe avvertito.»

«Magari è sull'aereo» dice qualcun altro.

«Dovrebbe essere atterrato da ore.»

«Magari l'aereo è in ritardo.»

«Ritardo? Ma quale ritardo?» urla Giuseppe, riprendendosi. «Parliamo della Emirates. Mica Alitalia.»

«Sapete che Alitalia in inglese vuol dire *Always Late In Take-off Always Late In Arrival*?» domanda l'ingegnere. «Le iniziali. Si chiama acrostico.»

«Zitti» strillo. «Sta squillando.»

Dal telefono mi arriva una lunga serie di segnali senza risposta e, quando ormai sto per chiudere la telefonata, una voce femminile che suona lontanissima pronuncia alcune parole che non riesco a decifrare.

«Donato?» chiamo, alzando un dito per chiedere silenzio. «Posso parlare con Donato?»

Sento la voce deglutire, un gemito roco, poi riprende a parlare, sempre lontanissima. Premo il telefono contro l'orecchio, mi concentro, faccio fatica a capire. Poi non mi escono le parole e sento la bocca che si asciuga e il corpo che si fa pesante e mi siedo lentamente e un brivido gelido mi fa tremare e chiudo la comunicazione.

«Allora?» mi sollecita Giuseppe sovrappensiero, mentre si versa del latte di mandorla.

«Era la moglie» dico.

«La moglie?»

«Già. La moglie di Donato.»

Guardo Cardellini che porge a Tiziano alcuni documenti e Rashid che non si muove e Giuseppe che svuota il bicchiere e l'ingegnere che trattiene il sonno e Nathan che si infila una caramella in bocca ed Emily che mi fissa e cerco di riconoscere la canzone che viene dalle finestre aperte sulla piscina dell'albergo.

«Donato» dico.

Mi schiarisco la voce.

«È morto.»

Una smorfia di sgomento contrae i volti intorno a me. Poi segue un lungo silenzio che mi permette di identificare la canzone – una versione dance di *The winner takes it all* degli Abba – e, infine, qualcuno con la voce di Giuseppe si decide a parlare.

«E adesso?» domanda con una nota di panico. «Adesso chi firma?»

Ti offro un caffè

«Schiantato.»

«Ma si sa com'è successo?»

«Si sa solo che era sulla strada per l'aeroporto. Pare fosse in ritardo. Ma la dinamica è ancora da chiarire, c'è l'accertamento in ballo. Resta che l'hanno trovato accartocciato nella Porsche. Completamente avvolto dalle lamiere. Quasi un segno per lui così attaccato alla sua auto, sembrava non volersi staccare più.»

«Quando si ha una passione c'è poco da fare, non si deve cercare di capire.»

«Che poi noi diciamo *pòrsc*, ma si dovrebbe dire *pòrsce*, con la *e* alla fine.»

48.

Intorno al tavolo sul quale il contratto e gli allegati, in duplice copia, sono stati ordinatamente predisposti per la firma, i movimenti sono convulsi. In un'aria di ghiaccio, Giuseppe si gratta la nuca, poi si liscia i lati della bocca, poi torna a grattarsi la nuca, rabbiosamente. Cardellini tamburella le nocche sul tavolo e cerca di chiamare qualcuno al telefono. Tiziano è in piedi e stringe un pila di documenti, sfogliandoli con frenesia.

La delegazione Meyon & Tolsen ci osserva stranita: Boraletti sussurra qualcosa a Emily che, di rimando, lo guarda storto, Nathan traffica con il blackberry scuotendo nervosamente la testa, l'ingegner Carugato continua a chiedere in che modo può essere utile.

Lentamente, le voci montano di intensità, qualcuno rovescia una brocca, trilli di telefonini riempiono l'aria, via vai dentro e fuori la sala, respiri affannati, entrano sconosciuti a cui qualcuno di noi dà istruzioni, i fogli sul tavolo vengono scombinati e di nuovo ordinati, si valutano soluzioni, sul carrello sono finite le tartine di vitello tonnato, la notte è nera e ci si guarda, ci si avvicina, un breve scambio di parole, poi di nuovo la confusione riprende il sopravvento, e non c'è modo, non c'è modo, non c'è modo. Tutto sembra tremare e un ordigno è sul punto di esplodere quando Rashid, rimasto in disparte fino a questo momento, si volta di scatto e fa un mezzo giro sulla poltroncina per coprire con lo sguardo l'intera sala. Poi si porta un dito perpendicolarmente alle labbra e bisbiglia: «*Schhhhhh.*»

Dalla tasca interna della giacca estrae un telefonino, lo apre, pronuncia qualche parola aspirata, lo chiude e lo appoggia davanti a sé.

«*One moment*» dice alzando e abbassando i palmi un paio di volte, prima di raccogliere le mani in grembo e tacere definitivamente.

I minuti che seguono sono respiri trattenuti e occhiate confuse. Fuori dalla finestra le luci lampeggianti di un aereo attraversano il cielo e io, guardandomi nel riflesso dei vetri, comincio a chiedermi da quanto tempo sono in questa posizione, in questa sala riunioni, in questa città. D'un tratto, un paio di colpi dietro la porta chiusa della sala, lo scatto di un chiavistello, un leggero stridio e i battenti si spalancano sul corridoio.

Tra due ali di persone, avanza la sagoma di un uomo intabarrato in una lunga tunica d'oro, sulla testa una sorta di kefiah bianca fissata da un doppio cordoncino nero, un'impalpabile barba scura a coprirgli le guance. Entra nella stanza seguito dal piccolo corteo che si dispone a freccia alle sue spalle. Esegue un vago movimento alla volta di Rashid, che ora è in piedi, leggermente chinato verso la porta, e poi si dirige, seguito dal codazzo, al tavolo dei documenti.

Rashid si avvicina all'uomo impugnando una grossa penna rossa. L'uomo la afferra e, immerso nell'aura di splendore che promana dal suo corpo, comincia a sottoscrivere le pagine che un membro del seguito gli porge e un altro sottrae e ordina in nuovi mucchietti. In un tempo che sembra sospeso, l'uomo sigla tutte le pagine di tutti i documenti, apponendo infine un'abbondante firma sull'ultimo foglio delle copie del contratto. Poi allunga la penna a Rashid e si avvia di nuovo verso la porta, mentre la scorta riprende all'istante la disposizione a freccia.

Qualcuno sussurra: «L'emiro», qualcun altro dice: «In persona», e intanto l'uomo è già a ridosso dell'uscita, supera Rashid, che ha ripreso la sua posizione deferente vicino alla soglia, e passa a fianco all'ingegner Carugato che bisbiglia: «Sua Santità» e fa per togliersi il cappello rendendosi conto troppo tardi di non portarlo e prova allora ad afferrare una mano dell'uomo ma è prontamente fermato da un membro del corteo che, in uno schiocco, gli piega il polso dietro la schiena.

Mi aggiusto la cravatta mentre la processione scompare lungo i corridoi dell'albergo.

Una pausa, poi Giuseppe invita Tiziano a controllare che *quello lì* abbia siglato tutte le pagine, senza sbagliare, e Nathan, a sua volta, si avvicina al tavolo, afferra una penna dal portamatite e comincia ad apporre la sigla sui documenti e una controfirma sui contratti, cercando di apparire dignitoso.

Cerco Rashid con lo sguardo ma non c'è più.

L'aria si scioglie.

«Insomma, che ora abbiamo fatto?»

«La pashmina, ecco cosa mi sono dimenticato, che me l'aveva chiesta mia suocera.»

«Ma il catering, voi avete digerito i california maki? Se pure gli arabi cominciano a risparmiare significa che la crisi è arrivata davvero.»

«Non fatemi pensare al volo che una volta per una turbolenza la signora davanti a me è andata a sbattere contro la cappelliera e s'è spaccata il cranio. A metà. Cioè me l'ha raccontato un amico ma io me lo posso immaginare bene.»

«Non so neanche quanto ha fatto l'Inter in coppa.»

«*We will we will rock you. Rock you.*»

«Me lo voglio comprare anch'io un turbante come quello lì. Secondo me sui Navigli qualcosa si trova. Anche usato al limite.»

«Certo che questa Arabia un po' mi mancherà. Gente cordiale, altro che le bombe che tanto dicono.»

«A Milano che tempo farà?»

«Io ho sonno. Mi sa che stasera mi addormento senza pillole.»

Mani si stringono, qualche mezzo abbraccio, sussurri e pacche sulle spalle, vengono raccolti i blocnotes, i computer, i documenti, un ultimo sorso di succo, complimenti, questo è il mio numero personale, a Milano ci capito spesso, ci sentiamo, ci vediamo, a presto, a presto a tutti, sto scordando qualcosa?

Il primo a lasciare la sala è Cardellini, seguito dall'ingegner Carugato e da Nathan. Emily sistema sulla spalla la tracolla del computer, stringe la mano a Tiziano e, senza voltarsi, esce dalla stanza.

«Non vi salutate neanche?» mi domanda Giuseppe, indicando la porta.

Lo fisso.

«Eh, cosa vuoi» dico soffocando qualcosa. «È lavoro. In sella verso nuovi orizzonti, senza il tempo di guardarsi indietro.»

«Grande. Grande il mio Endriu» esclama colpendomi la pancia con un pugno leggero. «E io che pensavo che avevate una liaison.»

Poi mi appoggia una mano sulla spalla e si fa serio.

«È andata bene» dice annuendo pomposamente. «È andata bene. E io sono fiero di te.»

«Ma...» cerco di protestare senza riuscire a finire la frase.

«Cosa c'è?» mi domanda allarmato. «Endriu, cosa succede?»

«Donato.»

«Donato?», mi fissa senza capire.

«È morto» dico.

Giuseppe stringe la presa intorno alla mia spalla.

Tira un grosso sospiro e lascia andare un sorriso mentre scuote la testa, condiscendente.

«Endriu, Endriu. Ovunque sia il nostro Donato in questo momento, io sono sicuro che sta sorridendo. Anche lui. Da lassù.»

Poi si guarda in giro.

«Aspetta che vado a salutare Boraletti. Franco» grida, mentre si allontana a grandi passi.

Boraletti e Giuseppe, stringendosi intorno alla vita, escono dalla stanza, seguiti da Tiziano, carico di fasci di fogli, e io rimango solo. Fisso il tavolo: pagine spiegazzate, matite sparpagliate, bicchieri semivuoti, bottigliette d'acqua, resti di cibo, un telefonino dimenticato, briciole sul pavimento, il carrello delle vivande in un angolo, cestini pieni di carta, alcune tazzine, caricabatterie attaccati alle prese, il fascicolo verdolino e il mio computer sul quale la scritta Flacker Grunthurst and Kropper rimbalza al ritmo di una musica che non c'è.

Prendo da una ciotola una caramella mou.

Sento alcuni passi dietro di me.

Mi volto di scatto.

Un piccolo filippino aguzzo sembra terrorizzato dalla mia reazione, si scusa e mi chiede se può cominciare a riordinare la stanza, domani ci sarà una nuova riunione, posso rimanere però, non do fastidio.

Sorrido triste.

Faccio un cenno col capo.

Sì, portate via tutto.

Tutto.

Prologo

Credo di essere in ritardo e non riesco a capire dove mi trovo. La strada a destra si apre in una larga piazza rotonda che circonda un giardinetto recintato mentre a sinistra svolta in un lungo viale alberato. Secondo i miei calcoli, né piazza né viale alberato dovrebbero trovarsi dove sono.

Mi gratto una tempia.

Alzo la testa.

Il cielo è gonfio di pioggia, eppure sono costretto a ripararmi gli occhi dai raggi di sole che filtrano nei piccoli vuoti di azzurro tra i nuvoloni. Un vento freddo spazza a raffiche la strada sollevando mulinelli di polvere, cartacce e bicchieri di plastica e mi fa rabbrividire sotto la maglietta. Ondate di persone mi passano accanto tra spallate e sguardi distaccati. Stringo gli occhi per distinguere il nome della via sopra una targa sull'altro lato della strada e finisco con un piede in una pozzanghera. *Porca miseria* penso, *ma non dovrebbe essere estate?* Sollevo la scarpa e la faccio sgocciolare. *A Dubai c'erano trentotto gradi. Trentotto. E parliamo di due mesi fa.*

Dubai.

Alcuni lampi crepano il cielo e una serie di immagini mi invade la mente e torno al Dionysus' Ivy Hotel, alla sua stanza principesca, all'espressione intontita con cui spingevo cravatte e abiti nella valigia aperta sul letto, al taxi che mi portava in aeroporto mentre qualcuno scattava foto alla città in allontanamento, alla lounge room dove, in attesa dell'imbarco, un ragazzo arabo mi ha chiesto se Giuseppe fosse uno dei Pooh, al volo di ritorno senza riuscire a prendere sonno, all'atterraggio e *ci vediamo domani in studio*, ai pensieri che mi affollavano la testa mentre mettevo piede in casa e mi chiedevo: *e ora?*

Attraverso la strada e mi fermo a consultare un pannello con le indicazioni. Mi rendo conto che sono fuori rotta. Guardo l'orologio. Devo affrettarmi. Torno indietro e piego in un vialetto che risale a serpentina, prendendo come riferimento un alto palazzo a forma di cetriolo che si eleva alla mia sinistra. Una goccia mi colpisce una guancia. Accelero il passo. Una sirena sfreccia al mio fianco e mi fa tornare in mente una canzone dei Beatles che non sopporto.

E ora?

Il giorno dopo il rientro da Dubai mi sono presentato in ufficio alle nove in punto. Sono andato nella stanza di Giuseppe e l'ho trovato già seduto alla scrivania a rigirarsi tra le mani un orologio che aveva l'aria di essere molto pesante.

«Bello, eh?» mi ha domandato allungandolo e ritraendolo immediatamente quando ho cercato di afferrarlo. «Alla fine ho seguito il consiglio di Donato, pace all'anima sua, e l'ho preso. Un affare è come una bella donna, farselo sfuggire è criminale. Questo, tra l'altro, non perde un secondo in due milioni di anni.»

«Due milioni di anni sono tanti» ho risposto. «Arturo ne vive seimila.»

Ho guardato fuori dalla finestra verso i rampicanti sul palazzo di fronte.

«Lascio lo studio» ho detto.

«Okay» ha replicato Giuseppe, cominciando ad analizzare il cinturino. «Però nel pomeriggio ti voglio qui che dobbiamo parlare di un nuovo progetto.» Ha alzato gli occhi e ha aggiunto: «*Anche noi*, siamo anche noi un orologio che non perde tempo.»

«No, Giuseppe» ho spiegato paziente. «Non hai capito. Lascio lo studio. Per sempre.»

Giuseppe ha appoggiato l'orologio, si è alzato, ha chiuso la porta, si è seduto di nuovo e ha cominciato a fissarmi.

«Sentiamo» ha ripreso con voce tesa. «Qual è lo studio?»

«Quale studio?»

«Non giocare con me, Endriu. L'altro studio legale. Quello dove hai deciso di andare.»

«Non c'è nessuno studio, Giuseppe. Semplicemente voglio fermarmi a pensare. Fermarmi a...» ma non ho saputo aggiungere altro.

Giuseppe ha continuato a fissarmi, sospettoso.

«Davvero» ho confermato mettendomi una mano sul petto. «Non ho piani per il, ehm, come dire, futuro.»

«*Nessun piano per il futuro*» ha ripetuto sovrappensiero.

«Ecco, magari preferirei dire che ne ho tantissimi, però la sostanza non cambia.»

«Ma vedi, caro Endriu» ha cominciato, con voce rilassata. «La vita è un crogiuolo di emozioni, input, suoni colori immagini, vieni di qua, vai di là, e se tu sapessi attraverso quali storie sono passato io ti renderesti conto delle complicazioni del vivere – traiettorie, ripensamenti, svolte – e delle pieghe del destino. Le scelte spesso sono solo un modo per non decidere.»

«Giuseppe», ho inarcato le sopracciglia. «Non... non credo di avere capito.»

«Oh insomma, Endriu», Giuseppe è scattato in piedi puntando le nocche sul tavolo. «Tu sei il *mio* collaboratore.»

«No» ho detto, quasi a me stesso. «Non più.»

«Ah, certo», Giuseppe ha preso un respiro che sembrava bruciargli i polmoni. «È così che hai deciso? Una decisione ponderata, immagino, sputare sul tuo futuro. Proprio una decisione saggia. E allora vai, *Andrea*. Vai, vai. Ma dove vai?»

Closing del Project Treperdue e altre notti di lavoro, chiusura di pratiche in sospeso e passaggio di consegne, e sono trascorsi quasi due mesi fino al giorno in cui, con l'auto piena di scatoloni sotto lo studio, dopo una domenica passata a incartare e impacchettare, ho lasciato in un cassetto della scrivania, dentro una busta sigillata, il badge dello studio e il blackberry. Mi sono fermato a guardare il tavolo sgombro, la poltroncina, il sughero sulla parete, la lampada da tavolo.

Poi ho voltato le spalle.

E ora?

Giovannino ha detto che me ne stavo andando nel momento sbagliato, ci si aspettava un'infornata di nuove praticanti neolaureate e sarebbe stato il caso che io avessi dato un'occhiata prima di prendere decisioni affrettate. Nicola ha scrollato le spalle ma era evidente che c'era rimasto male, quando però ha saputo che, al mio posto, sarebbe arrivata Federica dal secondo piano è sembrato meglio disposto al cambiamento. Tiziano ha confermato che resterò sempre il suo maestro, poi mi ha confidato che la sua ragazza aveva intenzione di riprendere il rapporto ma lui aveva rifiutato, deve pensare al lavoro, è tempo di costruire il progetto della vita, infine ha aggiunto qualcosa a proposito di un figliol prodigo e di un agnello che avrebbe macellato personalmente per me. Cardellini ha trattenuto a stento alcuni scatti di gioia mentre sospirava: «È giusto così, accetto la tua resa. In fondo, non credo che sarei mai riuscito a perdonarti.» Quanto a Giuseppe, alla fine mi ha stretto la mano, ha scosso la testa con la faccia tirata e ha detto *Endriu*, una volta ancora. La Zeus Investments ha chiuso un altro bilancio.

E ora?

E ora sono a Londra, davanti alla sede della banca Meyon & Tolsen, un'alta struttura semicircolare in vetro che si affaccia su una piazzetta gremita di uomini in giacche sformate e cravatte color pastello. Mi siedo su una panchina vuota davanti a un pub e raccolgo un giornale abbandonato, mentre tengo d'occhio l'ingresso del palazzo. Dal pub si allunga una calda luce violacea. L'aria elettrica ingoia i suoni della città. Una ragazza si infila in un portone facendo attenzione che le folate non le sollevino la gonna. Un anziano, alla fermata del bus, scivola sul cordolo del marciapiede. Una coppia di neri litiga furiosamente davanti a uno Starbucks. Gruppi sempre più numerosi si raccolgono nella piazzetta stringendo una birra. Il crepuscolo cala una cortina lucida sui palazzi mentre il vento si ferma un istante e poi riprende a soffiare, e il futuro mi sembra così banalmente bianco e bello.

La porta a vetri della banca si apre davanti a una figura avvolta in un corto abito di taglio giapponese.

Scatto in piedi, le mani lungo i fianchi, il giornale che scivola a terra.

Una lunga pausa.

Emily mi vede.

Porta una mano davanti alla bocca aperta.

Poi si apre in un largo sorriso e comincia a correre e, mentre alcune gocce di pioggia cominciano a punteggiare il marciapiede, mi è davanti, in silenzio, e io la guardo e non so bene cosa fare e allora allargo le braccia e la stringo e penso a tante cose che adesso non hanno più nessuna importanza.

«Dobbiamo festeggiare» dico alla fine, allentando la presa.

Emily mi guarda con un'espressione interrogativa.

«Che non ho più un lavoro» rispondo alla sua muta domanda.

«Significa che devo offrire io?»

Grazie a Jacopo de Michelis, per la fiducia. Grazie ad Andrea e Michele, per l'amicizia e il sostegno. Grazie a Laura.

Grazie, infine, a tutti coloro che hanno letto, seguito, commentato il blog Studio illegale. *Grazie di cuore.*

Stampato da
Grafica Veneta s.p.a., Trebaseleghe (PD)
per conto di Marsilio Editori® in Venezia

EDIZIONE	ANNO
10 9 8 7 6 5 4 3	2009 2010 2011 2012 2013